KB075898

다 가 오 는 말 들

일러두기

1. 은유가 〈시사IN〉, 〈채널예스〉, 〈한겨레〉에서 연재한 글을 묶은 책입니다.
2. 대부분의 글이 책을 소재로 했으며 인용한 책은 각 글 마지막에 표기해두었습니다.

다 가 오 는 말 들

나와 당신을 연결하는 이해와 공감의 말들

은
유

지
음

어크로스

생활과 언어가 이렇게까지 나에게 밀접해진 일은 없다
– 김수영 〈모리배〉 중

언제부터인가 사람의 말들이 내게로 온다. 한번은 역전 식당에 국밥 한 그릇 먹으러 들어갔는데, 독상을 받아놓고 밥을 먹는 내 등 뒤로 주방 이모와 주인 아주머니의 구성진 남도 사투리가 윙윙거렸다. 스마트폰으로 행선지인 도서관 위치를 찾던 나는 한 대목에서 귀가 번쩍 뜨였다. "그 여자가 얼마나 예쁜지 가을 고등어처럼 반짝반짝해야."

'가을 고등어!' 나는 얼른 지도창을 빠져나와 검색창을 열었다. '가을 고등어 낚시'가 연관 검색어로 뜬다. 가을 고등어는 다른 계절에 비해 지방이 올라 고소한 맛이 극에 달한다고 한다. 물오른 등 푸른 생명체라니. 싱그러운 말의 파동이 그대로 전해왔다.

그런가 하면 지난겨울 친구를 만나는 날에는 함박눈이 내렸다. 미끄러운 길 위를 뒤뚱뒤뚱 걸으며 그래도 춥지는 않아 다행이라고 하자 친구가 응수했다. "눈 오는 날은 거지가 빨래하는 날이래." 찬물에 손을 넣어도 될 만큼 안 춥다는 뜻이랬다. 아, 눈은 공평한 축복이구나. 눈과 거지와 빨래는 상상하지 못한 조합인데, 어쩐지 마음이 정갈하고 따뜻해지는 그 말은 눈송이처럼 몸에 스몄다.

따끔한 배움의 말들도 다가온다. 글쓰기 수업을 시작한 지 얼마 안 됐을 때 만난 친족 성폭력 피해 생존자는 내게 물었다. "쌤, 글쓰기를 하면 고통이 사라져요?" 그 말은 정면으로 날아와 가슴에 그대로 박혔다. 화두가 되었다. 이후 다른 이들과 글쓰기 수업을 하면서 나는 답이 아닌 질문을 겨우 만들었다. "고통에서 벗어난다는 것이 무엇일까? 그건 누가 정하는 걸까?"

글을 써도 고통스럽고 글을 안 써도 고통스럽다. 그러면 쓰는 게 낫다. 뭐라도 하다 보면 시간이 가니까. 슬프지만 일을 하고, 슬픈데도 밥을 먹고, 슬프니까 글을 쓴다. 그렇게 하루를 보냈으면 내일도 살 수 있다. 서툴더라도 자기 말로 고통을 써본다면 일상을 중단시키는 고통이 다스릴 만한 고통이 될 수는 있다. 그러므로 우리 뭐든 써보자고 하면 저마다 무언가를 쓰기 시작한다.

그런데 어떤 이는 쓰지 못했다. 처음엔 글감이 안 떠올라서 주저하는 줄 알았다. 남들 다 고개 숙이고 쓰는데도 계속 가만히 있길래, 그럼 생각나는 단어를 마인드맵처럼 나열해보자고 했다. 그는 몇 개의 글자를 썼으나 펜을 잡고 글씨를 쓰는 모습이 서툴렀다. 그날 어렴풋이 느꼈다. 말이 아니라 '문장 형태'로 자기 생각과 아픔을 표현해볼 기회가 없는 사람이 있을 수 있다는 걸 나는 지금까지 몰랐구나. 모르고 살아도 됐구나. 그가 보낸 무언의 말이 내 경험의 한계를 일깨웠다.

인권강의에서 만난 한 청소년은 이런 말을 건넸다. "누가 작가님에게 여성이 글도 쓰고 대단하다고 말하면 어떻겠습니까?" 강의 중에 나는 청소년들을 직접 만난 경험을 얘기하면서 요즘 친구들 정말 생각이 깊고 훌륭하더라고 말했는데, 그 내용을 문제 삼았다. 듣고 보니 그랬다. 그건 청소년을 자기 생각과 의견을 가진 독립된 인격체로 존중하기보다 훈육의 대상으로 낮추어보는 시선에서 나오는 전형적인 기성세대의 말이었다. 그날 이후 내 책상 위에는 미학자 양효실의 말이 붙어 있다. "단언컨대 아이들은 미숙한 게 아니라 예민할 뿐이고, 어른들의 규범이 지배하는 사회에서 힘들게 살아가는 외국인일 뿐이다."

아름답거나 아릿하거나, 날카롭거나 뭉근하거나. 타인의 말은 나를 찌르고 흔든다. 사고를 원점으로 돌려놓는다. 그렇게 몸에 자리 잡고 나가지 않는 말들이 쌓이고 숙성되고 연결되면 한 편의 글이 되었다. 이 과정을 꾸준히 반복하면서 남의 말을 듣는 훈련이 조금은 된 것 같다. 무엇보다 큰 수확은 내가 편견이 많다는 사실을 안 것이다. 그렇게 책을 읽어도 이 모양인가 싶어 자주 부끄러웠다. 하지만 편견, 무지, 둔감함은 지식이 부족해서 생기는 건 아니었다. 결핍보다 과잉이 늘 문제다. 타인의 말은 내 판단을 내려놓아야 온전히 들리기 때문이다. 타인의 입장에 서는 일이 잘될 때도 있고 안될 때도 있지만 적어도 노력하는 동안 성급한 추측과 단정, 존재의 생략과 차별에 대한 예민성을 기를 수 있었다. 우리에게 삶을 담아낼 어휘는 항상 모자라고, 삶은 언제나 말보다 크다는 것. 이 예정된 말의 실패에 대해 황현산은 《말과 시간의 깊이》라는 책에서 이렇게 말했다.

"인간은 제 정신에 들어있는 내용을 말로 소통하지만, 어떤 경우에도 말이 그 정신 내용을 다 소통시키는 것은 아니다. 말은 복수의 인간을 상정하지만, 정신에는 한 개인에게만 특수하게 해당되는 몫이 항상 남아 있다."

나의 편견을 확인할 때마다 나의 소망은 구체화됐다. 모두를 설득하는 글보다 "한 개인에게만 특수하게 해당되는 몫"을 놓치지 않는 글을 쓰는 사람이 되고 싶은 마음이다.

《글쓰기의 최전선》에서 나는 "생의 모든 계기가 그렇듯이 사실 글을 쓴다고 크게 달라지는 것은 없다. 그런데 전부 달라진다"고 썼다. 사람들은 묻는다. 구체적으로 무엇이 달라졌냐고. 글을 삶으로 증명해보라는 요구 앞에서 순간 아득해지지만 조심스레 입을 뗀다. "글을 쓰고 있을 때는 사려 깊어져요." "짜증과 화가 좀 줄었어요."

"한 사람 한 사람 대단해 보여요." 같은 고백들. 물증은 없지만 말하자면 그렇다. 본디 글쓰기에는 한 사람 인격의 최상의 측면이 발휘되는 속성이 있다. 그 글이 나의 생각과 행동을 잡아준다. 한 사람을 사연과 이야기의 존재로 바라보면 존경스럽다. 나는 길에서 만나는 사람들을 틈틈이 관찰한다. 야쿠르트 아줌마, 버스 운전기사, 학원 가는 아이를 보면서 저이는 어떠한 삶의 사정과 행로를 거쳐 지금 여기에 있을까 상상한다. 한 사람을 가만히 들여다보면, 적어도 무작정 혐오하기는 어렵다. 누구라도 그러리라 생각한다. 서로 아무런 삶의 연결고리가 없을 때 더 쉽게 혐오하지만, 서로의 삶이 한 자락이라도 섞이면 이해하고 공감할 여지는 꼭 생긴다.

바싹바싹 말라가는 마음을

남 탓하지 마라

스스로 물주기를 게을리해놓고

(…)

틀어진 모든 것을

시대 탓하지 마라

그나마 빛나는 존엄을 포기할 텐가

일본 시인 이바라기 노리코의 〈자기 감수성 정도는〉이라는 시의 일부다. 고개를 끄덕이며 읽었지만 시인에게 변명하고 싶기도 하다. 한국사회에서 공동체는 거의 사라지고 직업 여건상 사람을 만나는 범위가 제한적인 게 사실이라고. 주변의 지인들만 봐도 타인의 삶을 들여다볼 기회를 갖기 어렵다. 모르니까 무심해지고 무심하게 무례해지고, 남의 불행에 둔감해지면서 자신의 아픔에도 무감각한 사람이 되는 악순환에 말려 들어간다. "자기 감수성 정도는 스스로 지키"는 일이 간단치 않은 구조에서 우리는 살아가는 것이다.

그런 측면에서 글 쓰는 일은 좋은 직업 같다. 나는 인터뷰를 하고 글쓰기 강의를 진행하면서 다양한 사람들의 깊고 내밀한 이야기를 많이 듣는 편이다. 삶을 위무하고 지혜를 안겨주는 보석 같은 이야기들을 선물 받는다. 혼자만 알기 아깝다. 이야기 전달자로서 책임감을 느낀다. 소설가 위화도 "작가란 집시들의 말을 빌리자면 다른 사람의 이야기를 또 다른 사람에게 전달하고 돈을 받는 사람"이라고 말하지 않았던가.

《다가오는 말들》은 겪은 일, 들은 말, 읽은 말들로 엮은 에세이 모음이다. 책 읽기를 좋아하나 편견이 많던 한 사람이 타인을 이해하고 더 나은 생각을 만들어가는 성장의 기록이자 그러지 못했던 날들의 반성문이다. 나에게서 남으로, 한발 내디며 세상과 만난 기록이다. 이 이야기들이 내게 그랬듯이 다른 이들에게도 일상의 쉼, 생각의 틈을 열어주기를, 공감의 힘을 길러주는 말들로 다가오기를 바라는 마음에 "나와 당신을 연결하는 이해와 공감의 말들"이라는

부제를 달았다. 세상에서 내게 온 이야기를 다시 세상으로 돌려보
낸다.

2019년 2월

은유

5부 ___ 주위를 조금 세심히 돌아보면

1부

나를 천천히 들여다보면

어정쩡한 게
좋아

글쓰기 강좌를 개강했다. 첫날 자기소개 시간에는 '왜 글쓰기를 배우는지' '무슨 글을 쓰고 싶은지' 스물다섯 명이 돌아가면서 이야기한다. 20대부터 60대까지 다양한 연령층이 모이다 보니 그 내용도 제각각이다. 올해는 꼭 책을 내고 싶다, 남에게 관심 받는 게 좋아서 쓴다, 몸이 아팠던 경험을 정리해보고 싶다, 글 쓰는 게 제일 돈이 안 들고 재밌다 등등 새학기를 맞는 신입생처럼, 다 큰 어른들은 결의 찬 표정으로 말했다. 그러던 중 한 명이 유독 더듬더듬 입을 뗐다. "제가 돈 욕심이 없는 줄 알았는데 그것도 아니고 사회문제에 관심이 없는 것도 아니고, 어떻게 살고 싶은지 글은 뭘 쓰고 싶은지 잘 모르겠어요. 사는 게 그냥 다 어정쩡해요."

아, 어정쩡함! 그건 오래 걸친 외투처럼 내겐 너무도 친근한 말이 아닌가. 한번은 아들녀석이 물었다. 엄마를 무슨 작가라고 소개해야 돼? 엄마가 글을 쓴다고 하면 사람들이 묻는단다. 소설가냐, 시인이냐, 드라마 작가냐. 난 아이에게 엄마는 인터뷰 하고 칼럼 쓰고 산문도 쓴다고 설명했지만, 말하면서도 뭔가 잡다하고 애매했다. 오랜 질문이다. 나는 무슨 글을 쓰는 사람인가. 어떤 글을 쓰고 싶은가. 반듯한 명함도 없고 내세울 만한 대표작이 있는 것도 아니나 어쨌든 매일 글을 써서 먹고살았다. 그런데도 내가 하는 일을 설명할 말은 늘 궁했다. 종일 컴퓨터 앞에서 자판을 두드리지만, 그건 한 편의 글로 완성되기도 하고 아무것도 아닌 게 되기도 한다. 그럼 난 그날 일을 한 건가 논 건가, 헷갈렸다.

그렇게 불확실한 날들을 10년쯤 보내고서야 문득 깨달았다. 그 어정쩡함이 글쓰기의 동력이었음을. 글 쓰는 일은 질문하는 일이다. 당연한 게 당연하지 않고 혼란스러워야 사유가 발생한다. 좋은 글이란 무엇인지, 아이가 잘 큰다는 것과 좋은 엄마가 된다는 건 어떤 건지 온통 혼란스러웠고 그럴 때마다 하나씩 붙잡고 검토하며 써나갔다. 쓰는 과정에서 모호함은 섬세함으로, 속상함은 담담함으로 바뀌었다. 물론 글쓰기로 정리한 생각들은 다른 삶의 국면에서 금세 헝클어지고 말았지만, 그렇기에 거듭 써야 했다. 어차피 더러워질 걸 알면서도 또 청소를 하듯이 말이다.

그날 수업시간에 자기소개를 마치고 나는 말했다. "춤추는 별을 잉태하려면 내면에 혼돈을 지녀야 한다"(24쪽)라는 니체의 말대로, 불확실한 삶의 긴장 상태는 글쓰기 좋은 조건이라고. 우리는 또 대부분 그렇게 산다. 주변을 봐도 고시 합격생보다는 준비생이 많다. 고액 연봉에 승승장구하는 직장인보다는 비정규직이나 아르바이트 노동자가 다수다. 연인 관계도 팽팽한 사랑 감정을 느낄 때보다 지리멸렬하고 느슨해서 친구인지 가족인지 헷갈리는 시기가 길다. 그러니 어정쩡한 상태를 삶의 실패나 무능으로 여기지 말자고 했다.

나도 20~30대엔 애매함을 배척하고 확실함을 동경했다. 표류보다 안착을 원했다. 돈 걱정 없이 원하는 글을 쓰는 안정된 집필 환경을 꿈꿨고, 내 이름으로 된 책이라도 있다면 존재 증명이 수월하리라 기대했다. 그런데 책상과 고요가 확보된다고 글이 싹 바뀌지 않았고, 책이 나온다고 삶이 확 달라지진 않았다. 아이가 기저귀만 떼면 엄마 노릇 수월할 줄 알았는데 걸으면 넘어질까 걱정, 취학하면 학교 적응 못할까 봐 걱정, 성장할수록 근심의 층위도 깊어갔다. 어영부영 이만큼 떠밀려오고 나서야 짐작한다. 인간이 명료함을 갈구하는 존재라는 건 삶의 본질이 어정쩡함에 있다는 뜻이겠구나.

이제 나는 확신에 찬 사람이 되지 않는 게 목표다. 확실함으로 자기 안에 갇히고 타인을 억압하지 않도록 조심하고 싶다. 40대 후반이면 그걸 두려워해야 할 나이다. '글쓰기는 이런 거야' '사는 건 원래 그래'라고 의심하기보다 주장하는 사람이 된다는 건 서글프다.

언제 잊었는지도 모르는 첫사랑처럼 순간 멀어졌던 그것, 무수한 사유의 새순을 피워 올리는 '어정쩡함'이라는 단어를 이 봄에 다시 내 것으로 삼는다.

프리드리히 니체, 《차라투스투라는 이렇게 말했다》, 책세상, 2000

친구 같은 엄마와 딸이라는
환상

"맞벌이 하시죠? 수레는 혼자 있는 시간에 뭘 하면서 보내요?" 사무실에서 일하고 있는데 아이 담임에게 전화가 왔다. 학부모가 되고부터는 핸드폰 액정에 학교 전화번호만 떠도 가슴이 철렁한다. 학교는 어쩐지 불길의 정조를 몰고 온다. 담임의 부름을 받고 불안을 안은 채 몇 시간 후 빈 교실에 마주 앉았을 때, 담임은 물었고 나는 순간 깜깜했다. 뭐든지 말할 수 있을 줄 알았는데 아무것도 말할 게 없었다. 월수금 영어학원 간다고 둘러댔지만 고작 한 시간 반. 끝나면 아이는 또 무얼 할까.

상담 중 담임이 말했다. 지난주 과학 시험을 보았고 아이는 점수가 낮았고 남자애들 몇 명이 놀렸고 아이가 울었다. 수레는 감정을 드러내기보다 삭이는 편이다. 혼자 있을 때 드라마를 즐겨보는 것 같다. 일기에 '정주행'한 드라마 이야기를 쓰는데 줄거리 요약을 제법 잘한다고 했다. 집에서 아이를 세심하게 살피라는 당부와 함께 상담이 끝났다.

그날도 이런 날씨였다. 교정을 빠져나오며 올려다본 하늘은 파랗고 햇살은 노랗고 바람은 시렸다. 세상과 내가, 나와 아이가 분리된 느낌. 영화의 한 장면처럼 운동장 끝에서 아이가 나를 바라보는 것 같았다. 담임과의 상담은 아이를 아는 시간이 아니라, 아이에 대해 아는 게 없는 나를 아는 자리였다.

수레는 둘째다. 첫아이 때는 교과서 육아로 임하느라 '9개월 이후는 물젖' 이론에 입각해 만 9개월 되는 날 모유에서 분유로 갈아 탔다. 지나고서 후회했다. 더 먹일걸. 그래서 둘째는 마냥 먹였다. 젖이 텅텅 비어 쭈글쭈글해지도록 대여섯 살까지 물렸다. 몸으로 연결된 관계는 각별했다. 내가 울면 아이의 눈에도 눈물이 찼다. 아이는 유능한 기상관처럼 내 표정 변화를 감지해 기분을 맞췄다. 그런데 난 밥 제때 먹이는 것만으로도 허덕이느라, 아이의 감정은 헤아리지 못했던 모양이다. 스스로 모성을 맹신하는 사이 아이는 열세 살이 됐다.

그날 밤 아이에게 학교에 다녀온 얘기를 했다. 대개 아이들이 그렇듯 겉으론 태연했다. 남자애들이 놀린 건 사실이지만 사과했고

다 끝난 일이라며 말꼬리를 잘랐다. 왜 엄마한테 말하지 않았는지 물었더니 "엄마는 무조건 걱정만 하잖아" 한다. 엄마한테 말해봤자 문제 해결에 도움은 안 되고 '엄마의 걱정'을 해소해줘야 하는 문제까지 추가되는 구조를 아이는 파악하고 있었다.

나는 맥없이 울었다. 자책과 회한과 연민이었겠지. 아이의 슬픔을 알아보지 못한 게 미안하고, 품에서 무언가 빠져나가는 거 같아 섭섭하고, 밤이고 낮이고 일하느라 뒷등만 보여준 게 면목 없고, 무엇보다 아이의 몸에 고통을 견디는 회로가 깔린 게 안쓰러웠다. 흘깃 쳐다본 아이의 눈에서도 눈물이 주르륵 떨어졌다. 고통을 나누지는 못했지만 여전히 눈물은 공유하는 우리.

돌이켜보니, 난 딸이랑 닮았다. 나도 엄마를 좋아했지만 엄마에게 비밀이 많았다. 인생 고민은 막판까지 숨겼다. 고등학교 때 담임한테 말대꾸하다가 뺨 맞고 조퇴한 일을 엄마는 모르고 내가 모범생에 순둥이인 줄만 안다. 스물한 살 노조 상근을 결정했을 때도 출근 전날에야 실토했다. 말하는데 눈물이 마냥 흘렀다. 노조 활동을 하는 것보다 이유 없이 운다고 혼났다. 도대체 왜 우는 거냐고.

영화 〈다가오는 것들〉에도 모녀 사이 눈물의 강이 흐른다. 주인공 나탈리(이자벨 위페르)의 딸은 출산 후 몸조리를 하다가 침대에서 느닷없이 운다. 엄마는 왜 우느냐며 이런저런 이유를 캐묻지만 딸은 말없이 울기만 한다. '타인의 입장을 이해하는 것은 가능한가'라는 물음으로 시작하는 영화의 테마가 녹아든, 내겐 가장 인상적인 장면이었다.

딸과 엄마는 서로에게 멀고도 가까운 타인이다. 주변의 성소수자 친구들도 엄마에게 커밍아웃 하는 것을 마지막 과제로 남겨둔다. 성폭력 피해 경험을 엄마에게 말하는 딸은 드물다. '돌싱녀' 친구들은 이혼 서류에 도장 찍고 나서야 엄마에게 통보한다. 그건 엄마를 실망시키지 않겠다는 효심과 자신의 감정노동을 최소화하려는 계산이 포함된 고도의 전략이다. 덜 진실한 태도는 아니다. 자식의 정체성 투쟁에서 엄마가 최후의 관문인 건 분명해 보인다.

그 봄날 상담 이후, 나는 친구 같은 엄마와 딸이라는 환상에서 일찌감치 퇴각했다. 모녀관계에서의 무능을 인정했다. 아이도 내게 자주 상기시킨다. 수레는 요즘은 방과 후 집에서 고양이 무지와 노는 것으로 소일하는데, 이렇게 말한다. "난 무지가 너무 좋아. 잘 놀아주고 나한테 아무 말도 안 하잖아." 이것은 언중유골. 그러니까 고양이와 달리 사람(엄마)은 이래라저래라 한다는 뜻이다. 난 잔소리 안 하는 엄마라고 자부했는데 아이 입장에선 아닌가보다.

"어떤 감정이입은 배워야만 하고, 그 다음에 상상해야만 한다."(157쪽) 구원은 과거에 있다. 엄마가 되면서 상실한 '아이적' 감각을 복원하기. 이를 위해서는 엄마가 쓴 자식 양육서를 읽느니 딸이 쓴 엄마 이야기를 보는 게 낫다고 생각한다. 미국의 환경운동가이자 작가 리베카 솔닛의《멀고도 가까운》앞부분에 나오는 엄마의 이야기는 그런 점에서 귀했다. 사실 딸의 금발과 눈썹을 질투하는 엄마는 보편적이지 않다. 전래동화 캐릭터처럼 오싹하기까지 하다.

그러나 시기심이라는 "감정을 이성적 명분으로 바꾸고 명분을 사실로 바꾸는"(36쪽) 어머니, "내 삶에 분노를 쏟아내는"(41쪽) "나를 단 한 번도 알아보지 못한"(43쪽) 저자의 어머니는 내 모습에서 그리 멀지 않았다. 나도 종종 딸을 향한 불안함이라는 감정을 기정 사실로 왜곡할 때가 있고, 나의 풀리지 않는 화를 아이에게 퍼붓기도 한다. 보고 싶은 면에만 초점을 맞추니 있는 그대로의 아이를 본 적이 없을지도 모르겠다.

이 책으로 '연구 대상' 엄마를 한 존재로 받아들이는 딸의 지적 여정을 함께 하고 난 후, 나의 꿈은 정교해졌다. 스스로 좋은 엄마라고 착각하지 않는 엄마 되기, 아이의 눈에 비치는 내 모습을 수시로 그려보기. 그저 고양이처럼 말없이 아이 주변을 어슬렁거리기.

리베카 솔닛, 《멀고도 가까운》, 반비, 2016

하찮은 만남들에 대한
예의

먼저 오는 버스를 탔다. 초봄 꽃샘바람이 사정없이 볼을 때리니 견디지 못해 올라탔다. 중간에 환승할 심산으로 옷에 붙은 바람을 털며 통로 안쪽에 자리를 잡던 중, 한 사람과 시선이 얽혔다. K? 어! 여긴 웬일이냐며 우린 멋쩍은 웃음으로 상황을 눅였다. 우연한 상봉, 물러설 곳 없는 마주침, 기승전결의 대화를 나누기 어려운 어정쩡한 시공간. 이런 불리한 조건의 만남은 강제된 소개팅처럼 어색하다.

"저 이 버스 백 년 만에 탔어요." "저도 거의 안 타는 버스인 걸요." 어머 이럴 수가. "어디 갔다 오는 길이에요. 영화 한 편 봤어요." "무슨 영화요?" "〈맨체스터 바이 더 씨〉." "영화 좋나요?" "네. 초반엔 좀 졸다가 울면서 봤네요." "어디서 오는 길이세요?" "서촌에 미팅이 있어서요." "그랬구나. 아직 거기 살죠?" "작업실 냈어요." "와, 번성하네요." "간간이 소식은 듣고 있었어요. 이번에 작업한 거 좋던데요."

K는 디자이너다. 5년 전 작은 잡지를 만들 때 같이 일했다. 편집주간까지 뭉쳐 낮밤으로 술 마시고 말을 나눴다. 흥이 잘 통했다. K는 젠틀하고 익살맞다. 엉뚱하고 단정하다. 색깔이 다른 양말을 신되 셔츠의 단추는 반드시 목 끝까지 채웠다. 자기 얘기를 앞다투어 꺼내지 않았으며, 가만히 듣다가 한 번씩 재치 있는 대사를 쳤다. 섬세한 개인주의자인 K는 좋은 동료였다. 일하기에도 놀기에도. 가끔 보고 싶지만 굳이 연락은 하지 않고 그리운 대로 흘려보낸 지 어언 2~3년이다.

버스에 대롱대롱 매달린 K와 나. 말의 시속이 30킬로미터를 넘지 않는 대화가 끊기다 이어지다 했다. K가 입을 뗐다. "영화 보고 나서 눈물까지 흘리셨잖아요, 조용히 감동을 안고 가야 하는데 제가 괜히 방해한 거 아니에요?" 두 눈을 껌뻑이며 미안함을 표하는 K는 여전했다. 난 손사래를 치고 고개까지 흔들었다. 선의도 호의도 없이 우린 목적지로 향하는 버스를 탄 것뿐이다. 게다가 난 극장에서 나와 카페에 들러 비엔나커피도 한 잔 마시고 오는 길이었다. 영화를 음미했으니 괜찮다고 했다. K는 다음 정류장에서 내렸다. 제 역할이 끝난 연극배우처럼.

이 짧은 해후가 삼삼했다. 우연히 만난 이들의 모범 답안 같은 그것. 버스 장면을 몇 번 돌려봤다. 언제 밥 한 번 먹자고 말하지 않아서 좋았다. 흔해 빠진 관용구로 인연을 복제하는 건 시시하니까. 자기가 나의 고요를 침탈한 건 아니냐고 물어봐주어 고마웠다. 상대방의 입장에서 생각하는 사람의 말씨는 다정하니까. 기억에 검은 발자국만 남기지 않아서 다행이었다. 다음에 또 만났을 때 싫음이 올라오면 곤란하니까.

후배의 결혼식에 갔다. 재작년 다른 결혼식에서 만났던 후배의 동기들 서넛이 보인다. 그중에 Y도 있다. 지난 번에 이혼 의사를 내비쳤던 Y가 어떻게 살고 있는지 궁금했다. 궁금한데도 연락 한 번 안 하는 일이 살다보니 가능해지고 있다. 어쩐지 미안해서 직접 문지 않고 옆에 있던 C에게 넌지시 물었다. 귀에 대고 손으로 막고 소곤소곤. "Y말야, 이혼했어?" C은 눈을 동그랗게 뜨고 "그때 했지" 한다. 그러더니 잠시 후 저쪽에서 다가오는 Y에게 말한다. "언니가 모르고 있어서 네 소식 업데이트 해드렸다."

순간 난 뒷담화하다가 들킨 사람 마냥 저 혼자 무안했다. Y는 결혼하든 이혼하든 슬기롭고 자유로운 주체로 살아갈 여성이지만 그렇다고 이혼이 비옷에 묻은 빗방울 털 듯 간단한 문제는 아니니까, 말 꺼내는 자체가 아직 괴로울 수도 있으니까, 여기는 결혼식장이고 난 교양인이니까 조용히 말한 건데 나 빼고 아무도 조심하지 않았다. 신여성들 사이에서 나만 동그마니 구여성이다.

그 어중간한 만남, 결혼식 장면이 자꾸 떠올랐다. 나는 평소 '결혼은 행복, 이혼은 불행'이라는 관습적 사고의 척결을 주장했다. 결혼식은 일생의 화창한 하루일 뿐 평생의 맑음을 보장하는 의례는 아니고 이혼은 비감한 일이지만 앞날의 불행을 예비하는 생의 절차는 아니다. 비 오는 날도 해 뜨는 날도 그냥 날씨인데 인간의 관점에서 좋은 날씨 궂은 날씨 구별하는 것이라는 스피노자의 말대로, 삶의 어떤 국면을 좋음과 나쁨으로 가르는 것도 지극히 관습적이고 현재중심적인 판단이라고 여겼다. 그런데 결혼은 축하로 이혼은 염려로 몸이 자동 반응한 것이다. 앓은 몸을 이기지 못한다.

일본 사회학자 기시 마사히코의 《단편적인 것의 사회학》에 내 고민과 비슷한 상황이 나온다.

"우리는 좋아하는 이성과 맺어지는 것이 행복하다고 생각한다. (…) 그래서 축복한다. 결국 여기에는 좋아하는 이성과 맺어진 일이 당사자뿐만 아니라 세상 일반에 행복한 일이라는 사고방식이 전제로 깔려 있다. 이러한 사고방식, 어법, 축복의 방식은 동시에 좋아하는 이성과 맺어지지 못한 사람들은 불행하다든가, 아니면 적어도 이 두 사람만큼 행복하지 않다는 의미를 필연적으로 띠고 만다."[111쪽]

저자는 두 사람의 결혼을 축복한다는 것 자체가 독신이나 동성애자에게는 저주가 된다며 "좋은 것과 나쁜 것을 나누는 규범을 모조리 갖다 버려야 한다. 규범이란 반드시 그것에 의해 배제당하는 사람들을 산출하기 때문이다"_(112쪽)라고 일갈한다. 뭔가 후련했다. 좋음과 나쁨의 전복이 아닌 규범의 용도 폐기. 누구도 소외되지 않으니 배려도 필요치 않은 상태. 누가 결혼했든 이혼했든 합격했든 실직했든 발병했든 서툰 연극 배우처럼 구는 짓은 이제 그만이다.

나이 들면서 체지방이 늘 듯 안 쓰는 핸드폰 번호가 쌓인다. 번호는 정리해도 인연은 삭제되지 않고 내가 피해도 삶이 만나게 한다. 사는 동안 운명을 뒤바꿔놓을 결정적인 만남은 거의 일어나지 않겠지만 신상 정보 업데이트가 안 된 지인들과의 애매한 만남, 아니 마주침은 종종 일어날 것 같다.

"우리의 인생은 (…) 어릴 적에 생각했던 것보다 훨씬 잘고, 협소하고, 단편적이다."_(116쪽) 이 단편적 만남, 하찮은 우연에 잘 임하고 싶다. 안색을 살피고 고요를 챙길 것. 앞으로 수차례의 결혼식과 장례식 그리고 무수한 대중교통 탑승 기회가 남았다.

기시 마사히코, 《단편적인 것의 사회학》, 이마, 2016

그날의 눈은
나를 멈춰 세웠다

10년간의 프리랜서 생활을 청산하고 직장을 구한 건 고정 급여가 필요해서였다. 은행 대출금을 석 달 이상 갚지 못하면 집이 경매로 넘어간다고 했다. 그 말에 충격을 받았다. 애들 데리고 이사 다니기 싫어서 마련한 궁여지책인데 길바닥에 나앉을 수도 있다니 얼마나 두렵던지. 매달 대출 상환금만큼의 수입을 확보하기 위해 취직을 택했다. 근면 성실하게 일하니까 꼬박꼬박 통장에 돈이 들어왔고, 그 돈은 대출금으로 고스란히 빠져나갔다.

직장 생활을 시작한 지 1년이 될 즈음 어느 날, 출근하려고 집을 나섰는데 함박눈이 내렸다. 굵고 탐스러운 눈송이에 눈이 부셨다. 어머 이건 봐야 해! 물고기가 물속을 헤엄치듯 눈 속을 살랑살랑 거

넜었다. 회사로 향하는 길 저만치에 카페가 보였다. 지금 이 순간 저 창가에서 뜨거운 커피를 마실 수 있다면 왕보다 더 행복할 거라는 상상에 이르는 찰나, 카페 쪽으로 횡단보도를 건너버렸다. 그러니까 궤도 이탈.

　진한 커피 향이 얼굴을 덮히도록 잔을 쥐고 천상의 자리에 안착했다. 허나 어찌된 일인지 내 눈길은 창밖 함박눈보다 핸드폰 액정으로 향했다. 선을 넘어놓고 건너편만 바라보고 있는 꼴이다. 반차를 쓸까, 결근을 할까. 근래 사무실은 너무 바빴다. 정시 퇴근도 눈치 보이는데 정시 출근을 어기는 건 심한 반칙 같았다. 누구는 낭만을 몰라서 출근하니? 초자아의 목소리가 들렸다. 내 안에 사장 있다. 예식장에서 도망가는 신부처럼 호기롭던 기세는 금세 누그러졌다. 문자를 보냈다. "사정이 생겨서 한 시간가량 늦겠습니다."

　내 사정이란 대관절 무엇인가. 눈 내림이다. 눈사태로 열차가 멈추는 건 되어도 함박눈에 홀려 발걸음이 멈추는 건 안 된다. 그것은 문서로 옮기지 못하는 감정, 직장인에겐 가당치 않은 사정이다. 선한 동료들 덕에 그날은 얼버무리고 넘어갔으나 모종의 합의된 규칙으로 돌아가는 조직에서 한 번 엇박자가 나자 내면에선 계속 '한량 충동'이 일었다. 그해 봄, 사표를 냈다.

　내쫓김의 불안보다 소모됨의 불행이 컸다. 퇴근 후 독서와 집필이 힘에 부쳤다. 감정의 수문이 열릴까 봐 음악을 줄였다. 영화 관람에도 소홀했다. 반응 기회를 잃어감에 따라 감응 능력도 퇴화했다.

도식화된 문서를 생산하며 관료적 언어에 길들여졌다. 돈이 들어오는 대신 체력·생각·감각·음악·언어·몽상·눈물같이 형체 없는 것들이 서서히 빠져나가고 있었다.

40대 중반에 돌아온 프리랜서의 삶. 다시 광야, 다시 빈손에서 2년을 버텼다. 단행본 위주의 집필 생활이 처음인 나는 또 허둥댄다. 생산성을 예측하지 못하고 사명감만 앞서 나간 탓이다. 요 며칠은 '죄송합니다'로 시작하는 이메일을 보냈다. 나의 무지와 무모, 다듬어지지 않는 충동과 불안으로 주변에 폐를 끼쳤다. 덜 죄송하고 더 작정하고 '글'을 쓰겠다는 각오로 임하던 차에, 그날의 눈처럼 나를 멈춰 세우는 '불'같은 문장을 만났다. "창조가 단순히 무언가를 할 수 있는 능력에 지나지 않는다면, 즉 실천을 향해 장님처럼 움직일 수밖에 없는 것이라면 예술은 (…) 일종의 재현으로 추락하고 말 것이다."(73쪽)

책 제목은 《불과 글》. 접속조사 '과'가 말해주듯 둘은 선택적 관계다. 인류에게 불이 있던 시절엔 글이 없었고, 글을 얻자 불을 잃어버렸다. 불의 속성인 신비·신화·영감·비애가 사라지면서 글이 재현으로 추락했다는 거다. "현대 작가들은 언어의 심연에서 들려오는 신음 소리를 듣지 못하고 언어를 하나의 순수한 도구로 사용할 수 있다고 믿는다."(19쪽)

나는 어떤 글을 그토록 쓰고 싶었던 걸까? 세상에는 이미 너무 많은 글과 논리가 있고 지식이 있다. 그것에 묻힌 너무 작은 목소리가 있다. 들리지 않는 목소리를 살리는 일을 내심 과업으로 삼았다. 저자의 일침대로라면 육성만 담지 말고 울림과 떨림까지 담아야 하고 그것은 "무언가를 하지 않을 수 있는 힘의 저항"으로 가능하다. 이 무위의 글쓰기라는 경지는 아득하지만 일단 쓰기에 대한 열망으로 조급해진 마음은 누그러뜨려준다. 무언가를 즉각적으로 수행하려는 욕심을 무너뜨리고, 하지 않을 수도 있는 힘을 다스리라는 글쓰기의 이정표 앞에서 나는 또 가던 길 멈추고 숨을 고른다.

글이 불이 되는 글쓰기를 해낼 재주는 없지만 쓰면서 알아가고 싶다. 전업 작가가 되고 싶으면, 혹은 되었다면 하루에 이삼십 장씩 쓰라는 말보다 이쪽이 더 윤리적이며 매혹적이고 현실적이다. 이미 글이 범람하는 시대에 제면기에서 면발 나오듯 줄줄 써대는 게 능사는 아니며, 그렇게 능력을 행위로 소모하다간 4대 보험 적용도 안되는 무명 작가로 과로사하기 딱 좋다는 자각이 아주 세게 드는 조언이다. 고마워요, 아감벤 씨.

조르조 아감벤, 《불과 글》, 책세상, 2016

고양이 키우기에서
고양이 되기로

수레 집에 혼자 있겠구나. 밖에서 전화하면 딸은 정정한다. 아니, 무지랑 둘이 있어. 아, 그렇지 무지가 있었지. 자꾸 까먹는다. 무지는 우리집 고양이다. 사람이 아닌 고양이라서 나는 아이 혼자 있다고 여기고, 고양이를 자신과 동등한 개체로 여기는 딸은 둘이 있다고 말한다. 인간중심주의를 벗어나기가 이토록 어렵다.

3년 전, 딸이 스마트폰으로 사진을 한 장 보냈다. 어미 고양이가 새끼 고양이 네 마리를 품고 있는 장면이 명화 같았다. 딸 친구의 지인이 기르는 고양이가 낳은 새끼들인데, 다 입양이 결정됐고 한 마리만 남았다며 우리가 키우자고 했다. 말로 졸랐으면 단박에 거절했을 텐데 사진을 보곤 홀렸다. 나는 고양이 입양 불가 의견을 빈대

떡 뒤집듯 뒤집었다. "그럼 데려오든가."

흰색·밤색·검은색 털이 멋스러운 삼색이가 식탁 아래 오도카니 몸을 말고 있었다. 수레는 고양이를 신발주머니에 넣어 운반했다고 한다. 도보로 20분 거리다. 가만히 있었느냐고 물으니 계속 야옹야옹 거렸단다. 그 장면을 그려보았다. 열세 살 여자아이와 생후 3개월짜리 고양이의 동행. 어미 품을 벗어난 어린 생명체의 두려움과, 다른 생명체를 품은 어린이의 책임감이 둘을 단단히 묶어주었는지도 모르겠다.

고양이 이름은 무지로 지었다. 내 삶의 모토인 '네 무지를 알라'는 의미의 무지. 무지 귀엽다는 뜻의 부사 무지. 딸아이는 인터넷으로 육묘 노하우를 빠르게 학습하고는 전문용어로 고양이의 행동을 해설했다. 저건 식빵 자세, 닭 자세, 꾹꾹이, 그루밍……. 그리고 신생아 돌보듯 조석으로 사료와 물을 챙겼다. 무지랑 놀기가 중요한 일과로 자리 잡았다. 둘은 좁은 거실을 톰과 제리처럼 가로지르며 뛰었다.

나도 놀고 싶었다. 낚싯대 장난감을 들고 유인해봤지만 무지는 시큰둥했다. 왜 나에겐 반응이 없는 거냐고 물었더니 수레가 말한다. "엄마, 고양이 관점에서 생각해야지. 몸을 그렇게 뻣뻣이 세우고 있으면 오겠어?"

그러고 보니 난 항상 무지를 아기처럼 번쩍 들어올렸다. 내 눈높이로 끌어올리면 고양이는 1초 만에 빠져나가곤 했다. 수레는 늘 엎드려서 네 발로 무지랑 눈을 맞추었다. 이것이 들뢰즈와 가타리가 말한 "되기"인가. 자신의 고정된 위치를 버리고 다른 존재로 넘어가기. 한 사람의 놀이 능력은 곧 교감 능력이자 변신 능력이고 사랑 능력이나 다름없었다.

고양이는 만져지는 자연이다. 무지는 명당자리를 용케도 발견한다. 외출에서 돌아와 겉옷을 벗자마자 손 씻고 오면 그새 외투 위에 왕처럼 앉아 있다. 목도리·스카프부터 쇼핑백·책까지 폭신하든 단단하든 보드랍든 뭐든 한 겹 깔고 본다. 커튼 사이로 한줌 볕이 들면 그곳이 아무리 손바닥만 할지라도 몸집의 표면적을 최대화해 누린다. 볕을 모은다. 무지를 보면서 알았다. 나는 고양이를 싫어한 게 아니라 고양이 키우는 걸 싫어했던 거구나.

버지니아 울프가 쓴 《플러쉬》라는 소설을 읽으며 난 수레와 무지를 떠올렸다. 주인공은 코커스패니얼 견공 플러쉬와 반려인 바렛이다. 냄새와 행동으로 세상을 감각하는 플러쉬와 언어 생활자 바렛은 "넘을 수 없는 차원의 장벽"(36쪽)을 느끼지만 반려 관계가 되어 "각자에게서 휴면 상태인 것으로 서로를 완성시켜준다"(189쪽). 플러쉬는 주인의 침대 발치에 자리를 잡는데, 무지가 밤마다 수레의 발치에서 잠드는 것과 꼭 같았다. 두 존재의 교감에는 '종'의 동일성보다 '곁'의 연속성이 중요함을 책과 현실이 증명한다.

버지니아 울프는 어린시절부터 개를 키웠다. 평생 개의 행동과 습성·감각을 세심하게 관찰하고 연구했다고 한다.《플러쉬》에는 "개를 좋아하는 사람이 쓴 게 아니라 개가 되고픈 사람이 쓴 이야기"라는 부제가 달렸다. 고양이를 좋아하는 게 아니라 고양이랑 결혼하고 싶다는 딸아이 수레의 말도 헛웃음으로 넘기지 말아야겠다고 생각한다.

버지니아 울프,《플러쉬》, 꾸리에, 2017

우리는 생각보다 자신에 무지하고 자기와 서먹하기에,
글을 쓰면서 나를 알아가는 쾌감도 크다. 그렇게
마음을 다 쏟는 태도로 삶을 기록할 때라야
신체에 닿는 언어를 낳고 그런 언어만이
타자에게 전해진다.

우리가 한바탕
이별했을 때

마흔이 되자 친구들이 이혼하기 시작했다. 배우자가 무책임해서, 시가가 무례해서, 같이 있기 싫어서 갈라선다고 했다. 남 일은 아니었다. 나도 한 달간 떨어져 지냈다. 사람이 이토록 미워지는 마음이 참 낯설었는데, 내가 지은 밥을 그가 먹는 게 싫어질 지경에 이르렀을 때 결심했다. 소설가 위화는 책을 읽다가 재미없으면 덮는단다. 계속 읽으면서 작가를 미워하긴 싫기 때문이라고 했다. 책장 덮듯 나도 얼굴을 덮고 싶었다.

'한부모 여성 가장'이 된 친구들은 아이에게 이혼 알리기를 가장 어려워했다. 아이가 어릴수록 사실대로 말하지 못했다. 회사 일로 떨어져 지낸다, 아빠는 외국에 갔다는 80년대 연속극 같은 이유를 둘러댔다. 결혼 10년간 한 번도 생활비를 준 적 없는 남편과 헤어진 선배는, 짐을 벗어버렸는데 생각만큼 후련하지 않고 살아갈 힘도 같이 사라졌다는 야릇한 말을 남겼다. 인간은 얼마나 복잡한 존재인가.

나는 타협했다. 여자로서 독립적이나 엄마로서 자립적이지 못했다. 대체 양육자가 없으니 어차피 오래 끌 수 없었다. 아이를 위해 참고 산다는 말, 비주체적이고 비겁해 보였지만 그 참음이 다른 고통보다 나으니까 참아졌다. 사랑으로 한 시절 살았기에 사랑 없이 한 시절 살아갈 수 있었다. 친구 따라 이리 뒤척, 내 맘에 지쳐 저리 뒤척 하는 동안 나라는 존재의 나약함에, 여성이란 종의 고통에 조금씩 눈떴다.

그때, 우리가 한바탕 이별했을 때 '고민거리'로 여겨졌던 아이들의 존재가 들어온 건 근래다. 20대가 된 내 아이 또래가 글쓰기 수업에 오면서 '헤어진 부모'에 관한 글을 접하는 빈도가 부쩍 늘었다. 부부 싸움이 시작되는 전조를 감지하는 초조, 쟤만 없으면 당신이랑 안 산다는 말에 덴 자국, 아빠 외국에 갔다는 엄마의 세뇌, 아빠의 재혼 소식을 엄마에게 전하며 울던 기억, 집에 놀러 온 친구가 "너도 아빠 없니? 나도 따로 살아"라고 말해 비밀 친구가 된 일화, 조손 가정이라는 구멍을 메우기 위해 죽기로 공부에 매달렸다는 고백.

약자에 가려진 약자가 있었다. 아이들에게 이혼은 어느 날 부모 한 명이 증발하는 일이고, 남은 부모의 안색을 살피는 고도의 정신

노동이 부과되는 삶이며, '너라도 잘 커야' 하는 장기 채무가 발생하는 사건이다. 그래서 아이에게 어떤 고통도 주지 말라는 게 아니라 옆에서 생생한 아픔을 겪는 한 존재가 있음을 놓치지 말아야 한다는 것. 애들은 몰라도 되는 어른 문제 따위는 없다는 것이다.

영화 〈플로리다 프로젝트〉는 여섯 살 여자아이 '무니'의 무지갯빛 표정이 화면을 꽉 채운다. 싸구려 모텔에서 단기투숙자로 미혼모 엄마와 사는 아이는 가난과 결핍의 공간을 생성과 자극의 놀이터로 만든다. 이 낙담하지 않는 악동은 자신의 신묘한 능력을 고백한다. "난 어른들이 울려고 하면 바로 알아." 엄마의 기후 변화를 귀신같이 감지하는 것도 아이고, 어떤 절망에 빠졌어도 라면 수프 같은 복원력으로 생기를 되찾는 것도 아이다.

"고통이 아픔을 준다는 것이 고통에 반대하는 논거가 될 순 없다"는 니체의 말을 생각한다. 인간은 최악의 상태에서 진정한 통찰과 만난다는 뜻이다. 한부모 가정 아이는 불행하다기보다 예민하다. 그 예민함의 촉수로 무니가 타인의 슬픔을 포착하듯, 또 다른 무니들이 삶의 무수한 장면을 읽어내고 속 깊은 글을 써내는 걸 나는 본다. 그래서 묻게 된다. 이혼은, 한부모 가정은, 누구의 무엇을 언제를 기준으로 결핍이고 약점인 것이냐고. 나와 내 친구가 오매불망 걱정했던 그 작았던 아이들은 자기 고통을 응시하고 기록하는 사람으로 옆에 있다.

알려주지 않으면
그 이유를 모르시겠어요?

민지(가명)는 수업 시간에 자주 엎드렸다. 의견을 물어도 묵묵부답. 입을 다물고 고개를 저었다. 말을 하지 않으니 나도 더는 말을 시키지 않았다. 물 잔처럼 놓여 있던 민지는 할 말이 생각나면 남의 말을 끊고 불쑥 끼어들었다. 주장도 의견도 아닌 그 파편적인 말들을 나는 팔뚝에 튄 물방울 닦듯 무심히 대꾸하거나 못 들은 척 넘겼다. 한 번은 민지가 혼잣말로 중얼거렸다. "쌤은 할 말 없을 땐 말 시키고 말하고 싶을 땐 안 시켜요."

고른 발언 기회, 즉 '말의 평등'을 우선시했던 나는 당황스러웠다. 어떻게 하면 좋겠느냐고 물었다. 민지는 '어른들' 말을 못 알아듣겠다고 했다. 아는 얘기가 나와도 끼어들 순간을 못 찾겠다고, 다

른 사람 말이 끝나고 말하려면 안 끝나고, 끝나면 다른 주제로 넘어
간다는 거다. 말수 적던 아이가 맞나 싶게 눈을 맞추고 조리 있게 말
을 했다.

10대부터 30대까지 모인 여성 쉼터에서 민지는 최연소였다. 열
다섯 살. 아무래도 경험이나 지식·언변 등 토론 자원이 취약하다 보
니 '말의 권력'에서 밀렸던 것 같다. 나는 이야기해줘서 고맙고 알아
차리지 못해서 미안하다고 말했다. 그리고 내가 말하고 싶은 만큼
남의 말을 잘 듣는 것도 중요하니까 앞으로는 발언을 원하면 손을
들자고 제안했다. 이후 민지는 한 번도 엎드리지 않았다.

수업 내내 입을 다문 아이도 있었다. 아마도 성격이 소심한 게
아닌가 싶어 넘어갔다가, 물어도 응답이 없으니 화가 났다가, 피곤
하거나 기분이 안 좋은 일이 있을 거라 추측했다가, 가타부타 말이
없으니 속을 몰라 난감했다. 투명인간 취급을 할 수도 안 할 수도 없
었다. 내가 사람 마음 헤아리는 눈치는 좀 있는 줄 알았는데 말이 공
급되지 않으니 관계의 뜨개질에서 첫 코도 꿰지 못했다.

나는 처방전을 찾듯 허먼 멜빌의 〈필경사 바틀비〉를 꺼내 읽었
다. 거기엔 '수동적 저항'의 대가大家가 나온다. 주인공 바틀비는 면
벽 묵언수행급, 하는 말이라곤 한마디 "그렇게 안 하고 싶습니다"
가 전부다. 변호사 사무실에 고용된 필경사인 그는 어느 날부터 일
손을 놓는다. 항상 거기에 있지만 아무것도 하지 않는다. 문제는 일

을 하지 않는 게 아니라 일하지 않는 '이유'를 설명하지 않는 것. 변호사는 그를 어르고 달래고 연민하다가 분통을 터뜨린다. 좀 합리적으로 되라고 애원하지만 "송장처럼 창백한" 바틀비는 미동도 않고 입을 뗀다. "현재로선 좀 합리적으로 안 되고 싶습니다."(77쪽)

소설을 읽다보면 바틀비가 답답하고 불안하다. 제 발로 사무실에 들어갔으면 일은 해야 하지 않나, 안 할 거면 왜 안 하는지 적어도 이유는 말해야 하지 않나, 그래도 살아야 하지 않나 싶은데 그 모든 걸 안 하고 '끝'까지 버틴다. 그런 행동에 대한 속 시원한 해명 없이 소설은 장탄식으로 끝난다. "아! 바틀비여, 아! 인간이여."(102쪽)

그 허탈함, 황망함, 난감함, 쓸쓸함 속에서 사유가 일어난다(좋은 소설인 것이다). 나는 내 생각을 생각했다. 처음엔 바틀비가 이유도 없이 일하지 않는 게 이상했는데, 아니다. 나를 비롯한 모든 사람이 이유를 묻지도 따지지도 않고 일을 그토록 열심히 하는 게 이상하다. 바틀비는 왜 자기 생각과 입장을 설명하지 않을까 궁금했다가, 그럼 나는 구구절절 말함으로써 타인을 이해시키고 타인으로부터 이해받은 적이 얼마나 있었는지 회의가 들었다. 말하는 대로 이해받는다는 믿음이야말로 헛것 아닌가…….

역시 미국 단편소설인 샬럿 퍼킨스 길먼의 〈누런 벽지〉에는 인간을 이해하는 데 서툴다는 점에서 〈필경사 바틀비〉의 변호사와 닮은꼴인 인물이 등장한다. 주인공이 결혼과 출산 후 병을 앓으며 아이도 돌보지 못할 만큼 몸이 아프다고 말하지만, 높은 신분의 내과

의사인 남편 존은 이해하지 못한다. 일시적인 신경성 우울증과 경도의 히스테리로 진단하고 휴식 요법을 권한다.

"존은 내가 실제로 얼마나 고통을 겪는지 알지 못한다. 그가 알고 있는 것은 고통을 겪을 '이유'가 없다는 것이며, 그걸로 그는 만족이다."(163쪽)

남편은 아내에게 이유를 묻지도 듣지도 않고 자기가 알아서 판단하고 통제한다. "나는 의사야. 내가 알아"(173쪽)라며 아내의 말을 대수롭지 않게 잘라내고, 무조건 쉬어야 한다며 글쓰기 같은 활동을 금지한다. 남편이 너무 현명해서 자신의 말을 못 알아듣는 거라고 생각하는 주인공은 "내가 느끼고 생각하는 바를 나는 어떤 식으로든 말해야 한다"(170쪽)고 여겨 방문을 잠그고 몰래 글을 쓴다.

좀 합리적이 되라고 말하는 변호사, 네 병은 내가 안다고 말하는 의사. 알려주지 않으면 하나도 모르고, 알려주어도 들으려고 하지 않는 그들은 이 시대의 '전문가'들이다. 타인의 사정을 헤아리기 위해 진득한 노력을 기울이는 인내심이 부족하고, 한 인간의 복잡한 내면을 자기 지식으로 성급히 단순화하는 재주만 능하다.

그들에게서 글쓰기 강사라는 이름으로 전문가 행세를 하는 나를 본다. 그나마 엎드린 이유를 말해주었던 민지와 안 하고 싶은 이유는 모르지만 아무것도 안 하고 싶었던 아이에게, 매사 논리를 따지고 원인을 분석하고 합리적인 대안을 모색하는 나는 어떤 모습이

었을까. 바틀비가 변호사에게 했던 말이 나를 향한다. "알려주지 않으면 그 이유를 모르시겠어요?"(79쪽)

그간은 글쓰기를 열렬히 원하는 이들만 만났다. 만사가 물 흐르듯 자연스러웠다. 그러다 비자발적 집단과의 수업에서 난관에 봉착했고 그 와중에 나는 얼굴이 자주 화끈거렸는데, 평소 목소리 없는 자들의 목소리를 전하는 글을 쓰고 싶다고 떠들고 다닌 게 생각나서다. 실상은 목소리 없는 자를 좀처럼 못 견디고, 논리적 전개가 아니면 상황 이해에 서툴고, 원활한 목표 달성에 방해가 되면 구성원을 제쳐두기도 하는 사람이 나였다. 우선은 불안과 조급 없이 목소리 없는 이들과 '그냥 있는' 연습부터 해야 했던 것이다.

합리성으로 포획되지 않는 삶, 실패로서만 확인되는 앎이 있다. 그것은 나를 원점으로 돌려놓는다. 아내의 병을 고치겠다는 의지가 확고한 남편이 정작 아내의 말을 듣지 못하듯이, 어떤 목표에 사로잡히면 사람이 들어설 자리가 없다. 성실함의 중단, 합리성의 거부를 실천한 바틀비처럼 나도 성실함과 합리성의 스위치를 몸에서 꺼두어야 할까보다. 그래야 사람이 보일 것 같다.

허먼 멜빌, 〈필경사 바틀비〉, 샬럿 퍼킨스 길먼, 〈누런 벽지〉,
창비세계문학단편선 《필경사 바틀비 – 미국》, 창비, 2010

울더라도
정확하게 말하기

"남자 너무 미워하지 마세요. 우리 남자들도 알고 보면 돈 버느라 불쌍하거든요." 강연을 마치고 질문 시간에 손을 든 중년 남성이 말했다. 난 강연 내용을 재빨리 복기해보았다. 남자를 밉다고 했나? 그렇지 않다. 남성중심사회에서 여성으로서 겪는 곤란과 불편, 내가 만난 여성들이 당한 폭력에 대해 상세히 이야기했을 뿐이다. 굳이 따지자면 남자보다 여자의 불쌍함을 이야기한 것이다. 그것을 그는 남자에 대한 미움, 투정, 원망으로 받아들이고 동정과 배려를 당부했다.

당황한 나머지 난 말을 얼버무렸다. 그날 집으로 돌아와 뒤늦게 답변 시나리오를 짜보았다. "제가 남자를 미워한다는 느낌은 어떤 대목에서 받으셨어요? 전 여성의 삶을 이야기했거든요. 선생님은 여성이 겪는 아픔을 어떻게 생각하시는지 궁금합니다." 질문(의견)을 질문으로 받아치는 방법. 이 정도가 가장 무난한 대응책이라고 결론지었다.

동시에 이상한 열패감이 들었다. 무작위로 날아드는 어떤 말에도 최대한 공손하고 정확하게 답변하려고 일종의 '말하기 연습'에 몰두하는 모습은 얼마나 처량한지. 이는 괴팍함, 무뚝뚝함, 거침없음이 남성다움의 전유물로 여겨지듯이 친절함, 보살핌, 포용성을 여성다움의 책무로 익혀온 강박일지도 모른다. 이런 노력에도 불구하고 여성의 말하기는 늘 미끄러진다. 부정, 무시, 왜곡당한다.

글쓰기 수업에서 페미니즘 관련 책을 읽고 토론할 때 벌어지는 풍경이 있다. 함께 읽은 책의 내용에 공감한 여성 학인들이 자기 이야기를 쏟아낸다. 살면서 억울했던 일, 분했던 일, 기가 막혔던 일……. 그러면 남성 학인들의 표정은 조용히 어두워진다. 급기야 "나는 집에서 설거지도 잘하는데 왜 그러느냐" 항변하기도 한다. 그러면 말길이 끊긴다. 분노하는 여성은 우습지만 분노하는 남성은 위협적이기 때문이다.

여성들은 '그냥' 말한다. 말할 수 있을 때 말한다. 책의 서사에 자극받아 억압되어 있던 자기 얘기를 꺼낸다. 너도 그랬니, 나도 그랬어, 말의 봇물이 터지고 경험의 파도가 쉴 새 없이 밀려오는 것뿐이다. 여성의 공적 말하기 기회가 드물기에, 여성의 말하기를 듣는 기회도 없다면 '그냥' 듣고 있는 게 남성으로선 어렵고 어색한 일일 수도 있겠다. 그러나 평생의 억울함을 터놓는데 잠시의 억울함도 견디지 못하고 끼어드는 말은 제 스스로 힘을 잃는다.

한 지역에서 폭력과 존엄을 화두로 강의했을 때다. 청중 가운데 가장 연장자인 남성이 가장 먼저 손을 들고 소감을 말했다. "작가님은 살면서 폭력을 당한 적이 많나봐요?" "폭력을 많이 당한 거 같아서요." 어순을 바꿔가며 반복했다. 그날 강의의 중심은 내가 직간접으로 경험한 폭력의 서사였다. 간첩 조작 사건 피해자 인터뷰집《폭력과 존엄 사이》를 쓰면서 알게 된 국가폭력, 가정폭력 및 성폭력 피해자와 글쓰기 수업을 하며 발견한 일상의 폭력, 평소 무심히 사용하는 편견과 차별의 언어폭력 등등. 그건 누구나 예기치 않은 폭력에 노출될 수 있음을 알리는 보고문이면서, 타인의 고통에 무지하고 무심했던 데 대한 반성문이기도 하고, 폭력을 어떻게 줄여나갈지 같이 모색하자고 촉구하는 선언문이기도 한, 아프고도 조심스러운 말들이었다.

질문자의 기습적인 발언은 나를 향하는 듯했지만, 막상 나란 사람이 얼마나 많은 폭력에 노출되었는가는 중요치 않았다. 그는 말을 이었다. 결혼한 지 30년이 넘었고 이제는 집안일에 솔선하고 아내를 위한다며, 자신의 눈을 빼서 주어도 아깝지 않고 목숨도 바칠 수 있다고 말했다. 그러니까 세상에는 폭력을 휘두르는 (악마 같은)

남자만 있는 게 아니라 몸을 던져 희생하고 노력하는 (천사 같은) 남자도 있다는 걸 말하고 싶은 듯했다.

이 낯설고 익숙한 상황, 이야기의 전후 맥락을 살피기보다 자신을 불쑥 내세우는 남성성의 노출에 난 또 찔렸다. 이번엔 정신을 집중해 말했다. 내 몸을 통과한 폭력의 기억에 대한 가치 폄훼를 바로잡아야 했다. 당신의 발언은 내가 폭력의 당사자여도 문제, 아니어도 문제다. 용기 내어 자기 아픔을 터놓고 그 아픔에 같이 아파하고 감응한 사람들에 대한 결례이자 업신여김이다. 폭력의 피해를 개인의 박복과 불운으로 취급하는 것, 수치심을 심어주어 침묵을 강요하고 사적인 문제로 돌리는 관습이 얼마나 많은 폭력을 양산하고 방치하는지가 오늘 강의 주제라고 정리해주었다.

물론 냉정하거나 초연하지 못했다. 맥없이 터진 눈물을 꾹꾹 누르며 말했고 그는 주저 없이 사과했다. 자신이 강의 중간에 들어와서 앞의 이야기를 못 들었고 인문학을 배운 지 얼마 안 돼 잘 몰라 그렇다는 말도 덧붙였다. 선량한 눈매를 가진 그의 사과를 의심하진 않지만 변명을 듣고 나니 그의 언행은 더욱 이해하기 어려웠다. 강의 내용 파악이 어렵고 공부가 부족하다고 여기면서도 스스로 말하도록 허락했고 기어코 한 수 가르치려 들었으므로.

"내가 나에 대해서, 그리고 일에만 몰두하는 매정한 남자와 결혼하여 네 아이를 낳고 살면서 분노와 비참함으로 자주 속을 끓였던 어머니에 대해서 이야기한 책을 쓴 뒤였다. 웬 인터뷰어가 혹시 내가 인생의 짝을 찾지 못한 건 학대하는 아버지를 둔 탓이었느냐고 기습적으로 물었다. 그 질문은 내가 인생에서 하고자 했던 일이 무엇인지를 제멋대로 가정하고 어이없게도 그 인생에 끼어들 권리를 주장하는 질문이었다."(23쪽)

리베카 솔닛은《여자들은 자꾸 같은 질문을 받는다》에서 자신의 경험을 고백한다. 한 여성이 결혼하지 않는 이유를 학대하는 아버지를 둔 탓으로 단정하는 저 장면은, 한국사회의 장대한 폭력에 관한 서사를 한 여성의 트라우마로 간단히 환원해버리는 목소리와 겹친다.

'남자도 돈 버느라 힘들다.' '남자도 설거지 한다.' '남자는 여자를 위해 목숨도 던질 수 있다.' 여성을 비롯한 사회적 약자에 대한 구구절절한 말하기는 (여성이 그렇다는 걸 알았다가 아니라) 남자는 이렇다는 걸 알아달라는 한 줄 요약으로 돌아오곤 한다. 이런 반복적인 상황이 나의 역량이나 경험 부족 탓이 아닐까 자책했으나 솔닛의 사례와 연결되니 보편적 젠더 현상으로 볼 수 있게 되었다.

"남자들은 감정이입의 범위를 넓혀서 다른 젠더와 자신을 동일시해보라는 요구를 받지 않는다. 백인은 유색인종과는 달리 다른 인종에 동일시해보라는 요구를 받지 않는 것과 비슷하다. 지배하는 위치에 있다는 것은 곧 자신만을 볼 뿐 남들은 보지 않는 것이다."(89쪽)

태어나면서부터 여성은 침묵하는 법을 익히고 남성은 감정을 도려내는 법을 배운다. 그렇게 가부장제는 인간 본성을 왜곡시키고 그 하자와 결함을 체화한 젠더 역할 수행을 윤활유 삼아 굴러간다. 말하기를 익히지 못한 여성이 공감을 배우지 못한 남성과 동료시민으로 살아가자니 여기저기서 삐걱거리고, 맞추어 살자니 공부가 끝이 없다.

난 강연 중 눈물바람이 세 번째다. 두 번은 말하다가 혼자 울컥했다. 더 울어야 할 것이다. 내 나약함을 혐오하지 않기 위해 목표를 바꾼다. 울지 않고 말하는 게 아니라 울더라도 정확하게 말하는 것. "내 내면에 대한 권한을 스스로 가짐으로써 다가오는 침입자에 맞서서 훌륭한 문지기가 되는 것, 최소한 '왜 그런 걸 묻죠?'라고 재깍 되물을 줄 아는 사람이 되는 것이다."(19쪽)

리베카 솔닛, 《여자들은 자꾸 같은 질문을 받는다》, 창비, 2017

엄마입니다만,
그게 어쨌다구요?!

"엄마는 생일날 우리랑 안 있고 왜 친구 만나러 가?" 아이가 눈망울을 굴리며 물었다. 예상치 못한 기습 질문에 당황했지만 나는 면접에 임하는 사람처럼 성심껏 답했다. '우리는 매일 밥을 같이 먹고 외식도 자주 한다. 근데 생일에도 가족이 꼭 함께해야 하는 걸까? 엄마는 아빠나 너희와 같이 있으면 자꾸 일하게 된다. 동생이 어리니까 밥 먹을 때도 반찬을 챙기게 되고 신경이 쓰인다. 일상의 연장이고 특별하지 않다. 엄마도 생일에는 마음 편히 보내고 싶다.'

나는 첫아이를 저렇게 질문이 가능한 '사람'으로 만들어놓고 둘째를 낳았다. 6년 만에 재개된 육아는 겨우 정돈된 일상을 쉽게 뒤집어버렸다. 내 일이 바쁠 때면 두 아이 손발톱 40개가 꼬질꼬질한 채로 자라 있곤 했다. 늘 동동거리느라 혼이 빠진 나는 틈만 나면 고요히, 단독자의 시간을 탐했다. 아이는 이해했을까. 가족이 아니라 노동을 거부하는 엄마의 마음을.

'생일은 가족과 함께'라는 사회규범은 유니폼처럼 거추장스럽다. 기쁠 때나 슬플 때나 늘 함께하는 사람들이 정해져 있다는 게 인간 행복의 관점에서 온당한지 잘 모르겠다. 외부가 없는 삶은 숨 막힌다. 평소에도 밥을 같이 먹는 식구인데 굳이 생일에도 모여야 하는지. 아마도 평소엔 밥상을, 생일엔 잔칫상을 받았던 아버지를 위한 가부장 문화의 잔재가 아닐까 추측한다. 그 수혜자가 아닌 뒷수발 드는 '안'사람 처지에서는 가족 '바깥'이 선물이다.

엄마가 되고 나면 사라지는 권리들. 자아실현이 좌절되는 것이나 경력단절보다 먹고 자고 누는 기본 생식 활동에 제동이 걸리는 게 나는 더 혼란스러웠다. 아무리 호텔 요리를 먹어도 아이가 옆에 있으면 맛을 느끼지 못했다. 아이를 두고 나오면 걱정되고 데리고 나오면 성가시고. 첫 숟갈을 뜨려는 찰나 아이의 '응가' 한마디면 식사의 흐름이 끊긴다. 밥이 허용되지 않는 엄마의 시간. 그뿐인가. 백화점 여성용 화장실 칸 내부에는 접이식 아기 의자가 달려 있다. 몸을 못 가누거나 멋대로 돌아다니는 영·유아를 동반한 고객을 위한 장치다. 지극히 사적인 공간에서도 아이를 그림자처럼 달고 다녀야 한다.

"아이가 태어나고, 타인의 도움 없이 하루도 살아갈 수 없는 생명이란 것을 알고 나면 그 생명을 키우는 일이 인생에서 가장 중요한 과제가 된다."(130쪽) 그것을 출산 전에 구체적으로 알 길은 없다. 타인의 도움 없이 하루도 살아갈 수 없는 한 생명이 다른 한 생명의 일상을 어떻게 바꾸어놓는지, 몰라서 낳는다. 그리고 키우면서 알아간다. 어디로도 도망칠 거리가 확보되지 않는 참 곤란한 관계를 출산과 양육을 통해 경험하는 것이다.

그 무수한 날들, 너무도 모질어서 존재가 공글려지는 시간이 흘렀고 아이들은 자랐다. 지난해 내 생일엔 군 입대를 앞둔 아이에게 미역국을 끓여달라고 부탁했다. 올해는 아직 어린 둘째가 오빠를 대신해 미역국을 차려주었다. 그냥 한번 말해보았는데 밥이 나왔다. 나는 '남편 재교육보다 자녀 출산 후 교화가 빠를 수 있다'는 교훈을 공유한답시고 페이스북에 인증샷을 올렸다. 비혼 친구에게 먼저 반응이 왔다. 좋겠다, 부럽다를 연발한다. 난 스마트폰 계산기를 켰다. 20년, 365일, 세 끼를 곱하니 2만 1600끼 만에 한 끼가 돌아온 셈이다. 배불리 먹었고 자랑도 했으나 썩 부러워할 일은 아닌 거 너도 알지 않느냐고 말했다. 친구도 선뜻 인정. 이러한 극단적 비대칭 관계를 모성으로 숭앙하는 건 더 이상 통하지 않는다. '자식 키운 보람따윈 됐고요, 육아 수당이나 주세요.' 여성들이 요구하는 시대로 변하는 중이다.

지금 알고 있는 것들을 그때도 알았더라면 어땠을까. 난 그래도 엄마가 됐을 거 같다. 아이를 무작정 좋아하는 데다가, 한 생명을 키우는 데 필요한 재화와 노동의 총량에 대한 정보를 알더라도 구체적인 실감은 어려우니 용감하게 출산의 길을 가지 않았을까 싶다. 그래 놓고 여전히 생일날 온전한 식사를 위한 외출권과 효행 미역국을 요구하며 1인 시위를 하는 심정으로 살았으리라.

이러한 내 부산스러운 행동과 생각을 한마디로 정의하면 '낳을 자유'다. "부모를 골라서 태어날 수 없는 아이들의 평등을 지켜주는 공적 자원"(281쪽)과 "아이를 낳지 않고 싶은 여성이 비난받지 않을 자유"(283쪽)가 확보된 상태. 특정 상대에게 지나치게 의존하거나 헌신하지 않는 관계 맺기가 가능하도록 가족제도가 개선될 때까지, 나는 무한한 모성을 강요하는 세상의 모든 면접관들에게 말씀드릴 작정이다. 엄마입니다만, 그게 어쨌다구요?!

우에노 지즈코 외, 《비혼입니다만, 그게 어쨌다구요?!》, 동녘, 2017

자식이
엄마에게 미치는 영향

글을 낭독할 차례가 됐는데 침묵이 흐른다. 고개를 들어보니 온 얼굴로 눈물을 간신히 막아내고 있다. 잠시 후 그가 청했다. 누가 대신 좀 읽어달라고. 그가 쓴 글에는 "한 번 내기 시작한 화는 산불처럼 번져 좀체로 수그러들지 않았다" "다정함은 체력에서 온다고, 그 무렵 네 시간마다 깨어 수유하던 나로서는 아이를 공감하기보다 억누르고 명령하는 편이 수월했다"와 같은 문장이 담겼다. 제목은 〈좋은 엄마〉.

　글쓰기 합평 시간에 애 키우는 여성 필자의 낭독 중단 사태는 종종 벌어진다. 피로감과 죄책감의 잔가시가 목에 걸려 그렇다. 애한테 짜증 내서, 충분히 못 놀아줘서, 모유를 못 먹여서, 아픈 애 떼어놓고 출근해서 등등. 나는 좋은 엄마가 아니라는 가책과 한탄의 목록은 언뜻 사소해 보이나 그 사소한 일은 놀랍게도 엄마들을 수시로 심판대에 세운다.

그냥 엄마가 아닌 좋은 엄마를 나도 꿈꿨다. 첫애를 낳곤 베개 대신 육아서를 베고 잤다. 건강 유지, 품성 함양, 학업 증진, 진로 모색까지 좋은 엄마의 책무는 점점 방대해졌고 거기에 매진할수록 자아는 빈곤해졌다. 말보다 눈물이 먼저 쏟아지는 증상도 자식을 키우며 얻었다. 아이가 둘로 늘고 이건 사람이 감당할 수 있는 일이 아니구나 싶었지만 그때마다 '신이 인간을 일일이 돌볼 수 없어서 엄마를 보냈다' 같은 말을 되새기며 힘을 냈다.

여자로 길러지며 자동 적립된 '모성의 언어'가 바닥난 건 엄마 10년 차 때. 때마침 통장도 비어갔다. 아이의 생명 유지에 꼭 필요한 식사 제공만 신경 썼다. 그마저도 힘에 부쳤지만 티를 낼 순 없었다. 난 밥만 해주는 엄마니까. 아무리 애써도 불만족스러운 현실이 답답해 글을 썼다. 압력솥에서 김 빼는 심정으로 몸에 쌓인 울화를 뽑아냈다. 해야 하는 것, 할 수 있는 것, 하고 싶은 것을 정리했다. 내 욕망과 능력을 직면하면서 좋은 엄마라는 허상에서 풀려났고 되는 대로 살아갈 용기가 조금씩 생겼다.

우는 엄마들에게서 나를 본다. 누가 우리에게 모성을 가르쳤을까. 얼마 전 신영복의 《감옥으로부터의 사색》을 다시 읽었다. "실패자들의 군서지"인 감옥을 인생의 학교로 삼은 선생이 써내려간 겸손의 문체와 품격, 힘, 속도를 갖춘 시적인 문장들은 여전히 아름다웠다. 다만 보이지 않던 곳들이 눈에 들었다. "모든 것을 포용할 수 있을 만큼 품이 넓"은 어머니, "태산부동 변함없"는 어머니 같은 부분이다. 1970~80년대에 쓴 글로 전형적인 한국형 모성을 재현하는 익숙한 목소리였다.

나는 아이가 군에 간 21개월도 걱정에 몸이 닳았는데 20년 세월 아들의 옥바라지를 했던 어머니의 심정은 어땠을지 감히 가늠되지 않는다. 과거의 나는 이런 글을 보며 대인배 엄마가 '누구나' 될 수 있고 되어야 한다고 의심 없이 받아들였을 것이다. 돌이켜보니 거의 남성 저자의 책으로, 즉 남자의 관점으로 인생을 배웠다. 어머니의 육체노동을 희생, 헌신, 은혜 같은 큰 말로 추상화하는 가부장제의 언어를 공기처럼 흡입하며 '여자다움'이나 '엄마 됨'의 자세와 기준을 체득했을 것이다.

한 젊은 여성은 이런 글을 썼다. (좋은 엄마가 아닌) 엄마가 자식에게 미치는 영향만 연구되고, 자식이 엄마에게 미치는 영향은 왜 연구되지 않는 거죠? 영화를 보고 엄마에게도 자아가 있음을 알게 됐다는 딸의 문제 제기였다. 아, 관점을 바꾸면 질문도 바뀌는구나 실감했다. 엄마들의 글쓰기는 존재 본래의 생기를 잠식하는 모성의 독을 빼는 과정이라고 생각한다. 엄마 아닌 '나'를 주어로 놓고 쓰다 보면 죄의식의 분비물인 눈물도 멎는다.

애매함을 배척하고 확실함을 동경했다.
표류보다 안착을 원했다. 어영부영 이만큼
떠밀려오고 나서야 짐작한다.
인간이 명료함을 갈구하는 존재라는 건
삶의 본질이 어정쩡함에 있다는 뜻이겠구나.

인공자궁을
생 각 함

"저 엄마 왜 울어?" "몰라. 아까부터 울더라." 간호사들 목소리가 희미하게 들렸다가 멀어진다. 새벽 4시 32분. 아이를 낳고 나는 분만실 침대에 누워 있었다. 예닐곱 시간 산통 끝에 몸통은 거죽만 남은 듯 너덜너덜했다. 혀가 껄끄러워 입 안에 손가락을 넣었는데 노란 모래 가루 같은 입자가 묻어나왔다. 물 좀 달랬더니 간호사가 적신 거즈를 준다. 그걸 입술에 대고 있는데 눈물이 흘렀다. 무슨 스위치라도 켠 것처럼 느닷없고 하염없이. 흐느낌도 통곡도 아닌 조용한 눈물의 방류를 간호사들이 본 모양이다.

이렇게 아픈데 엄마는 오빠를 낳고 어떻게 나를 또 낳았을까. 첫아이 출산 때 정신이 돌아오고 처음 든 생각이다. 몸을 초과하는 통증에 몸서리쳤다. 그래 놓고 나는 또 둘째를 낳은 것이다. 동이 트자마자 남편이 양가에 전화를 드렸고, 엄마는 아침 7시 병실 문을 열고 뛰듯이 들어왔다. 침대에 누워 있는 나와 눈이 마주치자 얼굴 근육이 제멋대로 실룩거리던 엄마. 왈칵 눈물을 쏟으며 말한다. "고생했다. 애 낳는 게 얼마나 아픈데……."

삼칠일이 지나 산후도우미 아주머니가 가고 남편은 회사 일로 바빠 혼자 남겨졌다. 밤낮으로 두 아이 사이를 오가며 쩔쩔매던 어느 날, 아이를 재워놓고 방문을 닫는데 아이가 뒤척였다. 다시 토닥토닥하고 재우면 또 깨고 그러길 수차례. 입으로는 '잘 자라 우리 아가'를 흥얼흥얼하며 등을 두드려주는데, 빨리 자라 좀 제발 하면서 손에 힘이 들어갔다. 등짝을 세게 한 번 내리쳤다. 손바닥에 꽉 차는 조그만 등의 느낌. 후끈했다. 그런 난폭함이 내 몸 어디에서 나왔는지 놀랐고, 더 놀란 아이는 자지러지게 울었다.

"아이는 분유도 이유식도 거부했다. 끼니마다 전쟁이 벌어졌다. 제발 한 입만 먹어라, 제발. 애원은 분노로 바뀌었다. 나는 분노에 못 이겨 소리를 지르며 손에 잡히는 대로 벽에 던졌다. 아기는 놀라 비명을 지르며 울었다. 모든 게 지옥이었다."

한 여성이 산후우울증을 호되게 앓았던 경험을 글쓰기 수업에서 발표했다. 저 대목에서 멈칫, 까맣게 잊고 있던 오래전 화의 기운이 나를 덮쳤다. 행여나 들킬세라 과제물에 시선을 두었다. 낭독이 끝나고 고개를 들었더니 세상에나, 여기저기서 훌쩍훌쩍 손으로 눈물을 찍어내고 휴지를 꺼내 코를 푼다. 각기 다른 연령대 여성들이 운다. 침묵을 깨고 한 명이 말문을 열었다. "남들은 척척 해내는 육아가 나는 왜 이렇게나 힘이 들까." 이 문장이 특히 공감이 간다고, "그 말을 저는 남편에게 들었어요"라며 말끝을 흐렸다.

그날 수업을 마치고 가는 길, 이 집단적 슬픔의 광경이 떨쳐지지 않았다. 지금도 육아의 고통을 자신의 모성 부족으로 탓하며 속울음 삼키는 이들이 얼마나 많을까. 내 안의 폭력 성향이 불쑥 나타날 때는 어떻게 잠재워야 할까. 문득 엄마들을 모아서 '봉기蜂起'를 일으키고 싶다는 생각이 들었다. 난 충동적으로 페이스북에 봉기 단상을 올렸고 댓글이 줄줄이 달렸다. 이토록 고된 육아를 불평 한마디 없이 묵묵히 수행한 선배 엄마들에 대한 원망, 육아로 인한 일상의 압박과 인격의 왜곡에 대한 토로가 족자처럼 펼쳐지는 와중에 한줄 의견이 외롭게 버티고 있었다. "저도 봉기에 참여하고 싶습니다."

내가 구상하는 봉기는 단순하다. 벌떼처럼 모여서 윙윙윙 떠들기다. 자기를 스스로 공격하는 악순환에서 벗어나기 위해서는 다른 해석이 필요한 법이니, 내 목소리를 내보내고 내 삶에 다른 목소리가 흘러들게 하는 것이다. 육아의 기쁨만큼이나 슬픔을, 어린 생명이 주는 충만함만큼이나 자멸감을 저마다 말하기만 해도 적어도 자신이 비정상이 아님을 알고 자기 억압의 굴레에서 빠져나올 수 있다.

나는 또 엄마들이 한 자리에 모인다면 슐라미스 파이어스톤의 《성의 변증법》을 펼쳐서 읽어주고 싶다. 그간은 젠더 불평등이 근원적으로 해소될 수 있을지 회의적이었다. 그러니까 아무리 깨인 남자, 페미니스트 배우자를 만나더라도 여자의 몸에서 임신과 출산이 이뤄지는 한 양육에 따른 최종 책임은 마치 자연의 섭리처럼 여자에게 귀속되더라는 것이다. 여자의 몸이 무거워지는 순간 필연적으로 삶도 무거워진다. 비출산 경향도 그걸 인지한 여성들의 선택일 거다. 이에 대한 여성의 구제 방안을 《성의 변증법》이 제시한다.

"남자는 땀 흘려 일하고 여자는 고통과 산고를 참아야 하는 이 중 저주는 처음으로 인간적 삶을 가능하게 하는 테크놀로지를 통해 해소될 것이다."(292쪽) 저자가 말하는 테크놀로지는 인공 생식의 완전한 발달을 뜻한다. 즉, 인공 자궁에서 태아를 잉태함으로써 남성에게도 임신과 출산이 가능해지도록 하자며 "모든 가능한 방법을 통하여 여성을 생식의 압제로부터 해방시키고 양육의 역할을 여성뿐 아니라 남성, 즉 사회 전체로 확산시킬 것"(294쪽)을 요구한다.

이 급진적 주장에 처음엔 놀랐지만 읽을수록 빠져들었다. 인공 자궁을 통한 임신과 출산이 가능한지 아닌지는 잘 모르겠다. 그래도 "인류의 반이 그들 모두의 아이를 낳고 길러야 한다"(293쪽)는 것에 근본적인 회의와 물음을 던진 점, 피임법이 개발되기 전 계속되는 출산으로 여성들이 끊임없는 부인병·조로·죽음을 겪는 현실의 단절을 꾀한 점, 온갖 지력과 상상력을 동원해 대안을 제시했다는 사실이 귀하게 다가온다.

《성의 변증법》은 1970년에 출간됐다. 40년이 흐른 지금, 남성 양육 역할 확대는 남성 육아휴직제로 논의·실천되고 있으니 파이 어스톤의 '혁명적 요구'가 비현실적인 대안이라고만 일축할 수 없다. 이 책을 통해서 나는 자기가 처한 상황을 고정불변의 현실로 여기지 않고 다른 삶을 그려보는 태도를 배웠다.

가끔 생각난다. 분만실 침대 위에서 천장의 사나운 형광등 불빛에 시선을 고정한 채 눈물짓던 내 모습이. 귓속에 흘러들던 미지근한 눈물이. 무에 그리 서러웠을까. 애 낳은 게 뭐 대수라고 "저 엄마는 왜" 눈물 한 바가지 흘리는지 나도 잘 몰라서 더 서글펐다. 그런 내게 "임신은 야만적이다. (…) 임신은 종을 위하여 개인의 육체가 임시로 기형이 되는 것이다"(287쪽)라는 말, 자연분만의 신화화를 비판하는 문장은 구원 같았다.

그날 나는 여자의 몸에서 발생하는 고통, 임신 출산 육아로 이어지는 외로운 노동을 딸에게 고스란히 대물림한다는 사실이 아득하고 미안했던 것 같다. 엄마가 몸을 푼 나를 보자마자 울었듯이 나역시 막 탯줄 끊어낸 딸에게 본능적으로 눈물을 바친 게 아닌가 싶다. '생식의 기계화'를 주장하는 급진적인 언어가 내 초라한 눈물의 이유를 밝혀주었다. 그러니 점점이 흩어져 홀로 고행하던 여성들이 말할 때, 나만 힘든 게 아니었다는 사실을 공유할 때, '고통의 언어화'로 자기 억압으로부터 벗어날 때 엄마들의 봉기는 인공자궁에 버금가는 혁명이 되지 않을까 나는 상상한다.

슐라미스 파이어스톤, 《성의 변증법》, 꾸리에, 2016

딸에 대하여,
실은 엄마에 대하여

중학 생활을 마치는 기념으로 친구들 넷이서 졸업여행을 가기로 했다고 딸이 말했다. "1박 2일은 아니지?" 맞단다. 자고 온단다. 목적지는 묻지도 않고 나는 어른 없이 너희끼리 가는 건 위험하므로 하루 일정으로 다녀오라고 일축했다. 딸이 입을 쑥 내밀더니 한마디 던진다. "엄마는 왜 이렇게 보수적이야?"

　　내가 살다살다 청학동 훈장 취급당하는 날이 올 줄이야. 허락하는 부모가 있는지, 중학생의 외박 여행이 문화적 계보가 있는 행위인지 궁금했다. 내 경험과 상식을 초과하는 상황에선 간접 경험을 참조하는데, 영화나 소설 아무것도 떠오르지 않았다. 미국 작가 리베카 솔닛이 열일곱 살에 미국에서 프랑스로 혼자 여행을 갔다는 얘기가 언뜻 스쳤다. 20대 친구들을 만나면 물어보리라 생각하며 판단을 유보했다.

　나는 좋은 엄마가 되려고 용쓰기보다 묵언수행하는 엄마로 살고자 했다. 말의 최소화 전략. 아이가 수학 학원만 가겠다길래 카드를 줬다. 성적표를 봐도 안 본 사람처럼 행동했다. 아이돌 공연을 보고 싶다기에 표를 끊어주었다. 보통 체구인데도 롱패딩을 극구 L 사이즈로 사서는 침낭처럼 뒤집어쓰고 다니는 걸 보자면 잔소리가 목 끝에서 들끓지만 고개 돌렸다. 먹이고 입히고 재우는 기본 임무에 충실하기. 개별성 존중, 자율성 보장, 규제하지 않기. 그러니까 육아 원칙이 아닌 관계 원칙을 아이에게도 적용했다. 그런데 가끔 말의 봉인이 풀려버리고 나의 어설픈 지배와 통제 욕망이 드러난다.

　내가 낳은 타자, 딸을 생각하며 집어든 책이다. 《딸에 대하여》는 동성 연인을 둔 딸과 엄마에 관한 이야기다. 화자인 엄마는 레즈비언 딸을 받아들이지 못한다. 독자인 나는 저 엄마와는 다르다고 자신하며 책을 폈는데 200쪽 넘는 이야기에 빠져들고 나니 장담하지 못하겠다. 타인의 (성)정체성을 받아들이는 일은 존재의 재건에 가까운 생의 과업이다. 간단할 수 없다. 소설 속 딸과 연인의 상식적인 의견보다 엄마의 우격다짐에 가까운 호소와 독백에 나는 자연스레 감정이입했다. 특히 이런 대사. "나한테도 권리가 있다. 힘들게 키운 자식이 평범하고 수수하게 사는 모습을 볼 권리가 있단 말이다."(67쪽)

가을부터 딸아이가 특성화고등학교 얘길 꺼냈다. 중학교 때 배운 과목이 고등학교에서도 심화 반복될 텐데 지루하고 재미없다며 디자인고등학교에 가서 색다른 걸 해보고 싶단다. 느닷없었다. 아이는 그림 그리는 것보단 피아노 치는 걸 즐겼다. 준비도 예고도 없던 일. 나는 인문계고가 싫어서 특성화고를 가는 건 도피성 선택이고 순간의 만족일 뿐 거기 가면 또 다른 근심과 문제가 있다고, 그냥 집 가까운 학교에 다니라고 말했다.

"근데 엄마가 우려하는 대로 될지 안 될지 해보지도 않고 어떻게 알아? 일단 내가 하고 싶은 건 해봐야 후회가 없지. 안 그래?" 딸은 반박했다. 늘 내가 하던 얘기다. 아무렴, 아는 것과 사는 것은 다르다. 생은 앎을 구축하는 과정으로서 가치를 지닌다. 딸의 주체적인 삶을 지지한다. 그러나 "딸애의 삶을 내 삶으로부터 멀리 던져버리고"서야 나는 "아무 상관없는 사람에게 하는 것처럼 지지와 격려, 응원 같은 좋은 말을 할 수 있을 것 같았다."(106쪽)

나는 1980년대 여상을 나왔다. 자부도 원한도 없지만 학벌중심주의 사회의 일원으로서 고졸 신분으로 불편을 겪은 건 사실이다. 대학 나와봤자 써먹지도 못하고 소용없다는 말은 대졸자들의 언어다. 학번과 전공 없는 삶은 돌부리 치워가며 걷는 일처럼 성가시다. 그렇다고 자식에게 '대학 가라' '공부해라' 강요하진 않았다. 크기와 종류가 다를 뿐 돌부리 없는 삶은 없기에 그렇다.

큰아이가 방목 육아 속에서도 알아서 상급학교에 진학했듯이, 대안학교라는 대안을 알려줘도 거부했던 딸도 다수의 궤도를 군말 없이 따르겠거니 했다. 애초부터 제도교육에 큰 기대가 없고 그저 급식 잘 먹고 친구들과 의좋게 지내는 순조로운 학교생활을 기대한 나는 딸아이 말대로 '보수적인' 사람인가.

특성화고 학생들의 수난, 열악한 노동조건이 최근에야 뉴스를 장식하지만 난 르포 작업을 위해 오래 관심을 두었던 사안이다. 직접 경험과 간접 자료와 통계까지 동원해서 딸에게 말했다. "엄마가 여상을 다녔던 때와 지금은 현실이 달라. 너 특성화고 나와서 취직하면 여자고 고졸이고 약자 중에 약자야. 조직에서 어떤 대접받는 줄 알아? 네 꿈과 재능을 펼칠 수 있을 거 같아?" 이게 얼마나 무책임한 발언인지는, 소설 속 모녀의 대화 장면을 보고 깨달았다.

"너희가 가족이 될 수 있어? 어떻게 될 수 있어? 너희가 혼인 신고를 할 수 있어? 자식을 낳을 수 있어?" "엄마 같은 사람들이 못 하게 막고 있다고는 생각 안 해?"(107쪽) 나 같은 사람이 이렇게 만들었다는 생각을, 나도 안 했다. 내 자식만 감싸고돌면서 '지금 세상이 어떤 줄 아느냐'고 하면서 그 세상을 고착시켰다. 일찍 돈을 벌어야 해서든, 빨리 기술을 배워 사회에 진출하고 싶어서든, 누가 어떤 선택을 하더라도 아이들이 안전과 존엄을 보장받는 사회를 만드는 게 어른이자 부모의 도리인데 얌체같이 내 아이만 무사하길 바랐다. 피할 곳 없는 벌판에서 몸을 숨기다 들킨 기분이었다.

결국 딸은 원하는 학교에 원서를 넣었다. 네 상식과 내 상식의 다름, 자기 불안의 겨룸, 상호 애환에 대한 무지, 욕망의 투사, 필요의 거래가 얽히고설킨 복잡한 관계. 엄마와 딸. 그러나 패자가 정해진 싸움이다. "부모가 원하는 자리로 되돌아오"는 자식은 없다. "그럼에도 여전히 그 아이는 내 자식이고 나는 그 애의 부모이고, 그 사실만은 절대로 변하지 않는다." (196쪽) '작은 인간'의 태를 벗고 세상의 중심으로 나아가는 딸아이에 비추어 '왜소해진 나'를 본다. 더는 작지 않은 아이가 더는 쪼그라들고 싶지 않은 엄마를 흔들어 깨운다.

김혜진, 《딸에 대하여》, 민음사, 2017

글 쓰 기 는
나 와 친 해 지 는 일

'나는 왜 엄마만 미워했을까.' 글쓰기 수업에 참여한 20대 여성이 써 온 글의 제목이다. 맞벌이 부모 밑에서 자랐다. 집은 늘 서늘했다. 친구의 엄마들처럼 집안에 온기를 불어넣어주고 입시 전형에 같이 머리 맞대주길 바랐기에, 그렇지 않은 엄마를 원망했다. 우연히 《싸울 때마다 투명해진다》를 읽었고 엄마의 입장과 처지에서 처음으로 생각해보게 됐다. 엄마도 아빠처럼 직장에 다녔는데 집안일, 자식 돌보는 일을 '의심 없이' 엄마의 몫으로 여긴 자신을 반성하는 내용이었다.

　등장인물 각각의 입장이 잘 드러난 좋은 글이었다. 딸이 느꼈을 서운함도, 엄마에게 주어진 삶의 무게도, 이름으로만 존재하는 아버지의 가부장적 위치도 이해가 갔다. 악인은 없지만 고통받는 사람이 있을 때 우리는 구조의 문제에 눈 돌리게 된다. 그 글은 엄마의 노동이 자식이 성인이 되도록 모를 만큼 공적으로 논의되지 못했음을 상기시켰다. 독자로 하여금 자신의 삶으로 돌아가 자기 관계를 돌아보게 했다. 그는 수업 마지막 날 내게 손편지를 건넸다.

"지금까지 제 글이 이상하고 못났던 것은 배움이 부족해서라고 생각했어요. 필사를 하지 않아서, 단어를 많이 몰라서, 독서량이 부족해서. 그게 아니더라고요. 나를 생각하지 않아서였어요. 나를 바라볼 수 있을 만큼의 고독과 외로움이 괴로워서. 그럴 때 늘 찾았던 친구들, 드라마, 영화, 책이 문제였어요. 나 자신과 생각보다 서먹한 사이라는 걸 알았습니다."

글쓰기에 대한 귀한 깨우침이 담긴 고백이다. 나는 수업과 강연을 진행하면서 사람들이 자신을 믿지 못한다는 것, 아니 자기-삶을 진득하게 들여다보려 하지 않는다는 걸 자주 느낀다. 그래 본 적이 없어서인 것 같다. 한국에서 입시제도 위주의 교육을 받고 자란 세대에게 글쓰기란 남에게 평가받는 일이다. 출제자 의도에 부합하는 표준화된 '답'을 찾다 보니 자기로부터 멀어지고 남의 사고에 집중하는 연습을 꾸준히 하게 된다.

"어떻게 쓰면 '좋은 점수를 받을까?' 하는 것만 신경 씁니다. 자신이 '정말 하고 싶은 말'과 어떻게 맞닥뜨릴까, 자신의 고유한 문체

를 어떻게 발견할까를 가르치는 것이 아닙니다."(21쪽)

일본의 철학자 우치다 다쓰루는 《어떤 글이 살아남는가》에서 사람들이 글을 쓰는 동기 자체가 망가져 있다고 진단한다. 일본도 우리와 사정이 비슷한 모양이다. 자기 경험과 감정은 뒷전이고 더 많은 지식, 더 인상 깊은 표현만 찾아 전전하니 글쓰기는 점점 억지스럽고 고역인 일이 된다. 오죽하면 자기소개서의 줄임말인 자소서를 '자소설'이라고 할까 싶다. 그러나 글쓰기는 창작이나 발명이라기보다 발견에 가깝다.

"우리는 '이미 알고 있는 것'을 쓰는 것이 아닙니다. 글을 쓰는 동안 자신이 무슨 말을 하고 싶은지, 무엇을 알고 있는지 발견합니다. 글을 써보지 않으면 자신이 무엇을 쓸 수 있는지, 무엇을 알고 있는지 알지 못합니다."(48쪽) "미리 어떤 것을 써야지 생각하고 머릿속에 준비해둔 원고를 '프린트아웃'한다고 해서 좋은 글을 쓸 수 있는 것은 아닙니다."(218쪽)

글쓰기를 시작하는 용기, 그리고 방법은 내 안에 있다. "자기 자신을 단서 삼아 이야기를 밀고 나가"(32쪽)야 글쓰기에 힘이 붙고 논의가 섬세해지면서 자기의 고유한 목소리가 나온다. 엄마에 관한 글쓴이의 고백처럼 우리는 '생각보다' 자신에 무지하고 자기와 서먹하기에, 글을 쓰면서 나를 알아가는 쾌감도 크다. 그렇게 마음을 다쏟는 태도로 삶을 기록할 때라야 "신체에 닿는 언어"를 낳고 "그런 언어만이 타자에게 전해"(311쪽)진다.

일전에 어느 강연에서 한 여성이 물었다. 내가 '엄마'에 관한 글을 많이 썼는데 혹시 엄마로서 꼭 하지 않아도 되는 일이 무엇인지 말해달라는 거다. 애들이 커가는데 워킹맘으로서 고민이 크다고 했다. 육아에 정답은 없다는 전제하에, 나는 그냥 내 경험을 들려주었다. 딱 먹이고 입히고 재우는 것만 챙겼다고. 하지만 그건 어디까지나 그 당시 나의 경제적·시간적·정신적 상황에 따른 거라고 못 박았다.

그 질문한 여성이 글을 썼으면 좋겠다고 난 생각했다. 얼마나 멋진 문제 설정인가. 엄마로서 (해야 하는 일이 아니라) 하지 않아도 되는 일을 정리한다는 건. 이 세상에는 온통 '이렇게 키워라, 저렇게 해줘라' '좋은 엄마라면 명심하라'라는 소위 전문가의 목소리가 공기처럼 떠다니는데, 그것은 개개인의 구체적인 처지를 감안하지 않는다. 아이에게 화를 내지 말라는 육아 지침은 그 자체로는 온당한 말이지만, 엄마가 왜 아이에게 화를 낼 수밖에 없는지 묻지 않는다는 점에서 비윤리적인 지침이다.

나도 엄마가 처음이었고 책을 좋아하는 사람인지라 누구보다 육아서에 의지했고 도움을 받은 면도 있지만 읽을수록 위축됐던 것도 사실이다. 이상은 고고하고 현실은 남루하니 부족한 엄마라는 자책이 들었다. 외려 육아서를 덮고 엄마 노릇에 대해 정리하고, 좋은 엄마란 무엇인가 나의 생각을 정리하면서부터 아이에게 화를 덜 내고 더 평화로운 일상을 보냈다. 뭐 대단한 깨침을 얻어서는 아니다. 글을 쓰는 동안은 자신에게 집중하니까 자동으로 아이에게 무심해질 수 있었던 것뿐이다.

'나는 왜 엄마만 미워했을까'라고 글을 쓰는 딸이 어딘가에 있고, 다른 한쪽에는 '좋은 엄마가 되기 위해서는 무엇을 하지 않아도 되는가'를 생각하며 육아법을 설계하는 엄마가 있다. 저마다 속상하고 답답할 때마다 한 줄 한 줄 길어 올린 글쓰기로 자기 언어를 만들어가는 풍경을 그려본다. 그럴 때 존재를 옥죄는 말들이 "인정과 도리에 맞는 언어"로 교체되고 세상이 좀 더 살만해질 거란 믿음이 내겐 있다. "그것은 채점자 앞에 제출한 '답안'이 아니라 될수록 많은 사람에게 전하고 싶은 '메시지'이기 때문"(303쪽)일 것이다.

우치다 다쓰루, 《어떤 글이 살아남는가》, 원더박스, 2018

한 세월 함께한
스물두 살 자동차

《열일곱 살 자동차》라는 그림책이 있다. 같은 해에 태어난 아이와 자동차가 17년이라는 세월을 함께하는 이야기다. 따뜻한 그림과 내용에 공감하면서도 으쓱했다. 우리 집에는 그보다 더 오래된 자동차가 있다. 무려 스물두 살! 사람으로 치면 백 살쯤 될 거 같은데, 그림책이랑 상황이 비슷하다. 첫아이가 태어난 해에 구입했다. 짙은 녹색의 성능 좋은 자동차는 아이를 돌잔치에도, 할머니 댁에도, 입학식과 졸업식에도 데려다주었고 성인이 되어 군에 입대하는 날까지 동행했다. 아이를 신병훈련소에 보내놓고 눈물 홀쩍이며 집으로 오던 길, 쇳덩이인 자동차가 새삼 둘도 없는 살붙이처럼 느껴졌다.

비유가 아니라 사실이다. 자동차는 아이와 생애 주기를 같이한

동년배이고, 내게는 구질구질한 눈물콧물 다 받아준 속 깊고 품 넓은 비밀친구 같은 존재다. 지금도 가끔 떠오른다. 작은아이는 유치원에 있고 큰아이는 태권도 학원에 갔을 때 막간을 이용해서 차 몰고 장을 보러 가곤 했다. 집에서 마트까지, 마트에서 집까지. 왕복 30~40분 정도의 시간이 유일하게 나 홀로 있는 시간, 고독을 누리는 호젓한 기회였다.

집에서도 혼자 있지만 집은 번잡스러운 노동의 공간이지 고요가 고이는 공간은 아니다. 게다가 집이 퍽 좁았다. 20평형 아파트에 네 식구 기본 살림뿐인데도 남은 공간이 손바닥만 했으니 발 뻗고 누우면 몸이 레고블록처럼 방에 끼워지는 느낌이 들었다. 가슴에서 뭐가 해일처럼 수시로 밀려왔고 그것을 애써 눌러두곤 했다. 애들 보는 데서 울면 안 되니까. 그렇게 저만치 밀쳐놨던 눈물이 꼭 차에서 터졌다. 일몰의 쓸쓸함과 음악의 척척함이 준 효과도 컸으리라. 어떤 날은 아파트 주차장에 도착해도 눈물이 멈추지 않아 마저 울고 안 운 사람처럼 얼굴이 돌아오기를 기다렸다가 집으로 갔다. 그 모든 걸, 내 눈물범벅 청승의 역사를 자동차는 지켜보았다.

며칠 전, 스물두 살 자동차를 보냈다. 작년부터 치매에 걸린 것처럼 수시로 말썽을 일으켰다. 오디오도 안 되고 계기판이 멈추고 창문이 안 올라가고, 최근에는 지방에 갔다가 차 시동이 안 걸려 긴급 서비스를 불러서 겨우 왔다. 안전에 문제가 있다고 판단해, 또 자동차도 자신을 다 소진해 봉사했으므로 보내주었다. 큰아이 제대할 때 그 차로 데려오고 싶었는데 제대를 한 달 앞두고 포기했다. 자동 차를 폐차장에 보내던 날, 유독 정성스럽게 차를 가꾸고 타서 '세차 맨'이란 별명으로 불린 남편도 끝내 눈물을 비쳤다. 나도 눈물이 멈추지 않아 애를 먹었다.

이것이 눈물의 완창인가. 박연준 시인이 친구 앞에서 마음 푹 놓고 실컷 울어댄 일이 있는데 그걸 두고 친구들이 "완창"(판소리의 한 마당을 처음부터 끝까지 부르는 일)이라 부르며 놀렸다고 한다. 한 세월 떠나보내는 느낌, 사연 한 편 완성되는 느낌으로 더없는 표현이다.

요즘 나는 해일처럼 밀려오는 감정에 익사당하지도, 폭포 같은 눈물에 잠식되지도 않는다. 재무구조가 개선되지는 않았지만 집은 넓어졌고 조용히 울 수 있는 방도 생겼는데 예전보다 덜 운다. 나이 들면 머리숱이 줄고 생리 양이 줄듯이 눈물도 줄어드는 걸까. "가끔 그때가 그립다. 이제는 체력이 달려서 그리고 그만큼 슬프지가 않아서 완창을 할 수가 없다. 살면서 완창은 그리 자주 오는 것이 아닌가 보지?"(50쪽)

한 세월이 갔다. 눈물도 잦아들고 눈물의 목격자도 떠났다. 멀리서 지켜봤을 거 같다. 내가 모처럼 사연 있는 여자처럼 한바탕 운 그 사연을 나의 스물두 살 자동차는 알리라.

박연준, 《소란》, 북노마드, 2014

용감해지는 자리를
잘 아는 사람

각종 언론인 신뢰도 조사에서 부동의 1위를 차지하는 그와 우연히 찍은 사진을 페이스북에 올렸다. '좋아요'가 1000개에 육박하고 부럽다는 유의 댓글이 100개에 달했다. 그를 향한 대중의 신망이 두텁다는 걸 체감했다. 나도 TV 화면으로만 보다가 실물을 접하자 입이 딱 벌어졌다. 흐트러짐 없는 체형, 우윳빛 안색에 짜증 한 번 안 낼 것 같은 고고한 입매의 그는 속인들 사이에서 단연 도드라졌다. 자석에 철가루 끌리듯 몸이 따라가는 바람에 사진까지 찍었지만 '우상'에 자동 반응하는 내 자신이 부끄러웠다.

한 사람이 '언론인의 상징'이라는 지위를 수십 년 누린다는 것. 당사자의 탁월함은 기본이고 제도적 뒷받침, 꾸준한 기회, 그리고 동료의 헌신이 따라야 가능하다. TV나 라디오의 앵커 역할을 수행하는 데는 서너 명의 작가가 필요하다. 방송작가가 정규직이 아니며 부품처럼 교체된다는 사실은 널리 알려졌다. 그는 또한 이성애자·중산층·비장애인·남성이다. 가부장제 사회에서 차별이나 배제의 위험으로부터 보호받고, 악다구니 부릴 일이 덜한 안전지대에서 살았음을 그의 완벽한 신체–이미지가 증명한다. 남성이라는 스펙, 방송이라는 협업의 결과물이 한 사람으로 수렴되는 부조리한 구조에서 스타 언론인이 만들어진다는 생각에 이르면 마음이 복잡해진다.

궁극적으로는 영웅이 필요 없는 사회가 건강한 사회라고 나는 생각한다. "모든 사람에게는 저마다 다양한 면이 있다. 이러한 선과 악의 복잡다단한 조합은 고정된 상태에 머물지 않는다. 인격은 극히 다양한 속성의 복합체일 뿐만 아니라 그 속성들은 해마다, 심지어 시간마다 달라진다."(82쪽) 그렇다. 인간은 불완전하다. 허물과 결핍의 존재다. 그런데도 누군가가 우상이 된다는 건 한 사람이 단순화·고정화·신화화된다는 뜻이다. 스페인 사람들은 현명하게도 인간에 대해 이렇게 말한다고 한다. "그날 그는 용감했다."

나는 사진 속의 그를 이렇게 추억하기로 했다. 마이크 앞에서 용감했던 사람, 아니 자신이 가장 용감할 수 있는 자리를 잘 아는 사람으로. 있어야 할 자리를 아는 건 고난도 삶의 기예다. 우리는 뉴스 진행자가 명성을 얻으면 정계로 진출하는 경우를 종종 봤다. 언론인이 정치인의 예비자 코스처럼 여겨질 정도다. 자기 업에 대해 실력·자부심·절제를 갖춘 언론계 종사자가 귀하다 보니 그의 신실한 행로가 더 귀감이 되는 것 같다.

자신이 용감해지는 자리를 알기. 내가 글을 쓰는 이유도 이것이다. 글을 쓸 때 나는 그나마 용감하다. 글 바깥에선 비겁하고 부산스럽지만 글 안에서만은 일관되고 침착하려 애쓴다. 글과 삶의 (불)일치는 내 삶의 영원한 화두다. 잘 존재하는 방법은 어렵고, 글 쓰는 내가 가장 나으니까, 삶에서 그 비중을 늘리는 전략을 일찍이 짰다.

글쓰기 수업도 그 일환으로 재밌게 하고 있다. 학인들은 매번 말한다. "우리 수업에 '좋은 사람들'이 정말 많이 와요." 그러면 내가 정정한다. 좋은 사람들이 오는 게 아니라 여기서는 우리가 좋은 사람이 되는 거라고.

서로가 경쟁자 아닌 경청자가 될 때, 삶의 결을 섬세하게 살피는 관찰자가 될 때 우린 누구나 괜찮은 사람이 된다. 대인배라도 된 듯한 그 착각이 좋은 글을 쓰게 하는 동력임은 물론이다. "작가란 최상의 순간에 자기 인격의 최상의 측면을 갖고 주로 글을 쓰고 실제로도 그래야 한다."(83쪽) 저마다 삶에 몰입하고 자기 인격의 최상을 만나는 횟수가 잦아지면 우상의 존재도 자연 소멸하지 않을까.

F.L. 루카스, 《좋은 산문의 길, 스타일》, 메멘토, 2018

2부

당신의 삶에 밑줄을 긋다가

사랑에 빠지지 않는 한
사랑은 없다

한 사람에게 다가오는 사랑의 기회에 관심이 많다. 이제껏 사랑을 몇 번 해봤느냐는 물음을 실없이 던져보기도 한다. 상대는 거의 머뭇거린다. 사랑과 사랑 아닌 것의 기준 설정부터 간단치 않은 거다. 내게 사랑은 나 아닌 것에 '빠져듦' 그리고 '달라짐'이다. 우연한 계기로 엮여 서로의 세계를 흡수하면서 안 하던 짓을 하거나 하던 짓을 안 하게 되는 일. 연애가 그랬고 공부가 그랬다. 이전과 다른 삶으로 넘어가는 계기적 사건이 사랑 같다.

영화 〈나의 사랑, 그리스〉에는 내 어설픈 사랑 연구에 맞춤한 세 편의 이야기가 나온다. 각기 다른 세대의 이성애 커플이 등장하는 옴니버스식 구성인데 스토리가 촘촘하고 풍성하다. "우린 모두

각기 다른 얼굴이지만 사랑에 빠졌을 때만은 같은 얼굴이다"라는 극 중 대사처럼, 그리스의 경제·외교·정치 조건 속에서 그들이 겪는 곤란은 다르지만 나이와 국적을 불문하고 사랑하는 모습은 닮은 꼴이다.

청년 커플은 그리스 대학생 여성과 시리아 이민자 남성이다. 경제 위기에 처한 그리스인들에게 기근과 전쟁을 피해 흘러든 이방인은 불청객이다. 정치학을 전공하는 주인공은 수업시간 교수가 말하는 난민 문제에 집중하지 못한다. 그녀에게 난민은 토론 과제가 아니라 만져지는 '사람'이기 때문이다. 이민자 남자는 그리스인들 사이에 있을 땐 사회에 불안과 공포를 조성하는 혐오의 대상이지만 그녀와 있을 땐 시리아에서 태어난 순박하고 정의로운 예술가가 된다. 인종이나 계급·문화의 차이는 차별의 근거가 아니라 사랑의 동력으로 작용한다. 그들은 닥칠지도 모르는 불안에 미리 쪼그라들거나 위험을 계산해 행동하지 않는다. 평소 늘 불안한 눈빛을 보이던 그는 그녀 곁에서는 같은 사람인가 싶을 정도로 변한다. 천진한 웃음의 존재로 개화한다.

중년 커플은 파산 위기를 맞는 그리스 회사의 남성 직원과 그 회사의 구조조정 책임자로 온 스웨덴 여성의 사랑을 그린다. 하루하루 실적으로 평가받는 마케팅 업무의 스트레스와 쇼윈도 부부 노릇에 지친 중년 남자는 공황장애 약을 먹으며 간신히 일상을 지탱한다. 왜 그런 약을 먹느냐며 남자의 나약함을 비웃는 여자. 숫자만 보던 사람인데, 사랑에 빠지면서 '사람'이 보이기 시작하자 그 냉정하고 빈틈없는 사고 체계에 교란이 일어난다. 자본주의의 생리인 신속함과 무자비함을 요구하는 본사의 닦달을 못 이기고 그녀는 업무를 포기한다. 그리고 그가 먹던 알약 로세프트 50밀리그램을 삼킨다. 이제 남의 밥줄 끊는 일은 하지 못하는 사람이 된다.

노년 커플은 그리스인 주부와 독일에서 이주해온 역사학자다. 사랑이 잉태되는 공간은 마트. 그녀는 절박하다. 장바구니에 토마토 한 상자를 넣었다 뺐다 할 정도로 생활고가 극심하다. 아직도 싱크대 앞에서 '이게 내가 원하던 삶인가' 한숨 쉰다. 이런저런 고민을 그에게 터놓는다. 서툰 영어로 더듬더듬. 그런 그녀를 남자는 신화의 세계로 인도한다. 그녀는 그가 선물한 두툼한 신화 원서를 읽어보려 돋보기를 쓰고 영어사전을 편다. 혼자 힘으론 불가능한 말하기·듣기·읽기의 세계를 그의 꾸준한 도움으로 통과한 그녀는 자신이 목도한 부조리에 항의하는 사람, 눈치 보지 않고 자기 생각을 당당히 표현하는 사람이 된다.

이것이 사랑의 급진성이 아닌가. 나는 영화를 보는 내내 '사랑에 빠지기 그것은 곧 혁명'이라고 말하는 책 《사랑의 급진성》을 떠올렸다. 한 사람의 이민자가 혐오의 대상에서 환대의 대상이 되고, 해고하는 사람이 해고하지 못하는 사람이 되고, 공부하지 않던 사람이 공부하는 사람이 된다. "범상한 일상, 새로운 것은 무엇이든 생겨날 수 없게끔 사방에 켜켜이 쌓인 먼지의 단층에 하나의 균열이 생기는 사건"(12쪽)이라는 혁명의 정의대로, 영화 속 주인공들은 사랑이라는 '일인분의 혁명'을 완수한다. 한 사람이 바뀌면 세상도 약간 방향을 튼다는 점에서 그것은 역사적 사건이기도 하다.

이 영화에는 또 다른 주인공, 사랑에 무능력한 존재가 나온다. 극우 파시스트 조직에 가담해 유럽 난민에게 무차별한 테러를 자행하는 인물이다. 그는 시대의 불운으로 인한 자기 삶의 실패와 불만족을 이민자 같은 사회적 약자에게 투사하며 혐오의 일그러진 얼굴로 살아간다. 혐오를 뿌리고 혐오를 거두는 악순환의 고리에 갇힌다. 누구나 하루하루 열심히 사는 일상은 비슷할지 모르나 사랑의 있고 없음으로 훗날 다른 얼굴, 다른 관계가 만들어진다는 것을 그는 삶으로 보여준다.

그렇다면 어떻게 사랑의 주체로 살아갈 수 있을까. 무엇이 사랑이고 무엇이 사랑 아닌가 하는 물음에 《사랑의 급진성》 저자는 이렇게 말한다. "위험 제로의 사랑은 사랑이 아니다."(19쪽) 성적 욕망으로 팽배한 현대사회지만 아이러니하게 사랑에 빠지는 것을 두려워한다며 자기동일성에 안주하는 현대인의 왜소함을 저자는 지적한다. "결과가 어떻든 간에 위험을 무릅쓰는 것, 이 숙명적인 만남으로 인해 일상의 좌표가 변경되리라는 점을 알면서도, 오히려 바로 그런 이유에서 만남을 갈구하는 것"(166쪽)이 사랑이다.

사랑에 빠지는 원인은 세 가지다. "첫째는 보는 것, 둘째는 듣는 것, 셋째는 연인의 후한 마음"(19쪽) 영화 〈나의 사랑, 그리스〉 속 세 커플의 사랑도 각각 낯선 사람에게 눈길을 건네는 사소한 행위로부터 시작된다. 거기에 사람이 있다는 것을 보고, 그 사람의 이야기를 듣고, 시간과 정성을 후하게 쏟으며 사랑의 주체가 된다.

"사랑에 빠지지 않는 한 사랑은 없다."(151쪽) 사랑은 특별한 지식이나 기술이 필요치 않다는 점에서 쉽고, 자기를 내려놓아야 한다는 점에서 어렵다. 그러니 사랑을 얼마나 해보았느냐는 질문은 이렇게 바꿀 수도 있다. 당신은 다른 존재가 되어보았느냐. 왜 사랑이 필요하냐고 묻는다면, 비활성화된 자아의 활성화가 암울한 현실에 숨구멍을 열어주기 때문이라고 답하겠다. 존재의 등이 켜지는 순간 사랑은 속삭인다. "삶을 붙들고 최선을 다해요."(123쪽)

스레츠코 호르바트, 《사랑의 급진성》, 오월의봄, 2017

마침내
사는 법을 배우다

모처럼 한국을 떠났다 돌아온 다음 날, 문자 메시지가 왔다. "여행 중이신 거 같아 알리지 못했는데 이재순 선생님이 돌아가셨습니다." 뒤늦은 부고에 황망함이 몰려왔다. 장례식에 찾아 뵙지 못한 죄스러움이 커져갔다. 이재순은 2016년 봄부터 한 지역 평생학습관에서 10주간 같이 공부한 학인이고, 지난 수년간 글쓰기 수업을 진행하면서 내가 만난 이들 중 최고령자다. 수업 첫날 이렇게 자신을 소개했다. "저는 나이가 많습니다. 일흔 살인데 결혼을 안 했고 자식이 없고 남들과 다른 삶을 살았습니다." 그의 담담한 자기 진술은 힘찬 빗줄기처럼 가슴을 두드렸고 그가 쓰는 글들은 사람은 왜 배워야 하는가를 보여주는 좋은 본보기였기에 난 그의 사연을《쓰기의 말들》에 소개하기도 했다. 그랬던 그가 췌장암으로 갑작스레 세상을 떠났다는 것이다.

나는 옛 게시판을 뒤져 그가 쓴 글들을 추려서 찬찬히 읽어보았다. 이재순은 세 살 때 홍역을 앓았다. 부모님은 이미 아이 셋을 홍역으로 잃은 뒤였기에 포기하고 윗목에 밀어두었는데, "엄마" 하고 모기만 한 소리로 불러서 살아났다. 그에게 유년 시절은 전쟁 직후로 몹시도 가난했지만 가장 행복했던 시기였다. "건강한 시절은 오직 그때뿐이었으니까."

10대 때부터 수난이었다. "딸인 나를 중학교에 보내면 아들인 동생을 중학교에 못 보낼 수도 있다"는 아버지의 말씀에 "발광을 떨며" 단식투쟁으로 맞섰고 어머니와 외삼촌의 도움으로 중학교 입학금을 겨우 마련했다. 그러나 류머티즘 관절염이라는 병이 공부 앞길을 막았고, 관계의 끈도 헝클어버렸다. 중3 때, 아픈 다리를 간신히 이끌고 학교에 가던 길이었는데 또래의 동네 남자아이가 절룩거리는 모습을 흉내 내며 계속 따라왔다. "너무나 화가 나서 그놈을 잡아 죽이고 싶었다."

고등학교 진학은 언감생심, 긴 투병이 시작됐다. 변변한 치료법을 찾지 못하던 그 시대에 병을 고쳐보겠다고 "무당들과 한 달 동안함께 기거하며 굿을 하기도 했고, 때로는 부적을 불에 태워서 그 재를 먹기도 했고, 때로는 동네 두더지란 두더지는 다 잡아서 약탕에 고아 먹기도 하며 세월을 보냈다." 그러다가 서울의 큰 병원에서 올바른 진단과 치료를 받고 겨우 걸음을 걸었다.

세월이 흘러도 공부에 대한 열망은 식지 않았다. 60대로 접어든 어느 해 "아픈 몸으로도 공부할 수 있는 방법이 있다"는 걸 알고 방송통신고등학교에 들어갔다. "학력란에 당당하게 '고교졸'이라고 쓸 수 있다는 기쁨"에 만족하지 않고 사이버대학에 진학했으며 한의학 공부를 2년 마치고 사회복지학과로 전과하여 2급 복지사 자격증까지 받았다. 배움의 길을 따라 발걸음을 내딛어 평생학습관에까지 다다른 그는 공부의 의미를 이렇게 정리한다. "나의 60대의 공부는 출세보다는 못다 꾼 꿈을 이루기 위한 것도 있겠지만 사람들과의 만남이 더 중요했다. 그 속에서 인간답게 사는 것이 무엇인지를 배우게 되는 것이다. 공부란 끝이 없이 사람들과의 어울림 속에서 인간답게 사는 것을 배우는 것이라고 말하고 싶다."

인간답게 사는 방법의 탐구로서의 배움. 그것은 그가 생소한 책도 거부 없이 척척 읽어낼 수 있었던 비결이다. 조지 오웰의 《위건 부두로 가는 길》을 읽고, 그는 영국의 탄광 노동자들에게서 "연탄가루 묻혀가며 일하시던 아버지의 삶"을 보았다. 아버지의 노동이 얼마나 고달픈 줄 몰랐고 그냥 아버지로서 당연히 해야 할 일이라고 생각했다는 자책, 아버지가 12세에 부모님 잃고 고아로 살아왔으니 '그 얼마나 고독하셨을까'를 "나이 들어서야 깨닫게 되었다"는 탄식과 함께, 시커먼 가루를 묻힌 얼굴로 "재순아, 이거 먹고 얼른 자리에서 일어나거라" 하며 쇠고기 한 근 사오시던 어느 날의 모습을 선연히 그려낸다.

프리모 레비의 《가라앉은 자와 구조된 자》를 읽고는 수치심의 정의를 확장했다. 다리 수술을 하기 전에는 항상 절룩거렸고 힘든 걸음걸이보다 사람들의 눈초리가 늘 수치심으로 다가왔는데, 이 책을 읽고 "자잘한 감정의 수치심"이 아닌 "더 큰 수치심"을 깨닫게 되었다고 썼다. "(세월호 사건 때) 마음으로만 그들의 고통을 함께 나눈다고 생각했으며 한 번도 그들이 있는 곳에 직접 찾아가본 적이 없었다. 나는 내 몸의 건강이 따라주지 않는다는 핑계로 그들이 울부짖고 있을 때 그들의 곁에 가서 그들의 눈물을 닦아준 적이 없었다."

평생 아픈 몸을 살았다. 그림자처럼 들러붙어 끈질기게 따라다니는 자기 고통에 매몰되어 살았기에 타인의 고통을 좀처럼 보지 못했음을 그는 뒤늦게 자각하고 반성했다. 하지만 그토록 혹독한 고통의 시간을 살아온 그이기에 배제와 차별, 불의와 불공정에 대한 남다른 예민함을 지녔을 것이다. 읽고 쓸 때 단어 하나 잣대 삼아 자기 생각의 크기를 재어보고, 책 한 권 거울 삼아 자기 일상의 태도를 점검했던 그의 영전에 책 한 권을 놓아드리고 싶다.

강남순의 《배움에 관하여》. 이 책에서 저자는 비판적 성찰을 일상화하여 삶의 주변을 들여다본 배움의 이야기를 들려준다. 나는 행간마다 수시로 출몰하는 이재순의 얼굴과 대화하고 그의 죽음을 애도하며 이 책을 함께 읽었다.

"어떤 특정한 조건들이 충족되는 '무엇 때문'이 아니라 그 '어떤 정황들에서라도' 한 사람의 내면 한 귀퉁이에서 저렇게 잎사귀가 나올 수 있게 하는 힘."(35쪽) 그 끈질긴 희망의 줄기, 그것은 차가운 윗목에서 간신히 살아나 끈질긴 희망의 줄기를 틔워낸 그의 삶에 관한 메타포가 아닌가. 이재순은 "이미 만들어진 '고정된 존재'가 아니라 끊임없이 만들어가야 하는 '형성 중의 존재'"로서 "자기 자신과의 관계의 정원을 소중하고 아름답게 가꾸고 키웠다."(137쪽)

옛 게시판에 그가 마지막으로 남긴 글은 수업 후기다. 평생학습관에 등록하던 날의 에피소드였다. "글쓰기 수업을 신청하겠다고 하자, 학습관 담당자가 '이 프로그램은 감응의 글쓰기인데요?' '저도 알아요. 신청해주세요.' 담당자가 나이도 많고 협수룩한 내 모습을 보고 그 프로그램에 참가해서 따라갈 수 있을까 미리 염려를 했던 모양이다. 순간 기분이 상했지만 두려움도 있었다. (…) 나의 삶은 병에 갇혀서 넓은 세상을 보면서 살지 못했는데, 여러 학인님들의 폭넓은 삶을 내 마음에 담아가니 나는 큰 부자가 되었다는 뿌듯함에 시간이 끝나는 게 아쉬웠다."

첫 시간에 정한 이재순의 닉네임은 '함께하는 즐거움'이었다. "'살아감이란 함께 살아감'이라는 심오한 존재의 철학"(182쪽)을 이미 삶으로 체화한 그였기에 자신을 낯선 자리에 개방했으리라. 내가 만일 일흔 살에 살아 있다면 어느 자리에 누구와 함께 있게 될까?

나보다 삼사십 년 아래인 젊은이들이 모여 있고, 읽어본 적 없는 책을 읽고 써본 적 없는 글을 쓰는 그런 "변혁적 배움"(9쪽)의 자리를 찾아갈 수 있을까? 나는 가슴 펴고 문 두드릴 수 있을까?

한 해 한 해 나이 들고 자꾸만 굳어가는 생각과 관계, 익숙한 자리에 안주하려는 나를 그의 온 삶이 일깨운다. 《배움에 관하여》에 나오는, 프랑스 철학자 데리다가 죽기 3일 전 스스로 작성했다는 장례식 조사를 나는 고인이 세상에 보내는 유언으로 마음에 새긴다.

"언제나 삶을 사랑하고 생존하여 살아냄을 긍정하는 것을 멈추지 마십시오."(157쪽)

강남순, 《배움에 관하여》, 동녘, 2017

노 키 즈 존 은
없 다

《차라투스트라는 이렇게 말했다》강좌를 열었을 때다. 한 여성이 꼭 읽고 싶었던 책이라며 아기를 데리고 참가할 수 있는지 물었다. 생후 12개월 남짓됐다. 두 마음이 다퉜다. 마음 하나. '공부하러 나와서까지' 아이를 보고 싶지 않다. 내게 아이란 존재의 훼방꾼, 공부의 대립물이었다. 책 한 줄 보겠다고 아이의 숙면을 얼마나 애태웠던가. 마음 둘. 아이를 데리고서라도 '공부하러 나가고픈' 그 여성의 열망은 불과 얼마 전까지 내 것이기도 했다. 외면하면 반칙이다.

일기일회一期一會. 평생 단 한 번의 기회라는 마음으로 결정했다. 학인들에게 양해를 구했다. 사는 능력을 키우기 위해 우리는 공부한다. 아기라는 불편한 존재를 배제가 아닌 관계의 방식으로 우리 삶-공부에 들여보자고. 문제가 생기면 다시 논의하기로 했다. 아기는 온순했다. 기적처럼 두세 시간을 내리 자기도 했고 엉금엉금 기어다니며 필기구를 잡아당기기도 했다. 간혹 수업이 끊겼지만 여느 수업의 흐름을 벗어나진 않았다.

영유아와 함께 수업이 가능하다는 선례와 신뢰는 그렇게 생겼다. 엄마의 시도, 동료의 협조, 아이의 견딤. "남편이 일찍 온다고 해놓고 늦어서요." "맡길 곳이 없어서요." 요즘도 가끔 아이를 데려가도 되는지 엄마들은 문의를 하고 아이들은 장학사처럼 수업에 슬그머니 들어온다. 또한 곁에 없다뿐 전화로 수업에 끼어들기도 한다. 엄마 학인은 주로 강의실 '문간'에 앉는데 아이에게 긴급한 연락이 오면 튀어나가 전화를 받기 위해서다.

이 육아·공부 병행의 난리통에서 난 외부자였다. 공부하는 여성들의 분투를 지지하고 조율했다. 그러던 어느 날, 내게도 긴급 호출이 왔다. 군에 간 아이의 전화를 받아야 하는 상황에 처한 것이다. "제가 걸 순 없고 오는 전화만 받을 수 있거든요. 문자도 안 되고……." 일이 분가량 수업 중단을 초래한 나는 일이 분 정도 궁색한 변명을 늘어놓았다. 누가 뭐라지 않아도 저 혼자 목소리가 기어들어가는 건 어쩔 수 없었다. 스무 살 넘은 군인 '아이' 때문에 양해를 구하게 될 줄이야. 도대체 인간은 언제 어른이 되는가.

사람답게 살기 위해 공부하지만 공부하면서 사람답게 살기는 퍽 어렵다. 공부든 일이든 하나의 목적성에 갇힌 사람은 앞만 본다. 관계를 놓치고 일상을 망친다. 내 경우 그 자기모순에서 헤어나오도록 도운 건, 무력한 아이다. 틈만 나면 떼어버리고 싶었지만 떼어지지 않는 성가신 존재가 복잡한 삶의 문제를 회피하지 않도록 환기시켜주었다.

'노키즈존'이라는 말을 보고 철렁했다. 개인의 시간과 공간이 침해당하지 않을 권리를 내세우며 식당이나 카페에서 아이들 출입을 금한다는데 그 논리가 옹색하다. 우리는 누군가의 시공간을 침해하면서 어른이 됐다. 여전히 힘 있는 어른들은 자기보다 약한 자의 시공간을 임의로 강탈하면서 자기를 유지한다. 왜 아이들을 대상으로만 권리를 주장하는 걸까? 그래도 되니까 그럴 것이다. 나 역시 양육의 책임을 나누지 않는 어른(배우자)에게 가야 할 원망이 애꿎은 아이에 대한 부정으로 나타나곤 했으니까.

인간 사회는 민폐 사슬이다. 인간은 나약하기에 사회성을 갖는다. 살자면 기대지 않을 수도 기댐을 안 받을 수도 없다. 아기를 안고 공부에 나선 엄마처럼 폐 끼치는 상황을 두려워 말아야 하고 공동체는 아이들을 군말 없이 품어야 한다. 배제를 당하면서 자란 '키즈'들이 타자를 배제하는 어른이 되리란 건 자명하다. 건강한 의존성을 확장해나가는 과정을 통해서만 우리는 관계에 눈뜨고 삶을 배우는 어른이 될 수 있다.

엄마의 노동은
일흔 넘어도 계속된다

"여자는 박쥐나 올빼미같이 살며 짐승처럼 일하다가 벌레처럼 죽는다."(마거릿 캐번디시) 장송곡 같은 인용문으로 시작된 글을 읽어나간다. "남자 셋을 부양하기 위해 컴컴한 새벽길을 나서는 일이 서럽고, 아무도 눈 맞춰주는 이가 없는 낯선 건물을 닦고 화장실을 청소하는 일이 고됐을 것이다." 엄마의 신산한 노동은 일흔이 넘도록 끝나지 않는다.

　50대 딸이 인터뷰한 엄마 이야기다. 나는 글쓰기 수업에서 학인들이 써오는 부모님에 관한 글을 읽으며 '남자는 돈 벌고 여자는 살림한다'는 가부장제 성별 분업 구도가 허위는 아닐까 자주 의심한다. 자식들 증언에 의하면, 아버지가 생계를 맡았지만 온전히 책임지지 못하곤 했다. 엄마는 식당 아줌마로, 목욕탕 매점 이모로, 백화점 의류판매원으로, 간병인으로 일했고, 농사짓거나 장사했다. 그러고도 당연히 살림까지 도맡았다.

작년에 간첩 조작 사건 피해자를 인터뷰했다. 일곱 명을 만났는데 그중 여성 피해자가 두 명이다. 김순자 씨는 결혼 후 잦은 외도로 '집 나간' 남편을 대신해 보험설계사로 일하며 생계를 꾸리다가 간첩 조작 사건에 연루돼 5년 옥살이를 마치고는 여관 청소와 식모살이를 전전했다. 삼 남매를 혼자 키웠다. 박순애 씨는 당시로는 드물게 대학 교육까지 받았으나 12년 수감 생활 끝에 경력단절 여성이 되었고, 선택할 수 있는 직업은 파출부뿐이었다. 남성 피해자들도 투옥과 낙인으로 생활고가 심했음은 잘 알려진 사실. 그 가장 노릇의 빈자리를 채운 것도 아내인 여자였다. 반찬가게나 분식점을 차려 다리가 퉁퉁 붓도록 일했고, 십수 년 생선 행상으로 자식들 공부 뒷바라지부터 남편 옥바라지까지 묵묵히 해냈다. 광주리를 하도 이고 다녀 정수리 머리카락이 다 빠졌다며 "눈물 흘려서 한강수 되고 한숨 쉬어서 동남풍 된다"라고 말하는 피해자 아내의 사연을 역사는 기록하지 않는다.

내 주변에서 대강만 추려도 이 정도. 여성 노동 잔혹사가 고구마줄기처럼 끝도 없이 나온다. 앞치마 두른 전업주부는 드라마나 CF에서 나올 뿐 현실에서는 드문 거 같다. 여성의 노동은 왜 기록되지 못했을까. 나부터도 여성은 임노동자 이전에 엄마나 아내로 먼저 인식했다. 노동자는 전태일이다. 노동자는 택배기사다. 남성은 허드렛일을 해도 일하는 주체로 인정받는다. 이 남성 중심의 노동사에서 여성의 노동은 늘 주변화한다.

한 번 초점이 맞춰지니 보였다. 열아홉 개 섬 사람들 이야기를 잔잔히 풀어낸 산문집 《섬》을, 그래서 나는 여성 노동 생활사로 읽었다. 계집애로 태어나 윗목에 버려졌다가, "나나 마나 한 거라는 이름을 받아 '쬐그만 몸뚱이'로 평생 갯일, 부엌일, 피붙이들 바라지로 살아온"(98쪽) 형도의 나 할머니. "국민학교 졸업하자마자 갯바닥으로 나갔"(186쪽)다는 우도 해녀 공명산 할머니. 웅도의 박경분 할머니는 "웅크리고 조개를 캐니까 몸이야 항상 아프지유. 오늘 갔다가 내일 앓더라도 일단은 나가게 돼유"(86쪽) 한다. "나이 들어서 물일은 못해도 손 노릇은 할 만항께"(164쪽) 칠순을 넘기고부터는 비탈밭에 약초 가꾸기로 용돈벌이 하는 세 할머니가 만재도에 살고 있다.

《섬》은 숙박시설과 맛집 안내, 역사 유적 소개로 채운 여행서가 아니라 그곳에 터를 잡고 사는 이들의 목소리가 담긴 민중 자서전이다. 그리 사는 할머니들은 섧지 않다는데 읽는 나는 섧다. 퇴근이 없고 정년이 없어 평생 몸을 가만두지 못하면서도 노동자로서 최소한의 보상과 보호도 받지 못한 여성들. 자식 돌봄, 부모 봉양, 가사 노동, 남성 부양 의무까지 이중·삼중 노동을 수행하는 쪼글쪼글한 그들로 인해 나는 여자는 '고생한다'는 막연한 통념을 벗겨내고 '노동한다'로 인식을 바로잡았다.

아무려나, 제 몸 써서 일한 사람들이 갖는 삶에 대한 통찰력, 남의 몫 가로채지 않고 자기 손 놀려 '저금통' 같은 갯벌 일구어 살아온 이들의 가쁨함, 그 와중에도 기역 자로 굽은 허리를 펴 "누부리 곱과(노을이 고와)"[98쪽]라며 감탄할 줄 아는 우아함을 배운다. 이 책의 최고령 97세 소무의도 윤희분 할머니는 이렇게 말했다. "농땡이가 최고야. 젊어서 일 많이 하지 마시오. 늙어서 이렇게 아플 줄 알았으면 그렇게 안 했어. 젊었을 때는 뼈가 나긋나긋하니까 물불 안 가렸지. 농땡이가 최고야."[220쪽] 짐승처럼 일하다가 벌레처럼 작아진 몸피에서 나온 사리 같은 말, 인간다움을 추구하기에 너무도 혁명적인 그 입말을 곱씹는다.

박미경, 《섬》, 봄날의책, 2016

김 장
버 티 기

"마음은 빈집 같아서 어떤 때는 독사가 살고 어떤 때는 청보리밭 너른 들이 살았다"고 어느 시인은 노래했는데, 찬바람이 불면 내 마음엔 커다란 김장독이 산다. 남도의 땅에서 나고 자란 엄마는 김치를 중시했다. 배추김치는 기본에 깍두기, 총각김치, 갓김치, 파김치, 물김치를 번갈아 담갔고 김장철엔 손이 더 커졌다. 김치 가져가라는 전화에 은근히 스트레스를 받고선 냉장고에 자리도 없는데 또 담갔냐고 기어코 한소리하기도 했다.

엄마가 돌아가신 지 10년, 엄마 김치를 못 먹게 된 지 10년이다. 김치 가뭄으로 엄마의 부재를 실감한다. 시가에서 가져온 김치는 빨리 동나고 산 김치는 비싸서 감질나고, 나는 김치를 담글 줄 모른다. 가사노동, 양육노동, 집필노동으로 꽉 채워진 일상. 내 인생에 김치노동까지 추가되면 끝장이라는 비장함으로 안 배우고 버텨왔다. 할 줄 알면 누가 시키기도 전에 몸이 자동으로 움직일 게 뻔하니까, 식구들이 잘 먹으면 먹이고 싶으니까. 내가 나를 말리는 심정으로 김치 먹을 자유보다 일하지 않을 권리를 수호하고 있다.

"이번엔 황석어젓을 사봤는데.""고춧가루 빛깔이 안 좋아서 속상해.""올해는 절임배추 써볼까 싶어." 요즘 시장에서, 거리에서, 버스에서, 목욕탕에서 나이 든 여자들은 둘만 모였다 하면 김장 얘기다. 마음에 김치가 사는 나는 이런 목소리를 줍고 다닌다. 머리가 허옇고 허리가 기역자로 굽어도 장바구니 달린 보행기를 밀고 다니면서 쪽파며 배추를 실어 나르는 동네 할머니를 본다.

살아계셨으면 일흔일곱. 우리 엄마도 저이들처럼 억척스럽게 장 보고 김장을 하고 삭신이 쑤신다며 앓아누우셨을까. 엄마는 그즈음 부쩍 음식 간이 안 맞는다고, 뭘 해도 맛이 없고 김치도 짜기만 하다고 낙심했다. 혀가 늙는다는 것도, 김치 담그기가 중노동이라는 것도 30대인 나는 알지 못했다. 김장을 안 해도 된다는 것을 그 시절 엄마가 알지 못했듯이.

어쨌거나 나는 매년 김장 김치를 먹는다. 파는 김치는 비위생적이며 당신 손으로 해주는 게 부모의 도리라고 여기는 시어머니가 담가주시고, 가까운 이들로부터 사랑의 김장이 답지한다. 올해는 친구의 시골 노모가 담근 김치를 분양받았다. 양이 많다며 배추김치 한 통에 덤으로 총각김치랑 묵은지까지 보내주었다. 끼니마다 콕 쏘는 김치를 허겁지겁 먹어치우면서도 목 안이 따끔하다. 한 여성이 소위 '바깥일'을 하려면 다른 여성의 돌봄노동이 필요하듯이, 내가 김치 담그기에서 해방되자면 누군가의 고단한 노역의 산물인 김치를 먹게 된다. 얼마나 손끝이 얼얼하도록 마늘을 까고 생강을 다지고 배추를 씻고 절이고 버무렸을까.

'엄마표 김치'라는 말이 그리운 말에서 징그러운 말이 되어간다. 엄마의 자기희생이 강요된 말, 넙죽 받아먹기만 하는 자들이 계속 받아먹기를 염원하는 말이다. 어느 소설가의 문학관에는 대하소설을 쓰는 동안 사용한 볼펜과 원고지가 탑처럼 쌓여 있다고 하는데, 엄마들이 평생 담근 김치와 사용한 고무장갑을 한눈에 쌓아놓으면 어떤 붉은 스펙터클이 나올지 상상해본다. 어머니가 해주신 밥과 김치 먹고 굴러가는 자본주의 사회에서 절대 가시화되지 않는 이상한 노동. 피와 살로 스며서 똥으로 나가버리는 엄마의 땀. 부불노동unpaid work으로서 가사노동의 불꽃인 김장.

한 동료의 엄마는 여든 살을 맞아 김장을 안 한다고 선언했다고 한다. 늦은 은퇴다. 엄마들의 잇단 김장 파업 선언에 김치 난민이 속출하는 또 다른 겨울 풍경을 그려본다.

다정한 얼굴을
완성하는 법

몇 해 전 추석을 앞두고 외숙모에게 전화가 왔다. 나이 들어 몸이 여기저기 아프고 음식 장만이 힘들다며 추석은 쉬고 설날에만 오면 어떻겠냐고 주저주저 운을 뗐다. 그간 매년 명절에 아버지를 모시고 외가에 갔었고 숙모는 20인분 가량 친지의 식사를 준비하곤 했다. 특히 엄마가 돌아가신 후엔 우리 가족을 각별히 챙겼다. 명절상에 특별요리를 더한 상차림이 예순을 넘긴 숙모에겐 고단한 노동이었을 텐데 미리 헤아려드리지 못해 너무도 죄송했다.

아버지에게 외숙모의 사정을 말씀드렸더니 "숟가락 몇 개 놓는 건데"라며 표정이 어두워진다. 물론 한 끼 밥을 못 먹어 그러시는 게 아닐 것이다. 친지와의 왕래가 줄어드는 명절에 대한 서운함과 사위어가는 인연에 대한 쓸쓸함을 느끼시는 것 같다. 그래도 가족의 화합을 위해 여자의 희생이 당연시되는 건 문제다. 나는 대식구 밥 차리는 게 간단하지 않다고, 장을 보고 저장하고 재료를 다듬고 썰고 데치고 조리해 차려내는 일이 중노동이라고, 나도 싱크대에 서는 게 힘든데 숙모는 오죽하시겠냐고, 쉽게 해드려야 한다고 차근차근 설명했다.

누구라도 그러하듯, 아버지가 지금까지 이해하지 못했던 걸 갑자기 이해하리라고는 기대하지 않았다. 그럼에도 이해되지 않는 말들이 차곡차곡 쌓이다 보면 어떤 계기에 인식의 다른 지평이 열리기도 한다는 걸 믿기에 최대한 말씀을 드렸다.

우리가 배워야 하는 건 어머니의 은혜가 아니라 어머니의 고통이어야 했다. '평생 밥 당번'으로 사느라 뼈가 녹는 고충을 당사자들은 제대로 말하지 않았고, 구구절절 말하지 않는 고통을 남들이 먼저 알아주는 법은 없다. 하지만 그 고통을 알아보는 능력이 부족하면 나쁜 어른으로 오래 늙는다. 살면서 제대로 배운 적 없지만 살면서 너무도 필요한 일이 '그 사람의 입장이 되어보기'라는 걸 절감하던 나날에, 참고서 같은 책이 내게로 왔다.

"어린 나는 엄마에게도 무슨 사정이 있겠지 생각할 수 없었고, 엄마의 내부에서도 무너지고 있는 게 있을 거라고 마음 쓸 수 없었다. (…) 꼬박꼬박 월급을 가져다주는 건실한 남편과 크게 속 썩이지 않는 아들딸을 두고도 그럴 수 있다. 그런 걸 이제 나는 안다. 나는 엄마의 삶을 이해하려고, 배웠다. 배운 사람은 그런 걸 이해하려는 사람이다. 내가 아니라 다른 사람의 삶을."(13쪽)

시인 김현이 쓴 《걱정 말고 다녀와》라는 산문집이다. "엄마가 술에 취해 내게 전화하지 않으면 좋겠다"라고 시작하는 이 책은 술에 취한 (아빠가 아니라) 엄마라는 낯선 존재를 드러내 밝힌다. 엄마가 되어본 것처럼, 저자는 다른 존재가 가까스로 되어본다. 애인의 입장이 되어보고, 그날 보았던 한 남자의 입장이 되어보고, 카페를 환하게 밝히는 어린 연인들의 입장이 되어보고, 오래된 수습사원이 되어본다. 그리고 퀴어퍼레이드에 와서 북치고 고함치며 남의 축제를 방해하는 혐오세력의 입장이 되어본다.

"아마도 스스로를 '정상적'이라고 생각하며 '비정상적인' 사람들을 비난하기 위해 광장으로 나왔던 사람도 지친 몸으로 애인을 향해 갔을 것이다. 그는 애인과 뽀뽀했을까. 나는 그 사람이 어떤 얼굴로 애인의 얼굴을 마주 보고 그날 자신이 보낸 '혐오의 하루'를 말할지 짐작할 수 있었다. '뽀뽀하기 위한 하루의 얼굴'을 어디 감히 그런 얼굴 따위가 이길 수 있으랴. 나는 뽀뽀하는 사람으로서 모든 혐오와 차별에 반대한다."(42쪽)

자신을 뽀뽀하는 사람으로 정체화하고 혐오세력의 뽀뽀 불가능성을 예측하는 장면은 통쾌하고, 글을 마무리하며 켄 로치의 영화 〈다정한 입맞춤〉을 인용하는 대목은 진실의 무게로 묵직하다. 가만히 응시하고 넌지시 되어보는 이야기를 풀어놓다가 켄 로치 영화를 막판에 무심하게 곁들이는데, 그것이 퍼즐의 마지막 한 조각처럼 절묘하게 본문과 들어맞는다. 그러고 보니 이 책의 부제가 '켄 로치에게'다.

"그의 영화는 보는 이에게 요청한다. '그들의 애인이, 그들의 가족이, 그들의 친구가, 그들의 동료가 되어보십시오. 그러니까 그들이 되어보세요.' 이때의 되어보기는 나라면 어떤 선택을 했을까, 라는 가상 체험이면서 동시에 나는 과연 어떤 세계에 살고 있는가를 되돌아보는 현실 체험이다."(110쪽)

《걱정 말고 다녀와》를 완독한 그날 오후, 재킷 소매 기장을 줄이러 수선집에 갔다. 복도를 막아 만든 그 좁은 공간에 60대쯤으로 보이는 아주머니 세 분이 나란히 앉아 이야기를 나누고 있었다.

"눈에 보이는데 밥을 안 해줄 수도 없고, 나이 먹으니까 밥하기가 너무너무 싫잖아."

"맞아, 어디 가도 밥 때만 되면 맘이 안 편해. 근데 요즘 애들이 결혼을 어디 일찍 하냐고."

"왜들 결혼은 안 해? 큰일이야 큰일."

들자하니 주제는 비혼의 과년한 자식과 같이 사는 일의 괴로움에 관한 것이었다. 달달한 믹스커피가 든 종이컵을 촛불처럼 두 손으로 감싸 쥔 그들의 표정은 밥과 돌봄으로부터의 해방을 염원하는 듯 절절했다. 주섬주섬 옷을 챙기는 내 귀는 점점 쫑긋해졌다. 한 마디 한 마디가 우리 외숙모 같고 저자의 엄마 같고 미래의 내 모습 같아서 발걸음이 쉬이 떨어지지 않았다. 책을 읽고 났는데 하필 이런 장면을 목도했네 싶었지만, 사실 엄마들의 저런 한탄과 하소연은 주변에 늘 흘러다녔다. '남의 입장이 되어봄'에 관한 책을 읽은 뒤라 내게 생생히 들린 것뿐일 거다.

켄 로치의 '되어보기의 망토'가 공용화되는 세상을 상상했다. 밥 먹는 사람이 밥하는 사람의 입장이 되어보기. 이때의 밥하기는 여유 있게 놀다가 모처럼 하는 일회성 노동이 아니라 삼시세끼를 차려내는 노동이 수십 년간 누적된 상태에서 중단 없이 이어지는 반복성 노동이며, "견딜 수 없는 기분과 나락으로 떨어진 것 같은 감정이 때때로 찾아왔"(13쪽)을 때에도 몸을 일으켜 차려야 하는 모진 노역이다. 숟가락 하나 더 놓기 위해서는 한 사람의 자리를 마련하고 입맛을 고려해야 한다는 것을 아는 일이다. 이런 찬찬하고 총체적인 '되어보기'란 어떻게 가능할까.

"켄 로치의 재현은 많은 경우 본 것을 다시 보라고 요청한다"(36쪽)고 김현은 전한다. 엄마에게서 엄마를 지우고 한 인간으로 다시 보고, "가장 빨리 미화되고 가장 느리게 진상이 밝혀지는 가족에의 환상"(103쪽)을 차분하게 마주하라는 충고다. 무구한 밥에 얽힌 그 잔인을 깨우치는 과정을 통해서만 우리는 "다정함을 아는 얼굴로 스스로를 완성해"(42쪽)갈 수 있으리라.

다가오는 명절을 맞아 아마 넋두리 2탄을 풀어놓고 있을 수선집 아주머니들에게 나는 김현의 다정을 흉내내어 말해주고 싶다. "걱정 말고 다녀와." 그리고 후렴구처럼 켄 로치의 명언도 붙여야겠지. "우리는 무엇이든지 가능하고, 또 다른 세계는 가능하며 필요하다고 외쳐야 합니다." (50쪽)

김현, 《걱정 말고 다녀와》, 알마, 2017

내게 사랑은 나 아닌 것에 '빠져듦' 그리고 '달라짐'이다.

우연한 계기로 엮여 서로의 세계를 흡수하면서

안 하던 짓을 하거나 하던 짓을 안 하게 되는 일.

연애가 그랬고 공부가 그랬다.

이전과 다른 삶으로 넘어가는 계기적 사건이

사랑 같다.

슬픔을 공부해야 하는
이유

군에 간 아이가 휴가를 나왔다가 들어간 다음 날, 빨래를 개키다가 멈칫했다. 아이가 입던 양말이랑 팬티가 손에 잡혔다. 사람은 가고 없는데 옷가지만 남아 있는 게 영 이상했다. 당분간이겠지만 임자 없는 옷들. 그것을 만지작거리다가 나는 '최초의 빨래'를 생각했다. 2014년 4월 16일 이후 처음 돌아간 세탁기에서 나왔을 옷들. 아이가 수학여행 가기 전 벗어놓은 허물들. 그것을 빨고 말리고 개켜도 입을 사람이 더는 없음을 알았을 때, 참사 이전의 일상을 완강하게 간직한 그 옷들은 다시 젖어가지 않았을까.

살다가 슬퍼지는 순간이면 자동 연상처럼 세월호가 떠오른다.

정확하게는 세월호 유가족 인터뷰집 《금요일엔 돌아오렴》의 문장들이 생각난다. 내 평생 목도한 비참의 총화, 그 불가해한 사건의 실체를 나는 이 책으로 이해했다. 번호가 매겨진 희생자가 아닌 한 명한 명 아이들이 어떤 이름을 가졌는지, 하루아침에 자식을 잃었다는 건 어떻게 실감하는지, 슬픔이 정수리까지 꽉 찬 몸으로 살아가는 일상은 얼마나 휘청이는지, 대체 어떤 사건이 일어난 건지 부모들은 소상히 들려준다.

"전화로 미지 엄마한테 속옷서부터 팬티까지 얘기했지. '겉옷은 무슨 색인데 이게 맞냐' 그랬더니 '맞다'. '속옷은 땡땡이 입었는데 이거 맞냐', '맞다'. '팬티는 줄무늬에 뭐가 있는데 맞냐', '맞다.'"(54쪽) 미지 아버지 유해종 씨는 사고 한 달 만에 속옷 무늬로 딸의 시신을 찾는다. 죽은 아이를 확인하는 가장 확실한 증거물. 무늬도 색깔도 크기도 제각각인 속옷은 아이의 몸과 취향의 고유성을 나타내는 표지이자 엄마와의 내밀한 연결을 매개하는 유품이 된다. 아마도 미지 어머니는 일 인분만큼 줄어든 빨랫감에서, 보이지 않는 땡땡이 무늬의 속옷에서 딸의 부재를 두고두고 실감할 것이다.

소연 아버지 김진철 씨는 아이가 세 살 때부터 "도둑질만 안 하고" 다 해가며 홀로 아이를 키운 한 부모 가장이다. 세상에 딸하고 나 둘만 남겨졌는데 잃은 그 아이, 딸의 장례를 치르고 집에 왔을 때 소포가 와 있었다. "풀어보니 소연이가 인터넷으로 산 책들인듸 소설책과 참고서였어유. 그걸 보고 엄청 울었네요. 그 책들을 샀을 때는 열심히 살려고 그런 거 아니여유. 근디 죽어버렸으니 얼마나 기가 막혔겠시유."(96쪽) 그 책들은 결국 딸의 친한 친구에게 주었다고 나온다. 짧게 언급된 한 줄 문장. 나는 그 행간에 오래 머물렀다. 너무 빨리 간 아이의 너무 늦게 도착한 책들을 안고 오열하는 아버지. 어떻게 처리할까 고민하고, 책들을 건네주고, 살아 있는 딸의 친구를 보면서 부러움에 눈물짓고 소주를 들이켜다 쓰러져 잠들었을 아버지의 동선을 끝말잇기 하듯이 더듬더듬 그려보았다. 유통기한 없는 슬픔의 효소는 얼마나 오래 아버지의 술잔을 채웠을까.

"애가 좋은 데 간다"는 스님의 조언에 따라 호성 어머니 정부자 씨는 아이의 노트며 가방을 그대로 태웠다. 그런데 신발은 아이가 수학여행에 다 신고 가버리는 바람에 남은 게 없었다. "없어서 하나 사서 태워줬다."(126쪽) 왜 그리 구질구질하게 살았는지 모르겠다며 엄마는 가슴을 친다. 죽은 아이의 신발을 버리기만 하는 것이 아니라 새로 사기도 해야 한다는 것을 난 이 책에서 처음 알았다.

슬픔은 이토록 개별적이고 구체적이고 성가시고 집요하고 난데없다. 예습과 추론이 불가능하고 복습과 암기로 공부해야 하는 과목이다.

나는《금요일엔 돌아오렴》을 글쓰기 수업 교재로 자주 쓴다. 한국사회 모순과 부조리를 보여주는 사회학 교과서이자, 삶을 질문하게 하는 철학서, 인간의 고통과 슬픔을 다루는 문학 작품으로 더없다. 이 책을 언급하면 거의 똑같은 반응이 나온다. 사놓고 엄두가 나지 않아 '아직' 안 읽었다며 뒷걸음질 친다. 용기 내어 읽고 나면 눈빛이 단단해진다. 어떤 학인은 이렇게 썼다.

"이 책을 읽으면서 나는 아픈 사람들의 마음을 전혀 알려고도, 소통하려고도 하지 않은 무소통·불통의 인간이었구나 하는 생각이 들었다. 매스컴에서 보도되는 대로 믿어왔고 세월호를 인양하는 것이 국세 낭비라고만 생각했었다. 이미 떠나간 아이들이 뭐 건진다고 달라질까? 아이를 잃은 슬픔이 어떤 건지 아이를 기르고 있는 입장에서도 전혀 공감하지 못했던 것이다."

《금요일엔 돌아오렴》은 평범한 사람들의 각성과 저항의 서사로 빛난다. "아이랑 함께했던 공간과 시간을 아이 없이 모두 다 새로 시작해야 한다"(213쪽)는 사실에 인생 초보가 된 사람들. 행동 양식의 초기화는 의식화로 이어진다. 세월호 사건이 "동네 저수지에 사람 하나 빠졌을 때보다 못하다"(291쪽)는 사실을 알아챈다. "뉴스가 진실인 줄 알았는데 그게 아니더라."(26쪽) 물론 "처음부터 투사가 되어 이걸 밝히고 말거야라는 생각으로 뛰어든 부모는 한 명도 없다"(157쪽).

제훈 어머니 이지연 씨는 교육열 높은 엄마였다. 아이의 뇌기능에 좋게 모차르트 음악을 틀어주고 영어를 일찍 접하게 하고 학원 스케줄을 관리했다. 저만 삐뚤어지지 않고 열심히 살면 된다고 생각했는데 그게 아니더라고, 한참 슬픔에 젖어 있던 무렵에 삼풍백화점 붕괴 사고로 딸과 아들을 잃은 부모를 만났고 위로를 받았다고 말한다. "다른 사람의 아픔을 껴안는다는 거 그전에는 전혀 생각 못했어요. 내가 경험하지 않았다고 모른 체하고 살았던 게 문제라는 생각이 들었어요."(329쪽)

전국으로 간담회를 다니는 세희 아버지 임종호 씨는 "우리 자식 물에 빠져죽지 않게 수영 가르쳤다"는 학부모들 이야기를 들으면 안타깝다. "개인이 노력해서 수영 잘해서 될 게 아니잖아. 왜 법이 만들어져야 하는지 말하는 거지. 그런데 사람들이 자기 자식 일이라고 생각 안 해요. 소를 잃어본 사람이 외양간을 고치지, 소가 멀쩡하게 있는 사람은 모르더라고."(276쪽)

2017년 3월 인천에서 여덟 살 아이 살인사건이 일어났다. 아이가 친구와 놀다 어머니에게 전화를 걸기 위해 휴대폰을 빌리러 한 여성을 따라간 뒤 봉변을 당했다. 엄마들 사이에서 충격이 컸고, 아이에게 핸드폰을 사줘야 하는 거 아니냐는 말이 나왔다고 한다. 자식을 어떻게 키워야 할지 모르겠다고 말하는 젊은 엄마에게 난 《금요일엔 돌아오렴》을 권했다.

나는 과연 소가 멀쩡하게 있는 사람인지, 멀쩡함의 기준이 되는 시기와 조건은 무엇인지, 아이를 어떻게 키우고 싶은지 자기 욕망과 세계관에 질문을 던지는 책. 핸드폰을 지니게 하거나 생존 수영을 배우게 하는 것처럼 내 자식만을 위해서는 내 자식을 위할 수 없다는 것을 일깨워주는 책. 이 책의 첫 장을 넘기는 게 자기 슬픔과 불안을 직시하고 외양간 고치는 일의 시작이 되리라 믿는다.

4·16세월호참사 작가기록단, 《금요일엔 돌아오렴》, 창비, 2015

우리는 왜 살수록
빚쟁이가 되는가

"왜 목동 아파트를 고집하니?" "좁아터진 집에서 사느니 조금만 외곽으로 나가면 넓게 살아." "공부할 애들은 학원 안 보내도 다 해." 내가 목동 아파트에서 가장 작은 평수에 사는 동안 귀가 따갑게 들었던 충고다.

신혼 때 남편의 지점 발령으로 목동에 자리를 잡았다. 당시 단지 주변에서 가장 높은 건물은 10층이었다. 몇 해 사이 백화점과 방송국이 들어서고 주상복합 시설과 고층빌딩이 앞다퉈 생겼다. 건물 안은 학원과 부동산으로 신속하게 채워졌다. '전문가 집단' '물꼬터학원' '열정과 끈기' '자기주도학습센터' 등등 자고 나면 학원 간판이 내걸렸다. 내가 학원 천국 목동으로 이사를 간 게 아니라 내가 살고 있는 동네에 학원들이 난입한 거다.

그즈음 난 20평 아파트 세입자가 됐다. 단지 안 가장 좁은 평수 맨 위층 복도 끝 집을 겨우 구했다. 겨울엔 춥고 여름엔 덥고, 4인 가족이 살기엔 비좁았다. 그래도 이사할 엄두를 내지 못했다. 교육이 아니라 양육 때문에. 목동은 내게 학원이 많은 곳이 아니라 급할 때 아이를 부탁할 '언니들'이 많은 동네였다. 그 '언니들'은 남편 말고 육아 대체자가 없는 워킹맘에겐 동아줄이다. 육아 난민이 되느니 목동 빈민을 택했다.

가끔 만나는 친척이나 지인들은 주저 없었다. 아이가 둘 있고 집이 목동이라고 하면 사교육 때문에 목동에 사는구나 자동으로 연상했다. 대개의 판단은 자기 정념과 욕망에 근거하는 법. 현실은 달랐다. 서울·경기 서남부권에서 세단을 몰고 와 아이들을 들여보내는 소위 이름난 학원과 족집게 강사를 집 앞에 두고도 나는 구경만 했다. 입시생이라고 해주는 것도 없는데 친구들과 생이별까지 시키기 미안해서 큰애가 고등학교를 마칠 때까지 버텼다. 그리고 20년 살던 나의 고향 목동을 등졌다.

목포에 취재 갔을 때다. 여느 도시처럼 아파트가 밀집한 신도시가 생겨났고 구도심도 재개발 위기에 처했다. 구도심에는 가장 취약한 계층인 노년층만 남았다. 이 지역 시민단체 활동가가 염려하며 말했다. 어르신들이 새로운 동네에 정착하려면 김치도 담가 이

웃과 나누고 마실도 다니고 해야 한다, 그런데 노인네라서 음식 할 기력도 없고 관절도 성치 않고 귀도 안 들린다, 재개발이 시행돼 어르신들이 이 동네를 떠나면 살기 힘들 거다……. 어르신들이 '살던 데서 살기를' 고집하는 이유를 난 조금이나마 이해할 수 있었다.

《우리는 왜 공부할수록 가난해지는가》에는 가난한 대학생의 속사정이 소상히 나온다. 독립연구자이자 글 쓰는 사람으로서 "통장 잔고는 늘 10만 원을 넘지 못했"^(9쪽)던 저자가 대학원까지 학자금 대출금 2200만 원을 받은 경험을 토대로 '대학생은 어떻게 채무자가 되는지' 구조적으로 밝혀낸다. 이 책을 읽으며 내가 무심코 가졌던 청년·공부·가난에 대한 편견과 마주했다.

"끼니는 김밥이나 샌드위치로 해결하면 그만이었다. 더 이상 절약할 곳이 없다고 느꼈을 때 나는 세미나 뒤풀이 모임에 빠지기 시작했고 친구들을 거의 만나지 않았다."^(15쪽) "친구들과 함께 밥을 먹을 경우, 메뉴와 가격을 선택하는 데 자유롭지 못하기 때문이다."^(195쪽)

'우리 때'와 달리 혼밥이 왜 그리 유행하는지 잘 몰랐다. 요즘 청년들이 개인주의 성향이 강해서 스펙 관리만 하느라 밥도 혼자 먹고 깍쟁이처럼 뒤풀이도 안 하는 줄 알았다. 그런데 500원, 1000원이 고민거리가 되는 "굶주림이 익숙해진 삶"을 채무자-대학생은 피할 수 없었다. "밥 한 끼에 마음 졸이며 눈치를 보는 삶 속에서 음식뿐만 아니라 생활의 전 영역에서 스스로 단속하며 살아간다."^(196쪽)

또 다른 편견들. '가난한데 대학원을 왜 굳이 가려고 할까?' 했다가 저자처럼 공부가 너무 재밌고 평생 하고 싶은 이들은 어디서 어떻게 공부할까를 묻게 됐다. '학자금 대출받지 말고 장학금 받으면 되잖아?'라고 쉽게들 질문 아닌 질문을 던지기도 한다. 저자는 각 장학금마다 요구하는 '인재'상에 맞춰 "가난소개서"(99쪽)를 써야 한다며 "장학금을 받기 위해 자신의 가난을 강제적으로 발화하게 하는 것은 특정 계층에 대한 낙인화이자 폭력"(102쪽)이라고 말한다.

우리집 큰애도 대학에 가서 장학금을 받았는데 아이의 표정이 얄궂었다. 장학금 종류마다 이름이 다르단다. 기준 학점 이상에, 부모 소득 분위 하위권 학생에게 지급되는 장학금을 받았으니 그 사실 하나로 자기 처지가 만천하에 공개됐다는 거다. 나는 가난이 부끄러운 게 아니라는 틀에 박힌 말로 위로했는데 저자는 나은 답을 들려준다. "가난은 부끄러운 것이 아니다. 가난을 부끄럽게 여기는 문화가 부끄러운 것이다."(102쪽)

가난은 상대적이나, 한 존재에게서 중요한 것들을 뺏어간다. 밥부터 포기시키고 밥이 매개하는 관계와 건강을 무너뜨린다. 가난은 말을 가로챈다. 감추고 싶은 것은 강제로 노출시키고, 말하고 싶은 것은 들어주지 않는다. 먹고살기 바빠 일일이 사정을 말할 기회가 없다. 설명도 간단치 않다. 저자처럼 수년을 공부하고 책 한 권 분량의 구조적 분석을 마쳐야 제대로 이해시킬까 말까다.

젊어서 고생은 사서 한다는 말. 아마 그건 고생 끝에 낙이 온 사람에게만 발언권이 주어졌기 때문일 거다. 그들은 자서전으로, 인터뷰로 자기 말을 퍼뜨리지만 "성실한 나라에서 살아남기 위해 성실했다가 개죽음을 당한"(189쪽) 이들은 말이 없다. 특정 지역이 사교육 시키기 좋다는 말. 사교육으로 엘리트 코스를 밟아 기득권층이 된 이들의 언어일 것이다. 사교육에 실패했거나 애초에 사교육을 받을 수 없는 이들의 말은 배제됐다. 재개발이 지역 발전에 좋다는 말도 마찬가지. 매매차익으로 부를 축적한 중산층과 그것을 조장한 토건재벌의 말이다. 쫓겨난 원주민의 말은 무음 처리다. 사회적 편견은 그렇게 생산 및 유통된다.

나는 목동 아파트를 떠나 집을 구하며 주택담보대출이란 것을 받았다. 용쓰고 살았으나 살다보니 중년에 빚쟁이다. 20년 상환의 굴레에 갇혀 죽지도 못할 처지가 된 게 황망하고 서글펐는데 이 책에서 부채에 관한 다른 해석을 얻었다. "개인이 가난해서 빚을 지는 것이 아니라, 빚을 지지 않고는 살 수 없는 환경에서 살고 있기 때문에 이 사회에 적응해나가기 위해 빚을 지는 것이다."(105쪽) 학생–채무자의 글에 노동자–채무자인 나는 위안을 받는다.

천주희, 《우리는 왜 공부할수록 가난해지는가》, 사이행성, 2016

딸 없으면
공감 못 하나

여자들과 달리 남자들은 동성 친구에게 힘든 얘기를 잘 안 한다고
남자 지인이 말했다. 그 자리의 네댓 명이 대체로 동의했다. 내 아
버지나 남편, 동료들을 봐도 결정적인 고민은 남들과 공유하지 않
는 눈치였다. 나는 힘든 일이 생기면 친구랑 전화통 붙들고 운다. 친
구의 긴급 호출도 물론 온다. 이런 차이가 어디서 오는지, 왜 그런지
토론했다. 한 중년 남성은 사회생활의 경쟁 시스템에선 하소연이
곧 약점이 되어 불리하니까 숨긴다고 했다.

여자들의 고민 공유, 즉 '수다'는 약자들의 연대라고 나는 말했
다. 말해봐야 잃을 것도 없고, 말이라도 해야 후련하니까. 일종의 궁
여지책이다. 품앗이처럼 말하고 들어준다. 그러면서 나만 그런 게

아니구나 하며 타인의 처지도 공감하고 현실을 받아들이고 또 하루를 살아간다. 난 어려서부터 엄마가 친지랑 전화 통화하는 걸 엿들으며 여자의 일생을 배웠다. 이런 소소한 일상의 누적이 여성의 공감 능력을 신장시켰을 거다. 반대로 '센 척' 하느라 말하고 듣는 과정을 의도적으로 생략한 남성은 공감 능력을 학습할 기회가 없었을 테고. '수다'를 떨지 않는 아버지들은 풀어내지 못한 자기 고충을 '주사酒邪'로 토한 것도 같다.

모든 존재의 행위는 저 살려고 하는 일. 여성학자 벨 훅스가 말한 '감정적 자기 절단'이 남자들 생존에 유리한 시대가 있었다. 그긴 세월 부작용이 일상의 폭력을 낳았음을 미투 운동이 증명한다. 미투 운동이 일자 술렁이는 여자들에 비해 남자들은 잠잠했다. 참회하느라 그런다, 켕겨서 그런다, 조심하느라 그런다 의견이 분분하지만, 내가 볼 땐 몸치처럼 주춤했던 거 같다. 타인의 고통에 깊게 개입하고 슬픔의 장단을 맞춰본 적이 없기에 언제 어떻게 끼어들어야 할지 모르는 상태.

그 와중에 딸 키우는 아빠로서 미투 운동을 지지한다는 글을 봤다. 어딘가 궁색하고 근원이 수상쩍다. '아무 남자에게 내 딸 못 준다'는 말이나, TV 자막으로 박히는 '딸바보'라는 단어가 거북살스러운 것과 유사한 맥락이다. 자식을 소유물로 여기는 가부장 정서와 내 핏줄의 안위가 중한 가족주의에 기반한 발언이다. 그저 단독자로서 성인 남성이기만 해서는 남의 아픔에 공감하고 연대하는 것이

어색하고 어려운 것일까?

　평창겨울올림픽에서 헬멧에 세월호 리본을 부착한 김아랑 선수가 화제였다. 환한 미소만큼 감수성이 돋보였다. 속사정을 알진 못하지만 김아랑 선수의 공감이 적어도 부모나 누이로서, 즉 혈연을 매개로 한 반응이 아니었음은 분명하다. 동시대를 살아가는 동료 시민으로서 슬퍼하고 슬픔의 인파가 빠져나간 자리에서도 묵묵히 애도했기에 울림이 더 컸다.

　한 사람의 공감 능력은 어떻게 만들어지는가. 계속 질문하는 중이다. 여자라서, 아이를 키워봐서, 딸이 있어서처럼 저절로 주어지는 것들은 계기가 될 순 있어도 공감의 지속 조건은 될 순 없다. 배움이 필요하다. 글쓰기 수업에 오는 어른들도 '느끼는 능력'을 갈구한다. 남 일에 무관심하면 더 빨리 더 높게 사회적 성취를 일굴 수 있을지 모르겠으나, 자신과의 서먹함이나 관계맺기의 무능함으로 인해 삶의 다른 한쪽이 허물어지는 탓이다.

　내가 아는 공감 방법은 듣는 것이다. 남의 처지와 고통의 서사를 듣는 일은 간단치 않다. 자기 판단과 가치를 내려놓으면서, 가령 '왜 이제 말하느냐' 심판하는 게 아니라 왜 이제 말할 수밖에 없었을까 이해하려 애쓰면서, 동시에 자기 경험과 아픔을 불러내는 고강도의 정서 작업이다. 온몸이 귀가 되어야 하는 일. 얼마 전 본 문장으로 정리하면 이렇다. "당신이 할 말을 생각하는 동안 나는 들을 준비를 할 거예요."

그 녀 가

호 텔 로 간 까 닭 은

《19호실로 가다》라는 소설이 있다. 영국의 노벨문학상 수상 작가 도리스 레싱이 쓴 작품으로 유명하다. 크고 좋은 집, 돈 잘 버는 남편, 귀엽고 기운찬 아들 둘 딸 둘까지. 모든 것이 매끄럽고 흠잡을 데 없이 설계된 가정 생활을 누리고 있으나 주인공 수전은 행복하지 않다. 가족을 돌보면서 정작 자신이 사라지는 현실을 자각한다. 다시 "나 자신이 되는 법을 배우기" 위해 오롯한 몰입이 가능한 '익명의 장소'를 찾던 수전은 호텔로 간다.

　매일 일정한 시각에 아내가 사라지는 것을 안 남편은? 사설 탐정을 시켜 찾아낸다. 수전은 세상에 의해 발각된다. 평일 오전 10시부터 오후 5시나 6시까지 19호실에서 혼자 있다가 간다고 호텔 지배인이 '있는 그대로' 증언했지만 남편은 믿지 않는다. 다른 남자와 있었으리라 추측한다. 그렇게 믿고 싶어한다. 자신에게 애인이 있었듯이 당신도 그랬을 거라며 교양과 관용의 제스처를 취한다.

언젠가 인터넷 포털 화면도 '호텔'이라는 단어로 어지러웠다. 위계·위력에 의한 성폭행 혐의를 받고 있는 안희정 전 충남지사의 재판에 대해 "김지은 호텔 잡았다" "본인이 직접 호텔 예약" 등의 제목으로 기사가 여러 개 났다. 호텔 예약. 이건 수행비서의 업무다. 그러나 이 사건의 맥락에서 저 단어의 조합은 '합의에 의한 관계'라는 피고인 주장에 유리하다.

언론사 사무실에서 저와 같은 제목을 짓느라 말을 고르고 단어를 배치하는 상황을 머릿속으로 그려본다. 편집기자의 손놀림, 데스크의 표정과 지시하는 입모양은 어땠을까. 성별이 남자든 여자든 가부장제의 통념과 상식에 길들여진 두뇌들의 합작품일 것이다. 《19호실로 가다》에서 아내가 겪는 고립과 절망과 소외를 전혀 상상하지 못하는 남편이 배우자의 호텔 출입을 두고 '그렇고 그런' 빤한 일이라는 듯 자동 반응했던 것처럼 말이다.

사람이 호텔에 가는 이유는 여러 가지다. 그런데도 여성의 행위는 일 그 자체로 인식되거나 말 그대로 인정되지 않는다. 김지은은 안희정 지사가 자신을 네 차례 성폭행했다고 밝혔다. 이를 두고 처음에 곧장 사표 내지 않은 게 의심스럽다고들 한다. 반문하고 싶다. 상사에게 언어적·물리적 폭력을 당했다고 해서 그 즉시 사표를 제출하거나 고발하는 직장인이 저항과 권리를 배우지 못하는 한국 사회에서 얼마나 되겠느냐고. 사표는 생존과 직결된 결단이다.

삶은 늘 우리의 경험과 인식을 초과한다. 문학으로 타인의 삶을 상상할 수는 있다. 소설 속 주인공은 왜 결혼생활 10년이 넘도록 잘 참다가 하필 그날부터 호텔로 갔는지, 기껏 가놓고 왜 그 방에서 아무것도 하지 않았는지, 결혼 전 광고회사에서 일했던 '스마트한 여성'인데 어째서 이혼하지 않고 지리멸렬한 결혼을 이어갔는지, 매사 합리적인 언어를 주장하는 이들에게는 설명 불가능하다. 문학의 언어는 보여준다. 스스로 전개되는 삶을 통해 합리와 이성으로 기획된 세계의 빈틈과 모순을 드러낸다. 그래서 《19호실로 가다》의 첫 문장은 의미심장하다. "이것은 지성의 실패에 관한 이야기라고 할 수 있다."(277쪽)

안희정 성폭행 혐의 사건에는 법리적 판단이 내려질 것이다. 중요한 것은 사건이 끝나도 여성의 삶은 계속된다는 사실이다. 그건 성폭행이 계속된다는 말이고, 남성의 언어로 세상을 해석하고 편집하는 가부장제 사회에서 여성의 말하기는 자주 실패하리라는 뜻이다. 그러나 견고한 지배 질서의 틈을 뚫고 터져나오는 목소리는 그만큼 질긴 생명력을 갖는다. 삶을 대동하고 나온 목소리는 말하기에 실패할 때마다 정교해진다. 나는 거기서 희망을 본다.

도리스 레싱, 《19호실로 가다》, 문예출판사, 2018

페미니스트보다
무서운 것

"밥 안 해놓는다고 자주 갈등 겪어, 잠자던 딸 둔기로 살해한 아버지". 어느 기사 제목이다. 노예제 사회도 아니고 2018년 1월 19일에 한국에서 벌어진 일이라니 믿기질 않아서 몇 번을 읽었다. 여자가 여자라서 화장실 가다 죽고, 안 만나준다고 전 애인에게 죽고, 밤늦게 다닌다고 남편한테 죽고, 미용실에서 일하다 죽고, 술자리에서 희롱당하는 뉴스가 연일 터지는 와중에 유독 충격이었다.

나는 밥에 대한 글을 참 많이 썼다. 뇌의 반이 밥(걱정)으로 차 있어서다. 누구나 자신이 속박된 주제에 대해 쓸 수밖에 없다. 밥 얘기를 쓰면서도 스스로 검열했다. 글감치고는 시시한 거 아닌가, 그깟 밥이 뭐라고, 나라의 명운이 걸린 것도 아니고……. 그래도 꿋꿋이 썼지만 '여자는 밥하는 존재가 아니다'라고 하면 그 말은 어쩐지 우스워 보였다. 저 기사를 보니 웃을 일이 아니다. 밥이 전선이다. 밥 때문에 사람이, 여자가, 맞아 죽기도 한다.

집 안도 화장실도 거리도 일터도 일상 동선 어디도 안전지대가 아니다. 여성에겐 그렇다. 인구 절반의 안전이 위협받고 있다고 말하면 '망상' 같지만, 나나 내 딸이나 동성 친구들이 해를 입을 수 있다는 건 '예상' 가능하다. 만약 기독교인이 기독교인이라는 이유로, 백인이 백인이라는 이유로 하루걸러 죽어도 세상이 잠잠할까. 여성 혐오가 대기에 만연하고 사망자가 꾸준히 발생하는데 사람들은 미세먼지만큼도 일상의 재난으로 인식하지 않는다.

주변에서도 안전 불감증을 느낀다. 한번은 강연장에서 한 여성이 조심스레 말했다. 형제를 키우는데 여자애들 등쌀에 아들들 학교생활이 힘들다며 여성차별 시대가 아니고 여성상위 시대 같다고 했다. 또 예쁜 여자한테 꽃이라고 하는 게 왜 문제냐며 '페미니스트들'이 좀 무섭다고 했다. 뭐, 그리 생각할 수 있다. 원래 내 불편은 가깝고 남의 불행은 멀어 보인다.

그러나 아들들이 학창 시절 이런저런 불편을 겪는다 한들 딸들처럼 죽고 사는 문제는 아니다. 화장실 갈 때나 택시 탈 때마다 불안에 떨면서 평생을 보내지 않아도 된다. 꽃처럼 예쁘단 말은 그 자체로는 덕담 같지만 한 사람이 꽃이 되는 순간, 발화자가 언제든지 꺾어버릴 수 있는 수동적 존재가 되고, 꾸밈노동을 강요받는다. 여성이 직장에서 '꽃'으로 취급되며 개별적 주체나 실력으로 인정받기보다 성적 대상화와 폭력에 노출되는 게 그 증거다.

"검사인데도 저런 일을 당하다니 보통 여자들은 오죽하겠냐." 서지현 검사의 성폭력 피해 사실 인터뷰에 대한 인상적인 반응이었다. 그동안 몰랐나 싶어 조금 놀라기도 했다. 우리 사회 권력 집단에 속한 피해자가 자기 삶을 걸고 방송에 나와 역시 최고의 담론 권력을 쥔 앵커와 마주 보고 증언할 때라야 피해자의 목소리가 겨우 가닿는다. 피해자의 말에 술렁이고 반응한다.

여성혐오로 인한 죽음, 그리고 성폭력 피해는 주식 시세나 날씨처럼 매일 생산되는 뉴스다. 한샘 기업 내 성폭력 사건이 폭로된 게 불과 몇 달 전이고, 문단 내 성폭력 해시태그 운동이 벌어진 게 2년 전이다. 누구도 들어주지 않아서 서사가 되지 못한 채 눈송이처럼 흩어져버린 힘없는 여성 피해자들 이야기는 반도의 땅 곳곳에 설산을 이루고도 남는다.

우리가 무서워해야 할 건 페미니스트가 아니라 페미니스트가 가리키는 여성이 처한 현실의 참담함이다. 여자는 밥하려고 태어나지 않았고 꽃처럼 꺾어도 되는 존재가 아닌데 밥 안 한다고 죽이고 꽃 꺾듯 존엄을 꺾어버리는 무수한 사건들에도, 우리는 계속 놀라고 말리고 떠들고 분노해야 한다.

왜 반응이 없냐고 물었더니 수레가 말한다.
"엄마, 고양이 관점에서 생각해야지.
몸을 그렇게 뻣뻣이 세우고 있으면 오겠어?"
수레는 늘 엎드려서 네 발로 무지랑 눈을 맞추었다.
이것이 "되기"인가. 자신의 고정된 위치를 버리고
다른 존재로 넘어가기.

딸들은
두 번 절망한다

딸이 기르던 머리를 단발로 잘랐는데 친구들이 예쁘다고 했다며 하는 말. "엄마, 나 평생 이 머리만 할래. 박근혜처럼." 이것은 엄마의 화를 돋우려는 중2의 반항인가. 하필 그 사람을 따라하느냐 물었더니 박근혜가 평생 한 가지 머리만 했잖아 한다. 그런데 왜 딸에게는 대통령이 반면교사든 교사든 인생의 중요한 지혜를 알려주는 사람으로 나타나지 않고, 헤어·패션·코스메틱의 교본을 제공하는 사람으로 각인된 걸까?

30대 후반인 비혼 친구는 수난을 당했다. 엄마가 제발 결혼하라 다그치며 한마디 했단다. "너 그러다가 박근혜처럼 될래!" 엄마는 설상가상 내가 널 박근혜처럼 외롭게 한 거냐고 자책했다고 한다. 완고한 스타일, 드라마 덕후, 미용 시술 애호가, 부모 여읜 불쌍한 딸, 남편도 자식도 없는 외로운 여자 팔자. 박근혜는 초유의 무능과 부정을 기록한 대통령이기 전에 가부장제에서 실패한 딱한 여자, 겉치장에만 골몰하는 한심한 여자가 됐고, 그렇게 "여자 아니면 아무것도 아닌 여자"(오규원)로 구축된 생애 서사는 우리 일상에서 반복되고 있다. 한 번은 비극으로 한 번은 희극으로.

그즈음 로자 룩셈부르크의 생애를 다룬 만화《레드 로자》를 글쓰기 수업 토론 교재로 읽었다. 처음엔 생소한 인물이라며 심드렁하던 20~30대 학인들 눈빛이 반짝였다. 로자는 '고통 감수성' 영재였다. 열다섯에 이런 글을 남겼다. "나는 넉넉히 가진 자들의 양심에 짐을 지우고 싶다. 그 모든 고통과 남몰래 흘리는 쓰라린 눈물의 짐을."(14쪽) 여자로서 존재 각성도 단호했다. "작은 부리를 채우기 위해 세상에 존재하는 엄마의 삶"(67쪽)에 몸서리치며 결심한다. 아이를 갖지 않겠다. 로자는 고양이 한 마리를 키우고 자유로이 연애했다. 불법 신문을 제작하고 대중파업을 선동하는 혁명가이자 마르크스주의 이론가로 생을 모조리 불태웠다.

이런 여자의 일생도 있다니! 출산을 거부하고 더 인간다운 사회체제로의 이행을 위해 헌신한 인물이 100년 전 존재했다는 사실에 가임기 여성 학인들은 혹했다. 왜 아니겠는가. 본보기로 삼을 만한 여자의 서사가 가뜩이나 귀한 한국사회에서 자식 없는 여자 정체성을 내세워 최초의 여자 대통령이 탄생했으나 딸들에게 자부심은 허용되지 않았다. 여성 대통령은 자기 언어가 없어 기자회견을 기피하고 사소한 결정도 친분 관계에 의존하고 부역자들과 합심해 국가권력기구를 사유화했고, 그와 같은 대통령의 무책임한 행보는 여자라는 존재 전체의 미숙함으로 환원되곤 했다. 이전 대통령들이 발포 명령으로 무구한 목숨을 앗아가고 4대강 사업으로 국토강산을 '건설 마피아'에 상납해도 남자라서 공격적이고 남자라서 생태감수성이 약하다는 말, 이래서 남자 대통령이 위험하다는 비난은 나오지 않는 것과 대조적이다. 딸들은 두 번 절망한다. 한 번은 국가시스템에 대한 기본적인 신뢰를 무너뜨리는 잇단 사건들에, 한 번은 난세를 틈타 노골화되는 여성혐오에.

지난 토요일엔 딸과 같이 세월호 7시간을 다룬 시사프로그램을 봤다. 미용 시술이든 낮잠이든 대통령이 무엇을 했는지가 중요한 게 아니라 국가적 재난 상황에 무엇을 하지 않았는지가 쟁점이라는 것, 여자 박근혜가 아닌 대통령의 '행동 능력' 부재를 벌해야 한다는 걸 알았다. 희생자들에 대한 온전한 애도를 위해서 진실을 밝혀야 한다는 대목에선 아이의 손을 꼭 잡았다. 청와대 사람들이 7시간을 비밀로 하는 게 아무래도 수상쩍다며 단발머리 딸이 중얼거린다. "국민들이 본때를 보여줘야겠다."

케이트 에번스, 《레드 로자》, 산처럼, 2016

아름다운 낭비에
헌신할 때

대학생들과 만나는 자리, 짙은 눈썹에 선한 미소를 가진 어느 학생이 마음 상태를 글로 쓰면 50퍼센트밖에 표현이 안 된다며 글쓰기의 어려움을 호소했다. 특히 공감이나 소통이 서툰데, 자신이 이공계이고 타인의 삶을 들여다볼 기회가 없어서 문제 같다는 자체 진단도 덧붙였다. 글쎄다. 비단 전공의 문제일까 싶다. 지금의 20대는 영어단어 하나라도 더 외우는 게 생존에 유리하도록 길러진 세대다. 남에게서 고개를 돌려야 살아남도록 구조화된 경쟁 집단에서 평생을 자랐다. 글 좀 써보겠다고 해서 갑자기 감정이입이 될 리 만무하고, 무엇보다 그런 목적 자체가 공감을 방해하는 최대 요소다. 공감이나 소통은 타인에게 물드는 일이므로 토익 점수 올리기 같은 속성반이 없다. 도달할 목표나 보장된 성과가 없는 그 무용해 보이는 시간을 흘려보내며 자신도 떠나보내고 타인이 되어가는 지루한 노동이다.

난 그에게 공감 훈련을 위해 자신과 대화해보기를 권했다. 인간은 자기 자신으로부터 가장 먼 존재라고 니체가 일갈했다시피, 가장 먼 타인인 자기 삶부터 들여다보고 자신과 소통을 시도하는 거다. 좋은 회사에 취직하고 싶다고 느낄 때 '왜?'라고 질문하고, 좋음이란 무엇인지, 그것이 돈인지 관계인지 가치인지 정확하게 따지면서 글로 써보자고.

추상적인 다짐이 아닌 구체적인 상황을 예로 들어 복기해보면 자기 감정과 생각·욕망의 여러 층위와 갈래가 보이고, 나라는 사람은 하나로 정리되기 어려운 복합적인 존재임을 알 수 있다. 자기에 대해 섣불리 장담하지 못하게 되고 그러면서 타인도 함부로 재단하기 어려워진다. 조심스러워지는 일은 섬세해지는 일. 그렇게 내 판단을 내려놓고 남의 처지가 되어보는 게 공감의 시작이다.

언젠가 누가 내게 물은 적이 있다. 글 쓰는 사람이 되고서 가장 좋은 게 뭐냐고. 나는 이 얘기를 들려주었다. 타인에 대해 함부로 말하지 못하게 된 점이라고. 저마다 고유한 사정과 한계, 불가피함을 안고 살아간다는 걸 알았다고.

그리고 그때 답하지 못한 게 더 있다. 글을 쓰면서 행복이나 희망이라는 붕 뜬 단어를 내 사전에서 지워버릴 수 있었던 점이다. "행복이란 거의 없다. 나이 든 사람들은 그중에서도 우리가 원하는 것을 얻었을 때는 더욱 그렇다는 것을 증언하고 있다. 노년에 자신의 생을 되돌아본 많은 위인들은 자신들의 행복했던 순간들을 합쳐보아야 채 하루가 되지 못한다는 것을 알았다." (180쪽) 《길 위의 철학자》의 저자 에릭 호퍼의 말에 나는 동의한다. 삶은 그저 살아가는 것이지, 불행해지기 위해 살아가는 게 아니듯 행복해지기 위해 사는 것도 아니다. 충족은 또 얼마나 금세 냉소로 식어버리는가. 읽고 쓰고 듣는 일을 업으로 삼으면서 나는 삶의 '행복 불가능성'을, 즉 그냥 살아감 자체를 받아들였다.

에릭 호퍼는 이런 통찰도 내놓는다. "우리는 일이란 의미가 있어야 한다는 생각을 버려야 해요. 이 세상에는 모든 이들이 만족감을 느낄 수 있을 만큼 충분히 의미가 있는 일이라는 건 있을 수 없어요." (190쪽) 일이 의미 있기를 요구하는 것은 '인간의 몰염치'라고 했다는 조지 산타야나의 말까지 덧붙이면서, 삶의 유일한 의미는 배움에 있다고 그는 말한다.

에릭 호퍼는 정규교육을 받지 않은 떠돌이 노동자 출신의 사상가다. 도스토옙스키나 몽테뉴의 저서를 거의 외울 정도로 읽었고, 글을 쓰면서는 "제대로 된 형용사를 찾는 데 시간을 아끼지 않았다" (31쪽). 밑 빠진 독에 물 붓기와 같은 무모함, 빠져나가는 것을 알면서도 계속 부어댈 때 잠깐의 흘러넘침, 그것이 사유의 결과물로 손에 쥐여진다. 이 아름다운 낭비에 헌신할 때 우리는 읽고 쓰는 존재가 될 수 있다. 부디 그 이공계 학생이 한 번의 강좌, 몇 번의 시도로 글쓰기에 좌절하고 물러나지 않았으면 한다.

에릭 호퍼, 《길 위의 철학자》, 이다미디어, 2014

작가를 꿈꾸는 이에게
전하고픈 말

강연을 마치고 나가는데 계단 아래까지 한 아이가 따라 나와 말을 건다. 작가가 꿈이라 문예창작과를 가고 싶은데 부모가 반대한다고, 다른 과를 가도 작가가 될 수 있는지 묻는 눈동자는 초조함으로 일렁였다. 고등학생들을 만나면 꼭 나오는 질문이다. 부모의 반대 이유도 한결같다. 돈 벌기 어렵다는데, 취직이 안 된다는데, 밥 굶는다는데.

어느 밤에 문자가 왔다. "쌤, 글로 돈을 벌 수 있을까요?" 같이 글쓰기를 공부하던 20대 후반 학인이다. 나는 초기에는 최저생계비 마련이 어렵다고 답했다. 직장에 다니는데 하루하루 메말라가는 것 같다고, 일을 그만둘까 하지만 돈 문제 때문에 선뜻 결정하기 어렵다고, 알면서도 답답한 마음에 물었다며 그는 대화창을 빠져나갔다.

스무 살 이전이나 이후에나 진로 고민은 중단 없다. 그 꿈이 글 쓰는 일이라면 더하다. 해법이 없진 않다. 질문에 엉킨 쟁점을 풀어 주면 된다. 작가란 무엇이라고 생각하는지, 글로써 세상에 전하고픈 메시지가 무엇인지, 몸에 맞는 장르가 픽션인지 논픽션인지, 한 달 에 꼭 필요한 생활비가 얼마인지. 이를 질문자로 하여금 말하게 하기. 글쓰기 욕망을 정교하게 언어화하는 과정에서 대개는 스스로 답을 찾아간다.

나는 작가라는 말이 여전히 어렵다. 뜻과 범주가 모호하다. 행위인지, 직업인지, 자격인지, 욕망인지, 존재 그 자체인지 잘 모르겠다. 그래서 '글 쓰는 사람'으로 내 꿈을 구체화하고 실천했다. 주변에서는 작가로 활동하려면 문창과나 국문과를 늦게라도 가라고 권했지만, 글 쓰는 사람이 되고 싶었기에 자격 요건을 갖추기보다 일단 쓸 수 있는 걸 쓸 수 있는 데에 썼다. 블로그에 에세이를 쓰고 〈오마이뉴스〉에 시민기자로 등록해 활동했다. 본 것, 들은 것, 한 것을 쓰다보니 그게 사실과 경험에 기반한 논픽션이었다. 논픽션 분야는 등단 제도나 절차가 없으니 내가 작가가 됐는지 안 됐는지 가늠할 척도가 없었다. 그게 속 편했다. 작가라는 긍지 없이, 작가가 아니라는 결핍도 없이 쓸 수 있었다.

돈벌이는 별도로 충당했다. 자유기고가를 주업으로 일감이 없을 땐 자서전을 대필하고, 공공기관 백서를 쓰고, 게스트하우스 주인을 인터뷰해 납품했다. 이 세상에 나쁜 언어를 유포하는 일이 아니면 닥치는 대로 썼고, 원고료를 받아 책과 커피와 쌀을 사먹고 그렇게 살아남아서 '쓰고 싶은 글'을 썼다.

작가를 꿈꾸는 학생에게 말했다. "쓰고 싶으면 빨리 쓰세요. 작가는 쓰는 사람이지 쓰기 위해 준비하는 사람이 아니에요." 문창과 간다고 작가의 길이 보증되고 경영학과 간다고 그 길이 봉쇄되진 않는다. 가장 큰 장벽은 부모의 반대가 아니라 자기 생각의 빈곤이다. 자꾸 몸에 들러붙는 생각, 솟아나는 얘기, 복받치는 불행이 아니라면 무엇을 쓸까.

"나는 우리나라의 하고많은 불행을 보아왔다. 내가 보는 가난─나는 그걸 외면할 수가 없다."(129쪽) 칠레의 시인 파블로 네루다에게 창작 동력은 '하고많은 불행'이었다. 노벨 문학상 수상자 스베틀라나 알렉시예비치는 체르노빌 원전 사고 현장을 지키면서 고통의 목소리를 기록했다. 나는 그들 책에서 큰 자극을 받는다. 하고많은 불행의 언저리를 서성이다 보아버린 것을 쓰고자 노력한다.

작가가 되려면 얼마나 책을 읽어야 하느냐는 질문도 곧잘 나온다. 나는 네루다의 이 시를 읽어주고 싶다. "내가 책을 덮을 때/ 나는 삶을 연다/ 책들은 서가로 보내자./ 나는 거리로 나가련다./ 나는 삶 자체에서/ 삶을 배웠고,/ 단 한 번의 키스에서 사랑을 배웠으며/ 사람들과 함께 싸우고/ 그들의 말을 내 노래 속에서 말하며/ 그들과 더불어 산 거 말고는/ 누구한테 어떤 것도 가르칠 수 없었다."((책에 부치

는 노래 1) 중에서, 96쪽)

파블로 네루다, 《스무 편의 사랑의 시와 한 편의 절망의 노래》, 민음사, 2007

어른들의
말하기 공부

새봄 새 학기, 급식 메뉴도 맛있고 문화체험 행사도 많아 기대에 들뜬 소년은 선생님의 다급한 부름을 받는다. 엄마의 부고다. 교통사고로 엄마를 떠나보낸 때가 열다섯. 죽음을 받아들이기에 적당한 나이가 있진 않겠으나 검은 상복이 안 어울리는 연령대는 있다. 그 소년은 스물한 살이 되어 그날의 상황과 심정을 글쓰기로 풀어냈고, 어린 상주에게 감정이 이입된 동료들은 숨죽였다.

언젠가 했던 글쓰기 수업 장면이다. 그가 낭독을 마치자 예의 침묵이 한동안 감돌았다. 합평은 늘 긴장된다. 이런 경우처럼 상실 경험이라면 더하다. 글이 묵직하니 말이 더디 터진다. 적절한 위로와 지적의 말을 찾느라 그런가 보다 했는데 그것만은 아니었다. 남의 이야기를 듣는 동안 불쑥 삐져나온 자기 기억과 대면하기도 하느라 저마다 머릿속이 바쁜 거였다.

이 침묵, 이 머뭇거림을 나는 한때 견디지 못했다. 글쓴이가 울컥해 낭독을 멈추면 내가 대타로 나서 읽어주었다. 낭독 이후 의견이 없으면 말의 물꼬를 트려고 애썼다. 그럴수록 표현이 궁했다. 가령, 친족 성폭력은 누구나 겪는 일은 아니지만 누군가의 삶에서는 이미 일어난 일이다. 별일 아니라고 말하기엔 별일이고, 별일이라고 말하기엔 별일이 아니어야 산다. 삶의 아이러니 앞에서 말은 무력하다. (듣고 나서 무어라 말해야 좋은지 당사자에게 물어보았더니 "믿고 말해줘서 고마워"라고 했다.)

한번은 나도 상념에 빠져 주춤하는 사이 다른 동료의 발언으로 토론이 진행된 적이 있다. 왜 꼭 먼저 나서려 했던가 싶어 민망했다. 한발 뒤로 물러서니 침묵의 다른 기능이 보였다. 침묵은 정지의 시간이 아니라 생성의 시간이다. 무슨 말이든 하고 싶지만 아무 말이나 하지 않으려 언어를 고르는 시간, 글을 쓴 이의 삶으로 걸어들어가 문장들을 경험하고 행간을 서성이고 감정을 길어내는 활발한 사고 작업의 과정이다.

나는 내 시행착오를 학인들과 공유했다. 침묵을 견디는 법, 그리고 글에 대한 평가와 삶에 대한 평가를 구별하는 방법을 얘기했다. 만약 어린 상주의 글을 읽고서 '부모 없이도 잘 자란 훌륭한 사람 많다'고 말하는 건 삶에 대한 평가다. 덕담 같지만 압박이다. 자기 기준으로 상대를 끌고 오는 게으른 태도다. '엄마가 없어서 언제 제일 힘들었는지 결정적인 한 장면이 있으면 좋겠다'고 말하는 건 글에 대한 평가다. 한 사람의 처지를 헤아리려는 노력의 발로다. 복잡해 보이지만 간단하다. 글에 대한 평가가 더 구체적이고 다정하다. 해결사가 아닌 듣는 사람의 위치를 지키면 된다.

그날 발표자 학인은 후기를 남겼다. "무슨 용기로 엄마에 대한 글을 쓰겠다고 했는지 (…) 아마 정리를 하고 싶었던 거 같습니다." 기억을 더듬어 글 쓰는 작업이 처음이라 읽는 사람의 입장을 고려하지 못했다며 그는 퇴고를 다짐했다.

읽고 쓰고 말하고 고치기의 반복. 이 고된 노역을 우리는 왜 자처하는가. 글쓰기의 목적은 저마다 다르겠지만 이렇게 정리해본다. 삶이 고차함수인데 글이 쉽게 써지면 반칙이다. 정확한 단어와 표현을 고심하다 보면 자신을 스스로 속일 가능성이 줄어들고, 몸을 숙여 한 사람의 내면의 갱도에 들어가는 훈련으로 남에 대해 함부로 말하지 않을 수 있다고.

"모든 사물과 현상을 씨-동기-로부터 본다"(김수영)는 것, 자기 중심성을 벗어나 타인의 처지가 되어보는 일, 사람살이에 꼭 필요한 이것을 교육받을 기회가 드물었던 우리는 글쓰기를 핑계 삼아 공부하고 있다. 꼰대 발언, 혐오 발언이 승한 시대에 말을 지키는 것은 나를 지키는 것이기도 하니까.

갈아입는
엄마의 옷

올해 내 인생의 큰 사건은 군인 엄마가 된 것이다. 지난봄 아들이 군에 간 뒤 앎과 감각이 바뀌었다. 군 의문사에 관심이 가고 참사·재난 기록문학이 다시 읽힌다. 대북 관련 뉴스가 귀에 박히고 뿔테 안경 쓴 앳된 군인이 자꾸 보인다. 거리에 군인이 이렇게 많았나 새삼스럽다. 민간인 청년들이 재잘거리며 노는 모습이 예쁘다가도 10킬로그램짜리 군장 들고 행군 중인 아들 얼굴이, 부르튼 손이 겹쳐 울컥한다. 이런 심정을 토로하면 주변에서 위로한다. 국방부의 시계도 돌아간다고.

아들 입대 4일 후, 구의역 참사가 발생했다. 스크린도어를 수리하다 열차 사이에 끼여 숨진 청년노동자의 처참한 죽음에, 사고의 원인을 고인 과실로 몰아가려던 원·하청 업체의 비겁한 처사에, 고인의 가방에 나뒹굴던 사발면과 쇠수저에 국민들이 크게 분노하고 슬퍼했던 사건이다. 고인이 아들 또래다. 내겐 울고 싶은데 뺨 때리는 것 같은 뉴스였다. 당시 고인의 어머니가 쓴 호소문을 며칠 전 다시 읽었는데 이 대목에서 멈칫했다.

"20년을 키운 어미가 그 아들을 알아볼 수 없다. 저 처참한 모습이 우리 아들이 아니다. (…) 사흘 못 봤는데 너무 보고 싶다. 군대 가거나 유학 갔다고 생각하라고 한다. 그렇게 생각하며 몇 년 참을 수 있지만, 군대 가면 휴가라도 나오고 유학 가면 영상통화로 볼 수가 있다. 저는 평생 아이를 볼 수가 없다." 자식의 군 입대를 '가정'하고 부재의 고통을 견뎌보고자 하는 엄마. 죽은 자식을 둔 엄마의 절규와 몸부림이 끊이질 않는 나라에서 내 자식의 무사귀환을 바라고 있자니 어쩐지 죄스럽고 마음이 복잡했다.

자식들이 돌아오지 못하는 나라. 군대 안보다 밖이 안전할까. 신병훈련소 과정을 마친 아들은 얼마나 힘들었냐는 질문에 이렇게 말했다. 아르바이트할 때보다 어떤 면에서는 편했다고. 음식점 알바는 밤 열두 시에 끝나서 늘 잠이 모자랐고 근무 중 손님이 몰아치면 끼니를 놓치기 일쑤였다고, 군대는 식사와 취침이 규칙적이라 좋더라고 했다. 예상치 못한 대답에 말문이 막혔다. 그래서 군 입대가 적체였나 싶었다. 먹고 자는 삶의 생태계마저 무너진 사회에서 의식주가 보장되는 군대가 젊은이들의 대안적 거처이자 일시적 도피처가 되는 현실은 얼마나 서글픈가.

국방부의 시계가 멈춰도 일상의 시계는 돌아간다. 한편 누군가의 시계는 갑자기 정지한다. 오토바이 배달에 나선 청소년 노동자가, 에어컨 실외기 설치 기사가, 스마트폰 만드는 반도체 노동자가 어느 날 질병을 얻고 목숨을 잃는다. 마르크스가 일찍이 간파했듯이 "자본이 관심을 가지는 것은 오로지 1노동일 내에 운동시킬 수 있는 노동력의 최대한도일 뿐"인 야만스러운 현실에서 노동에 대면하자마자 인간은 사라져버린다. 구의역에서 청년노동자가 스러졌듯이.

계절이 두 번 바뀌고서야 구의역 참사 현장에 가보았다. 노란 포스트잇 흐드러졌던 승강장은 꽃잎이 진 잿빛 풍경이다. 고인이 '끼인' 9-4 승강장을 시간에 '쫓긴' 이들이 오늘도 바삐 통과한다. 일할수록 닦달당하고 마모되면서 가난해지는데 너도 가고 나도 간다. 아들도 가고 엄마도 간다. 때가 되면 군인 엄마의 옷은 벗어도 재난이 일상화된 사회에서 불안의 옷은 벗지 못할 것임을 나는 안다. 참사 현장 스크린도어에 비문碑文처럼 새겨진 "너는 나다"라는 문구를 헤아려본다. 내가 입은 군인 엄마의 옷은 유가족 엄마가 그토록 입고 싶어 했던 옷이고, 유가족 엄마가 입은 슬픔의 옷은 어느 날 내게 입혀질 수도 있는 옷이다.

영리한 뮤지션과
불안정한 록마니아

2009년이었다. 용산전쟁기념관에서 공연한다는 소식을 듣고 망설였다. 내게 용산역은 '용산참사역'이고 불에 탄 남일당 건물에 유가족이 사는 그 일대는 망자들이 떠도는 슬픈 무덤이다. 그렇다고 공연을 안 가기도 이상했다. 뭐 내가 나라 걱정에 단식투쟁하는 투사도 아니고, 살던 집에서 먹던 밥 먹고 하던 일 하는 범속한 나날을 살다가 가끔 집회에 나가는 소시민 주제에 공연도 자중하고 금욕하기란 민망한 것이다. 그래서 갔다.

그와 밴드 멤버들이 날렵한 검은 정장을 맞춰 입고 무대에 올랐다. 속으로 기뻤다. 용산참사가 일어난 지 5개월, 노무현 대통령이 서거한 지 한 달 됐으니 저건 애도의 복장일지도 모른다고 내 뜻대로 해석했다. 나중에 알고 보니 '비틀스' 코스프레였다. 몸은 공연장에 있고 마음은 남일당으로 기우는데, 공연이 절정으로 치달을 즈음 오색찬란한 폭죽이 터지기 시작했다. 펑! 펑! 펑! 까만 밤을 수놓는 불꽃쇼는 영원처럼 길었다.

"여름밤의 폭죽을 봐/ 울음이 결국 우주의 먼지가 되는 것을."(26쪽)

내 마음은 멍울졌다. 폭죽 양만큼 속울음이 터졌다. 공연 시작 전에 묵념이라도 했으면 좀 좋아. 아마 용산에서 무슨 행사한다고 저토록 많은 폭죽을 쏘았으면 그 단체를 생각 없다고 욕했겠지. 〈시대유감〉이라는 노래는 무슨 생각을 하면서 불렀을까……. 그가 사는 시대와 내가 사는 시대가 같지 않으며 나의 유감이 그의 유감이 될 수 없음을 그날 나는 깨달았다. 그리고 이혼과 결혼으로 평창동 대저택에 은거한 뮤지션의 음악은 내 40대의 배경음악BGM이 되지 못했다.

그리고 2017년. 서태지 데뷔 25주년 콘서트가 열린다고 했다. 같이 '팬질'하던 친구에게 공연 전전날 연락이 왔다. 스탠딩 앞 번호에 '1+1'로 산 반값 표가 한 장 남았는데 가지 않을래? 살림하는 아줌마 본능인지 희미한 옛사랑의 추억인지 솔깃했다. 어떤 결정에서 8만 원이 그렇게 중요한 적은 없었다. 16만 원 들여서까지 가고 싶진 않지만 8만 원이라면 한 번 가볼까 싶기도 했다. 시든 사랑은 식은 죽만큼이나 시시하다. 아무튼 갔다. 헤어진 애인의 결혼식에 가는 심정으로.

정확히 8년 만의 조우다. 그는 서태지와 '아들들'이라고 너스레를 떨며 방탄소년단 멤버와 그 시절을 완벽하게 재현했다. 장기간 비활성화됐던 내 '덕력'도 살아났다. 친구와의 첫 곡 맞히기 내기에서 내가 이겼고, 기타 음 한 소절만으로도 곡명을 읊었다. 베이스·기타·키보드·드럼·보컬까지 겹겹의 사운드에 휩싸이자 온 세상이 내 것 같았다. "즐거웠던 시간만을 기억해줄래"란 노랫말을 흥얼거리고 '그럴게' 약속하며 공연장을 빠져나왔다.

"아름다웠지// 말할 때는 시제가 슬프게 느껴졌다."(110쪽)

뮤지션의 사회적 구실을 생각한다. 학생은 공부만 하라는 말처럼 뮤지션은 음악만 하라는 요구는 꽤나 정치적이다. 예술과 정치, 아이와 어른, 공과 사, 무대와 일상 등을 나누는 분리 기획은 권력자에게 유리하고 약자들이 고립된다는 면에서 위험하다. 직업·나이·성별에 무관하게 저마다 자기 자리에서 목소리를 낸다면 세상이 좀더 좋아지리라는 믿음이 내겐 있다.

2009년, 시대적으로도 개인적으로도 피폐했고 지쳐 있던 난 그에게 온갖 이상을 부과했다. 있는 그대로 음악에 감응하지 못하고 내 풀리지 않은 문제와 욕망을 남에게 투사했고 충족되지 않자 돌아앉았다. 지금은 반성한다. 한 사람에게 시민의 책무를 기대할 순 있으나 그 실천의 속도와 방법까지 나와 같기를 바란 건 편협했고 무례했다.

　이번 공연에서야 본다. 동시대 '문화 대통령'이 아닌 국내 상위 계층의 재력가이자 탁월한 기획력과 실력을 갖춘 영리한 뮤지션으로 그가 무대에 있고, 8만 원 절약에 기뻐하는 장기 채무자이자 불안정 노동자이고 록마니아로서 내가 콩나물시루 같은 곳에 끼어 있다. 이게 팩트다. 나의 '음악 자아'를 활성화해주러 온 내 인생의 중요한 타인, 그에게 고마움을 전하며 "사람은 가장 행복했던 시절의 이불을 덮고 죽는다"(56쪽)라고 하니 목 끝까지 덮을 이불 한 채 개키는 심정으로 한 시절 추억을 접는다.

박세미 외, 《그래, 사랑이 하고 싶으시다고?》, 제철소, 2017

3부

우리라는 느낌이 그리울 무렵

불쌍한 아이 만드는
이상한 어른들

인터넷 광고 페이지에서 아기 사진을 보았다. 통통하게 오른 볼살과 한 줌의 보드라운 머리카락을 가진 아기가 누워서 천장을 보는 옆모습이었다. 작은 생명의 연약함·무구함·천진함이 몽글몽글 만져졌다. 자세히 보니 어느 사회복지 단체의 홍보성 페이지다. 태어나자마자 버림받은 아이들을 돌본다는 그곳은 이웃의 관심을 당부했고, 게시물 아래에는 '후원했다' '우리 아이가 떠올라 마음이 아프다' '돕겠다' '천사 같은 아기야 힘내라' 같은 댓글이 달렸다.

　때는 연말, 날이 춥다. 원래 아기 사진은 눈을 뗄 수 없게 하는 힘이 있는데다 순탄치 못한 서사까지 더해지니 나 역시 그 페이지를 휙 나가지 못하고 어정거렸다. 눈꼬리에 물기가 맺혔다. 부모 없이

자라는 게 가여워서가 아니라 부모 없이 자랐다는 말을 듣고 살아가야 할 아기가 애처로워서다. 한 아이가 성장하는 데 필요한 게 부모인가, 돌봄인가. 한국사회에서는 오직 부모에게만 돌봄이 전가되어 있고, 그것이 아이에게도 부모에게도 비극을 초래하는 것 같다.

한 사회복지시설에서 지내는 아이가 〈비밀〉이라는 글을 썼다. 너무 비밀이라 선생님만 봐야 한다며 글쓰기 수업이 끝나고 내게 가져왔다. 자기는 아빠 엄마가 없는데 그걸 친구들한테 말하지 못했고 제일 친한 친구에게만 말했다고. 자기는 친구 집에 놀러가지만 친구들을 집에 초대할 수가 없는데, 여기도 집이지만 친구를 데려오면 부모가 없다는 사실이 알려지기 때문이라는 내용이었다. 진실한 글들이 그러하듯 읽으면서 아이의 불안과 감정에 전염되어버렸다. 아이의 비밀스러운 고민은 그때부터 나의 고민이 되었다.

열다섯 살 아이의 비밀은 왜 비밀이어야 할까? 만약 우리 사회가 '정상'가족에 대한 기준이 엄격하지 않은 사회라면, 아이는 엄마가 키워야 제대로 큰다는 이상한 믿음 체계만 없다면, 저 정상이라는 게 얼마나 허술한지 낱낱이 드러난다면, 다양한 가족 형태가 자연스럽게 받아들여진다면, 타인의 개별적 상황을 들어주고 보듬어주는 분위기라면, 아이는 비밀을 굳이 비밀로 채택하지 않았을 것 아닌가.

이런 두서없는 물음과 한탄으로 꽉 막힌 속을 뚫어주는, 같이 한숨 쉬면서도 정확한 분노와 고민의 지점을 알려주는 미더운 한 권의 책을 만났다. 김희경이 쓴 《이상한 정상가족》이다. 우리 사회가 유독 정상가족에 집착하는 이유가 나온다. "가족은 부계혈연 중심의 유교적 가족규범이 지배적이었던 조선 후기부터 일제강점기, 한국전쟁, 근대화, 도시화, 산업화를 거치며 줄곧 사회적 위기상황에서 개인을 지켜주는 거의 유일한 울타리였다."(166쪽) 그러니까 사회 안전망이 없는 사회에서 개인이 기댈 유일한 언덕은 '사적 안전망'인 가족이라는 얘기다.

　　그렇지만 가족 내부의 풍경은 아름답지 않다. 삭막하다. 각각 밥하고 돈 벌고 공부하는 도구적 존재로서 서로를 구실 삼아 정상가족의 그럴싸한 외양을 유지한다. "자녀를 소유물처럼 대하고 절대적 영향력을 행사하며 자녀를 통해 자신의 인생을 증명하려드는 부모라는 권력"(10쪽)은 체벌이나 학대 같은 친밀한 폭력을 은밀히 혹은 대놓고 행사한다. 아동인권단체에서 6년간 활동하며 '아이들의 수난사'를 지켜본 저자는 묻는다. 가족은 정말 울타리인가.

　　저 물음에 대해 난 고개를 반쯤 젓게 된다. 수년간 글쓰기 수업에서 '어른들의 성장기'를 접하면서 한 사람의 지울 수 없는 고통과 치욕은 어김없이 가족이라는 뿌리에 닿아 있음을 보았다. 유년 시절부터 노동에 지친 아버지는 술 마시고 엄마에게 폭언과 폭력을 휘두르는 모습이었기에, 이제 아버지가 죽어도 눈물이 날 것 같지 않다고 자식은 말한다. 일 나간 엄마 아빠를 대신해 초등학교 때부

터 가족의 노동력으로 동원되고 두 동생을 돌봐야 했던 어린 장녀
는 이웃집 아주머니와 싸움에 휘말렸으나, 자식의 편을 들어주기는
커녕 매질을 한 엄마에 대한 30년 묵은 원망을 털어놓는다.

가족의 울타리는 핵가족 사회에선 억압과 공포의 밀실이 되기
도 한다. 학창시절 최고 성적을 놓치지 않았던 아이는 너에게 들어
간 학원비가 얼마인줄 아느냐, 1등을 못하면 강아지를 죽이겠다는
협박에 시달리며 과중한 학습 노동을 수행했고 끝내 정신의 질병을
얻었다. 물론 가족의 헌신과 지지로 좌절을 감내하는 경우도 있지
만 그렇지 않은 경우는 말해지지 못한다는 점에서 고통이 더 깊고
크다. 저자 말대로 "문제는 가족의 형태가 아니다. 예컨대 친부모라
고 안전하다고 할 수 없다"(63쪽).

부모와 산다고 다 행복하지 않듯이 부모가 없다고 꼭 불행하지
않다. 복지시설에서 사는 열다섯 살 아이의 비밀이 아픈 것이지, 그
아이의 삶 자체가 슬픈 것은 아니다. 아침에 학교에 가고 아이돌 좋
아하고 친구들이랑 싸우고 떠들고 치마 기장 줄이기에 연연하며 핸
드폰 카톡에 정신이 팔려 있는 모습은 또래 아이와 다르지 않다. 부
모의 부재를 무조건 동정하거나 차별하는 시선만 아니라면 아이가
기죽을 일도, 거짓으로 둘러댈 일도 없다.

한 아이가 살아가는 데 필요한 건 타인의 돌봄이다. 그 타인이
꼭 부모일 필요는 없다. 부모이기도 어려운 게 현실이다. 인간은 나

약하고 흔들리는 존재다. 자식을 낳는다고 남을 돌볼 수 있는 육체적·정신적·경제적 상태가 자동으로 세팅되지는 않으며 세팅되었다고 한들 영원하지도 않다. 그러므로 "아이는 무조건 친엄마가 키워야 한다는 식으로 혈연을 강조하고 모성에 대한 환상을 부풀리는 방향으로 나아가서는 안 된다"(128쪽).

한 아이가 어떤 환경에서 자라든 신체적 온전함과 존엄성이 지켜지기 위해서는, 후원금을 척척 내는 어른도 필요하지만 동시에 '부모님 뭐하시느냐' 다짜고짜 묻지 않는 어른이 많아져야 하고 이력서에 가족관계를 쓰지 않도록 하는 제도가 생겨야 한다. 이 세상에 '불쌍한 아이'는 없다. 부모 없이 자란 자식이라는 굴레를 씌우고 불쌍한 아이를 만들어내는 집요한 어른들이 있고, 정상가족이라는 틀로 자율적 존재를 가두거나 배제하는 닫힌 사회가 있을 뿐이다.

김희경, 《이상한 정상가족》, 동아시아, 2017

그 렇 게

당 사 자 가 된 다

찬바람 불자 동네마트 앞에 미니트럭이 등장했다. 붕어빵집인 줄 알고 들어갔는데 호떡집이다. 호떡을 사며 혹시 붕어빵은 안 팔 계획인지 물었다. 아저씨는 고개를 젓더니 "에유, 반죽하면 어깨 나가요. 그거 못해서 이제 호떡이랑 핫도그만 팔아" 한다. 게다가 붕어빵이 다 프랜차이즈라서 떼고 나면 남는 게 없단다. 핫도그랑 호떡에 승부를 걸고 있으니 꼭 맛을 평가해달라고 아저씨는 신신당부했다.

　세 가지 사실에 놀랐다. 붕어빵에까지 자본 시스템이 침투했으며, 누런 주전자에서 수도꼭지의 물줄기처럼 흘러나오는 흰 반죽은 극한 어깨 노동의 산물이었고, 호떡 레시피도 계속 업데이트된다는 것. 세상에 쉬운 일 없다고 말하면서도 난 붕어빵 장사를 만만하게 여긴 듯하다. "퇴직하고 농사나 짓겠다"는 말이 농사에 문외한이어서 가능하듯, 관용구처럼 쓰는 "붕어빵 장사라도" 역시 무지에 기반한 소행이었다.

머칠 후 찬바람 뚫고 '성착취 피해 아동·청소년 오늘' 전시회 토크콘서트에 갔다. 전시를 주최한 10대여성인권센터 조진경 대표는 피해자에 대해 양육자와 눈 맞추고 말을 배우지 못한 아이들, 그래서 처음엔 뭘 물어봐도 "싫어" "재수 없어" 두 마디로만 답하는 아이들이었다고 표현했다. 어려서부터 가정폭력이나 학대를 당하던 아이들이 '살려고' 집을 나와 먹여주고 재워주는 사람을 따르다가 피해를 입는 구조라는 것.

그런데도 아이들은 보호받기는커녕 '쉽게 돈 번다'며 비난받고 낙인찍힌다. 조 대표는 말했다. "아이들을 돌보는 것이 어렵지 않으냐고 물어보는데 현장을 모르는 행정부 어른들과 싸우는 게 더 어려워요." 심지어 단속에 적발된 성 구매자가 억울함을 호소하러 센터에 직접 찾아오는 일까지 있다며 "어째서 구매한 놈이 당당한가" 분통을 터뜨렸다.

이날 내가 배운 것도 세 가지다. 첫째, 소위 '원조교제'나 '조건만남'으로 불리는 10대 성매매는 동등한 입장에서 거래가 이루어진다는 착각을 주지만 한쪽이 취약한 처지이므로 성착취라는 말이 합당하다. 둘째, 전 세계는 아동·청소년을 대상으로 한 성착취 범죄에 대해 엄격하게 가해자를 처벌하고 피해자는 보호하는 추세로 발전하고 있는데 우리나라에서는 범죄라는 인식조차 미약해서 가해자들이 외려 당당하게 군다. 셋째, 성착취라는 말이 일반화되면 "당당한 놈들도 바퀴벌레처럼 숨을 것"이며 성착취도 사라질 것이다.

12일간의 전시가 끝났다. 난 더 많은 이들이 보기를 바랐다. 교복과 모텔 가운이 나란히 걸린 쓸쓸한 사진을, "용돈 급히 필요한 여성분 경제적인 도움 드릴게요. 수수하고 담배 안 피우는 분 뵙고 싶어요"라는 성 구매자의 역겨운 메시지를, 아이들이 방탕하거나 불쌍하기만 한 게 아니며 알록달록 천 개의 마음이 있음을 표현한 미술 작품을 같이 나누고 싶었다. 주변에 열심히 권했다. 너도 꼭 가봐. 왜 가야 하느냐고 물으면 뭐라고 해야 하나 고민했는데 아무도 묻진 않았다.

지금도 답지를 쓰는 중이다. '당장 붕어빵을 안 먹어도 붕어빵이 어떻게 만들어지는지 알아야 타인의 노동을 함부로 폄하하지 않을 수 있다. 성 구매자들이 "내 돈 내고 내가 한다는데"라며 죄책감 없이 취약한 아이들의 몸과 마음에 대한 통제권을 행사하려 들 수 있는 건, 피해자를 비난하고 구매자를 숨겨주는 '언어 관습'을 믿기 때문이겠지. 한마디로 공동체의 무신경함. 그렇게 우린 성착취 산업의 당사자는 아니지만 성착취 문화의 당사자가 된다. 찬바람이 부는 건 막을 수 없지만 찬바람을 막는 단단한 언어의 집을 지을 수는

있지 않을까. 당사자라서 가는 게 아니라 가서 보면 내가 당사자라는 걸 알게 될지도 몰라.'

이분법의
유혹

"너희는 나이도 어린데 대단하다 같은 말을 삼가주세요." 얼마 전 청소년 대상 강의를 앞두고 몇 가지 당부가 적힌 메일이 왔다. 강사들에게 귀띔할 정도면 이런 일이 잦은가 보다. 부끄럽지만 나도 전적이 있다.

한 강연에서 그간 청소년을 만나면서 편견이 깨졌노라 고백하다가 그 문제적 발언, '청소년들 정말 대단하다'고 했다는 걸 지적받고 알았다. 한 청소년이 말했다. "만약에 은유 작가님께 누가 '여자가 이런 글도 쓰고 대단하다'는 말을 하면 기분이 어떨 것 같습니까?" 무안함에 '땀뻘뻘' 상태가 된 나는 다른 섬세한 표현을 찾아보겠다며 사과했다. 며칠간 그 쓴소리가 웽웽거려 혼자 얼굴 붉어졌다. 맞는 말인데 '좀만 살살 말해주지' 싶은 서운함이 들었지만, 청소년을 동료 시민으로 대하지 못하고 은근히 하대한 내 무지를 깨우쳐준 은덕을 입어놓고 다정함까지 바라는 건 염치없다고 한 자각에 이르렀다.

나 기성세대인가? 안정과 나태에서 오는 '정신의 군더더기'가 한 번씩 느껴질 때마다 당혹스럽다. 편견을 깬다면서 편견을 쌓아가고 있었음이 들통났다. 어른은 성숙, 아이는 미숙 같은 이분법의 잣대로 충고하거나 칭찬하는 권력을 스스로 부여하기도 한다. 이게 단지 나이 탓일까?

한 선배는 동일범죄 동일처벌의 기치를 내건 젊은 여성들의 '혜화역 시위'를 두고 과격하다며 도리질 쳤다. 자기 같은 여자들도 아우르려면 개방적이고 온건하게 해야 한다는 거다. 순간 선배가 기성세대로 보였다. 그건 남자가 이해하는 만큼만 허락하는 '오빠 페미니즘' 입장과 달라 보이지 않았다. 게다가 절실함 없는 사람들의 생각을 바꾸는 일은 어떤 대단한 혁명세력에게도 어려운 미션이다.

유명한 시구대로 늙은 의사가 젊은이의 병을 모르듯이, 우리 세대만 해도 젊은 여성들의 '불법촬영'에 대한 공포와 분노를 체감하지 못할 테니까 노력은 우리가 해야 하는 것 아닌가 싶었다. 일전에 혜화역 시위 참가자에게 들었다. 네 시간 넘는 집회에서 1~2분도 안 되는 시간에 흘러나온 혐오성 구호만 자극적 이슈로 남았다며,

혐오 발언이 옳다는 게 아니라 우리가 무엇을 말하려는가 들어달라고, "말투에 트집을 잡는 사람은 대화에 집중하지 않는 것"이라는 그의 일침을 선배에게도 전했다.

여성주의 이슈는 복잡다단하다. 외국어 배우듯 줄임말과 신조어를 익혀가며 간신히 쟁점을 따라가지만 벅차다. 그래도 포기하지 않으려 한다. 지난 토요일엔 '미투운동과 함께하는 시민행동'이 주관하는 광화문 집회에 나갔다. "피해자다움 강요 말고 가해자나 처벌하라" 구호를 외치며 생생한 현장의 언어를 수혈받고 돌아와 기사를 검색하니 댓글은 딴 세상이다.

"여성단체는 왜 장자연은 가만히 있고 김지은만 떠드느냐"는 댓글이 최다 추천에 올랐다. 이는 한국 사람이 굶어죽는데 왜 해외 난민을 돕느냐는 말처럼 익숙한 구도다. 이런 말 하는 사람치고 구체적 대상을 지원하는 경우는 거의 없다. 여성단체에 호통칠 시간에 과거 뉴스를 조금만 찾아봐도 안다. 장자연 사건 때도 여성단체가 목소리를 냈으며, 미투라는 거스를 수 없는 흐름 속에서 장자연 사건에 대해 9년 만에 재수사에 착수했고, 미투는 여성(단체)의 오랜 분투와 역사 속 김지은들의 목소리로 일궈낸 거센 물결임을. 김지은과 장자연은 대립항이 아니라 공의존 관계다.

기성의 관념에 갇히는 건 게으름 탓 같다. 특히 이분법은 사유의 적이다. 생각하지 않으면서 스스로 생각한다고 생각하는 순간 누구나 기성세대가 된다. "선입관이 현실을 만나 깨지는 쾌감"(고레에다 히로카즈)은 세상에 자기를 개방할 때만 누리는 복락이다.

듣고도 믿기지 않는

실화

"딸이 있어 참 다행이야."(57쪽) 엄마의 장례식장에 온 이모는 나를 구석에 있는 벤치로 데려가서 앉혀놓고 손을 부여잡고 연신 말했다. 딸이 있어서, 네가 있어서 얼마나 다행인지 모른다, 너마저 없었으면 어쩔 뻔했니, 아버지랑 오빠 남겨두고 가면서 엄마가 어떻게 눈을 감았겠니, 네가 엄마 대신 잘해라. 너만 믿는다. 그날 문상객들은 급작스러운 망자의 죽음에 경황이 없었고 나도 예외는 아니었다. 그들보다 몇 시간 일찍 부고를 들었을 뿐인 나는, 엄마의 죽음을 받아들이기도 전에 내가 딸이란 사실을 떠안아야 했다.

이모의 말은 힘이 셌다. 초자아의 명령처럼 나를 딸로 리셋했고 행동을 지배했다. 평생 손에 물 한 방울 안 묻히고 삼시세끼 엄마가 차려주는 밥으로 연명한 아빠, 아들로 태어나 남자로 살다가 몸이 불편해진 오빠. 그들을 위해 나는 매주 반찬을 날랐다. 자식 둘을 키우며 프리랜서로 일하는 틈틈이 엄마 대신 밥상의 빈구석을 메워야 한다는 딸의 임무 의식에 사로잡혔다.

한 해 두 해 지나자 의구심이 일었다. 왜 나지? 누가 시켰지? "혀뿌리까지 치밀었던 말들"(278쪽)이 어느 날 넘쳤다. 힘들어서 못하겠으니 반찬가게에서 사먹거나 가사도우미를 구하라고 남자들에게 통보했다. 그러자 바로 가사도우미가 왔고 난 반찬 셔틀을 중단했다. 그건 수갑이 풀리듯 매우 간단한 일이었다. 몇 가지 놀라운 사실을 깨달았다. 그걸 말하지 않으면 모르나 싶지만 정말 말하지 않으면 모른다는 것. 남의 고통을 헤아려주는 사람은 없다는 것, 그리고 내가 무얼 하지 않아도 세상엔 별일이 안 일어난다는 것이다.

폭탄 돌리기처럼 허둥지둥 여자 역할을 내게 떠넘긴 사촌이모는 자신도 가부장제의 피해자인 동시에 그 규범을 적극적으로 재생산하는 보통 엄마였다. "딸이 있어 얼마나 다행이니." 우리 엄마도 자주 말했다. 속 하나 안 썩이고 없는 것처럼 자란 속 깊은 딸, 엄마의 자랑, 엄마의 보험, 엄마의 친구. 이 모든 명예 훈장은 실은 집안의 일손이자 엄마의 보조 노동력이자 감정 해우소로 딸을 승인하는 몹쓸 언어다. 그 딸들은 며느리가 되어서도 "집안의 사노비"(55쪽) 신세를 면치 못한다.

아무리 그래도 노비라니 너무 심한 거 아닌가. 경상도 남자와 결혼한 선배 얘길 듣기 전이라면 서울 여자인 나는 그리 생각했을 거다. 새 며느리의 첫 명절, 생면부지의 친척들이 줄줄이 들이닥쳤고 부엌에 갇혀 과중한 노동에 시달렸다. 유건 쓰고 도포 입은 남자는 없었으나 남녀 상차림을 따로 했다고 한다. 거기까진 각오를 했는데 현실은 늘 예상을 초과하는 법. 시어머니가 말하길, 우리 여자들은 남자들이 남긴 밥을 먹자고 했다는 것이다. "아니, 내가 왜 누군지도 모르는 늙은 남자들이 남긴 더러운 밥을 먹어야 해?"

　그날 우린 깔깔대다가 같이 울었다. 듣고도 믿기지 않는 실화, 구토가 치미는 정도의 기억. 가부장제 생존자의 증언은 왜 언제나 새롭고도 새삼스러운가. 한 사람이 물꼬만 터주면 "삭히거나 잊어야 하는 줄만 알았던 자신의 이야기"(278쪽)를 너도나도 꺼내놓는다. 그리고 거기에는 "참고 또 참는 사람. 남자가 하는 일에 토를 달지 않는 사람, 남자와 아이들에게 궁극의 편안함을 제공하는 사람. 자기 욕구를 헐어 남의 욕구를 채워주는 사람, 자기주장이 없거나 약하므로 갈등을 일으킬 일도 없는 사람"(51쪽)으로 길러졌으나 이제 그런 자기를 들여다보는 사람으로 변신한 한 존재가 있다. 그저 말하고 있음. 단지 말하고 싶음. 나는 말해야겠으므로 쓰인 소설 한 권, 여성들의 삶을 정가운데로 놓은 이야기가 있어 참 다행이다.

조남주 외, 《현남오빠에게》, 다산책방, 2017

성폭력 가해자에게
편지를 보냈다

최근에 폭탄처럼 터지는 성폭력 사건을 보면서 부대꼈다. 내가 당한 크고 작은 피해 경험과 글쓰기 수업을 하면서 전해 들었던 피해자들 이야기가 일제히 대책없이 되살아났다. 몸의 기억이 들쑤셔져서 잠 못 이루는 피해자가 얼마나 많을지 상상할 수 없다. 집단 트라우마다. 그 와중에 이 책을 집어들었다. 제목이 《용서의 나라》라니 사실 미심쩍었다. 성폭력과 용서라는 말은 양립 불가능한 조합 같았다. 적어도 한국사회에선.

성폭력 피해 생존자 이름은 토르디스 엘바. 아이슬란드에 산다. 16세 때 교환학생으로 온 남자친구와 사귀었고 강간당했다. 가해자는 자기 나라인 오스트레일리아로 가버린다. 그후 토르디스는 섭식

장애, 알코올 중독, 자해 등 고통을 겪다가 9년 만에 가해자에게 편지를 보내는 것으로 용서의 첫걸음을 뗀다.

사건의 핵심 명제, 성폭력은 강자가 가까이 있는 약자에게 가하는 폭력이라는 것. 토르디스를 성폭행한 것이 그가 사랑하는 사람이었듯이, 내가 본 성폭력 피해자 가운데 90퍼센트는 아는 사람으로부터 성폭행을 당했다. 아버지, 삼촌, 이모부, 오빠, 선배, 친구, 담임선생님, 교수, 직장 동료, 남편 등등. 그들은 힘으로든 돈으로든 지위로든 피해자의 생사여탈권을 쥐고 있다는 공통점을 가졌다.

이렇게 '믿을 수 있다고 여겨지는 이들'로부터의 폭력이기에 여파가 크다. 피해자는 자신에게 일어난 일을 바로 알아차리지도 받아들이지도 못한다. 토르디스는 말한다. "나는 네가 나한테 한 행동이 강간이라는 걸 몰랐어. 신체적으로나 감정적으로나 상처가 컸는데도 말이야."(192쪽) 가까스로 인지한 다음에는 가해자가 아니라 자기를 혐오한다. "첫 이성 관계에서 참혹하게 실패한 후로 나는 스스로의 판단을 믿을 수가 없었다."(23쪽) 이는 피해자들이 공통으로 겪는 아픔이다.

초등학생 때 선생님에게 성폭력을 당한 한 여성은 서른을 바라볼 때까지 친구도 애인도 없었다. 교우 관계나 이성 관계에서 친해질 만하면 떠나가는 식으로 관계를 기피했다고 한다. 믿었던 사람들도 "나를 그렇게 철저히 능욕했는데 대체 누구를 믿을 수 있단 말인가"(68쪽). 그래서 피해자들은 "오랜 세월 동안 자기를 혐오하며 주

변에서 사랑하는 사람들을 밀쳐내다 보면 누군가를 보살피거나 거꾸로 보살핌 받기가 힘들어진다."(223쪽)

성폭력 피해 사실을 말하면, 왜 수년이 지났는데 지금 말하느냐는 반응부터 나온다. 시간은 만인에게 공평하게 흐르지 않는다. 이제 와서 말하는 게 아니라 이제 겨우 말하는 것이다. 친척에게 17세 때 성폭력을 당한 피해자는 열일곱, 스물일곱, 서른일곱 등 10년 단위로 악몽에 시달렸다. 그해마다 몸이 아팠고 일상이 무너졌다고 했다. 고등학생 때 오빠에게 성폭력을 당한 피해자는 그 오빠의 딸이 결혼할 정도로 세월이 흘렀음에도 복수를 꿈꾼다. 조카의 결혼식장에 찾아가서 '사실을 폭로하는' 상상을 한다.

토르디스는 16세 때 강간을 당하고 25세 때 가해자에게 편지를 보냈다. 사건을 자기 밖으로 꺼내기까지 9년이 걸렸다. 아무런 표현을 하지 않는다고 해서 아무 일이 없는 건 아니다. 피해자들은 "부서진 자아를 감추"(22쪽)기 위해 과도할 정도로 성취하거나 반대로 무기력에 빠지기도 한다. 겉보기에 잔잔한 듯 일상을 영위하면서 내면에서 전쟁을 치르며 "나 자신이 주재하는 재판"을 수시로 열기도 한다.

《용서의 나라》에는 용서의 또 다른 주체인 가해자의 목소리가 들어 있다. 톰 스트레인저는 깊게 반성하고 사건 해결에 적극적으로 임한다. 여기서 적극성이란 최대한의 소극성이다. 토르디스가 주로 말하고 톰은 그저 듣는다. 침묵과 경청으로 자신의 의견과 입장을 표현한다. 자기 행동이 타인에게 어떤 영향을 미치는지에 대해 하나하나 배워간다.

"너는 그날 밤 그래도 되는 권리가 네게 있다고 느꼈겠지."(179쪽) "내가 여자라서 강간했잖아. (…) 넌 어디선가 배웠을 거야. 네 즐거움이 내 동의보다 더 중요하다고."(282쪽) 이 모든 진실 말하기를 경험한 뒤 톰은 의견을 낸다. "나도 일원이 되고 싶어. 문제의 한 축이 아니라 해결의 한 축이라는 느낌을 갖고 싶어."(393쪽)

두 사람은 그렇게 용서를 도모한다. 8년간 300통의 편지를 교환하고, 16년 만에 중간 지점인 남아프리카공화국에서 직접 얼굴을 마주한다. 쓰고 읽고 듣고 말하며 서로의 언어에 길들여지는 시간을 갖는다. 각자 어렸을 적부터 살아온 과정을 시시콜콜 나누면서 그 맥락에서 성폭력 사건을 들여다보고 이후 고통의 일상까지 소상히 공유한다. 이 탄탄한 밑작업을 통해 한 사람을 입체적으로 바라보는 관점을 얻는다.

토르디스는 말한다. 나는 강간당한 적이 있지만 그게 날 '희생자'로 만들진 않는다고. 사람은 평생 살면서 좋은 일도 하고 나쁜 일도 한다고. 나라는 사람이 그날 밤 일어났던 일로 축소될 수는 없고, 그건 너도 마찬가지라고. "용서의 핵심은 짐을 덜되 그 짐을 다른 사람에게 넘기지 않는 거야. 그 짐이 원래 그 사람의 몫이라 하더라도 말이야."(68쪽)

두 사람에게 용서란 자책을 넘어 자기 행동으로 나아가는 것이다. "자책하는 것과 자기 행동에 책임을 지는 것은 다르다. 전자는 자기 채찍질로 이어져 자기연민에 빠져 살게 만든다. 후자는 자기 너머를 보기 때문에 타인과 관련지어 자기 역할을 찾아낸다."^(438쪽) 토르디스와 톰은 자신들이 16년간 기울인 그야말로 '태산 같은' 노력을 가족에게 친구에게 차츰 터놓다가 책과 테드 강연 등을 통해 전 세계 타인들과 공유한다. 세상을 바꾸기 위한 '자기 역할'을 다하는 것이다.

《용서의 나라》를 읽는 내내 분노하고 의심하다 안도했다. 성폭력 사건이 믿기지 않는 것만큼 용서의 귀결도 비현실적으로 다가왔다. 저게 가능한가 싶었는데, 가능하게 되어가는 장대한 여정을 따라가면서 나는 성폭력 사건의 복잡성과 다층성을 이해할 수 있었다. 이것 하나는 분명하다. 용서는 신이 지급하는 쿠폰이 아니고 인간의 용기를 거름 삼아 자라는 나무라는 것. 가해자와 피해자, 공동체 구성원들이 각자의 자리에서 용기 내어 정성스럽게 가꾸어야 한다는 것 말이다. 살아 있음 자체가 용기다. "삶은 계속된다. 한껏 이용하라. 네가 가진 게 별로 없다 해도 삶만은 네 것이다."^(451쪽)

토르디스 엘바 외, 《용서의 나라》, 책세상, 2017

인간 사회는 민폐 사슬이다.

인간은 나약하기에 사회성을 갖는다.

살자면 기대지 않을 수도 기댐을 안 받을 수도 없다.

건강한 의존성을 확장해나가는 과정을 통해서만

우리는 관계에 눈뜨고 삶을 배우는

어른이 될 수 있다.

수영장에서 불린
내 이름

"자기가 돈 좀 걷어. 선생님 드리게." 스승의 날 무렵, 수영장 같은
반 '언니'가 명했다. 나밖에 할 사람이 없다고 했다. 울고 싶었다. 내
가 다니는 월·수·금 오전 아홉 시반은 50~60대 여성 서넛, 애가 어
려서 수업에 잘 빠지는 젊은 여성, 20대 남성으로 구성됐다. 결석 없
는 제일 '어린' 회원으로 지목되는 바람에 지난번 설 명절에도 내가
떡값을 걷었다. 고령화 시대라서 농촌에 가면 60대가 '청년부장'이
고 막내라서 '막걸리 셔틀'을 한다더니, 내가 그 짝이 된 심정이었
다. 수영장에서 얼굴 보는 사람마다 언제까지 돈을 가져오라고 당부
하고, 탈의실에서 머리 말리는 사람 붙들고 돈을 받아내고, 현금이
없다는 사람에게 계좌번호를 찍어주어 입금을 받고, 걷은 돈을 현금

으로 챙겨서 돈이 젖지 않도록 비닐로 싸 강사에게 금일봉을 전달한 바 있다. 그 짓을 또 하라니. 평생 가계부 한 줄 안 써봤고 촌지 한 번 준 적 없으며 돈 계산에 서툰 나에게 왜 이런 시련이…….

수영장에서 난 다른 세계, 다른 몸을 산다. 육지의 상식과 언어가 수중에선 통용되지 않는다. 왜 꼭 나이 적은 사람이 해야 하냐며 연령주의를 비판할 수도, 남자 회원이 걷으라며 성평등을 주장할 수도 없다. 이번에도 추석이랑 설에만 선물을 드리면 안 되냐고 말했다가 "노래교실에서도 스승의 날엔 안 하는 경우가 없다"라는 반박에 입을 닫아야 했다. 수영 강습 50분, 샤워 20분인데 맨몸으로 논쟁하기도 멋쩍거니와 그들만의 관습을 부정할 용기도 없다.

특히 난 '수영 약자'다. 시력이 나빠 건너편 강사도 못 알아본다. 샤워장에서 먼저 인사하는 다른 회원을 지나쳐 오해를 사기도 했다. 운동신경 둔하고 폐활량 낮고 겁은 많다. 초급반에서 가장 늦게 자력으로 물에 떴다. 배영·평영·접영 등 새로운 영법 자세를 똑같이 배워도 유독 어설프고 우스꽝스럽다. 그럭저럭 써온 몸뚱이가 무력해지는 상황, 남겨지는 사람이자 뒤처지는 몸으로 존재하는 일은 생각보다 고되었다.

어영부영 10개월이 지났고 수영장 생활에 적응 중이다. 떡값을 일인당 2만 원 걷는데 자신은 1만 원만 내겠다고 고집을 부리거나, 샤워기 하나 때문에 신경전을 벌이고, 레벨과 속도로 자존감을 겨루는 '언니'들은, 내게 "팔꿈치 펴라"며 원포인트 레슨을 자청하는 전문가이자 '락스 물'을 잔뜩 먹고 꺽꺽거리는 걸 보고 "오늘도 보약 먹었네~"라며 용기와 웃음을 주는 동료들이기도 하다. "영웅이 존재하지 않는, 등신대의 인간만이 사는 구질구질한 세계가 문득 아름답게 보이는 순간을"(60쪽) 목도한다.

수영을 배우며 "이질적인 사람들과 접촉을 통해 *스스로를 성숙시켜나갈 기회*"(166쪽)를 얻은 것 같다. 그간 내가 얼마나 동질 집단에서 안전하게, 혹은 오만하게 살았는지 실감했으니까. 남들이 다 나처럼 생각하는 게 아니라는 당연한 사실을 알았다. 또한 '몸에 힘을 빼라' 같은 수영 이론을 머리로 아는 것과 몸이 따르는 것의 괴리를 체감하고 나니, 글쓰기 수업에서 내가 말하는 '설명하지 말고 보여줘라' 같은 원칙들이 학인들에겐 얼마나 막막하게 느껴질까 조금이나마 이해하게 되었다. "인간이 인간이기 위해서는 실패까지도 기억하는 것이 필요하다"(230쪽)라는 말을 곱씹어본다.

며칠 전에는 수영장에서 오가며 눈인사만 나눈 한 회원이 말을 걸었다. "언닌 이름이 뭐예요?" 순간 멈칫하다가 대답했다. "지영이요. 지영……." 내 본명인데 한동안 불러주는 사람이 없던 이름이라 발음조차 낯설었다. 비대해진 '은유' 자아를 비활성화하고, '지영' 자아로 사는 시간을 늘리고 싶다는 생각이 든다.

고레에다 히로카즈, 《걷는 듯 천천히》, 문학동네, 2015

마음은 좁고
무엇도 숨길 수 없으니

5년 만에 해외여행을 간 건 우연한 계기에서였다. 친구가 카카오톡으로 여행 계획을 밝히며 가고 싶으면 붙으라고 했다. 소싯적 '줄넘기할 사람 여기 붙어라'에 엄지손가락 잡듯이 나는 붙었고 다른 친구도 붙었다. 여권 번호와 영문 이름을 불러주고 친구가 항공권과 숙소를 예약했다. 그때가 초여름, 여행은 가을. 실감나지 않았다. 집필·강연·살림이 회전문 돌아가듯 들이닥치는 일상을 나는 과연 일주일간 홀홀 떠날 수 있을 것인가.

눈을 떠보니 타이 북부 도시 치앙마이. 한국에서 기껏 폭염을 견뎌놓곤 다시 무더위 복판에 던져졌다. 사놓고 한 번도 못 입은 끈 달린 원피스에 슬리퍼 끌고 손바닥만 한 핸드백을 메고 여행자 모드로 변신했다. 휴대전화 로밍은 하지 않았다. 할 일 없이 들여다보는 스마트폰과 읽지도 않을 책을 넣은 무거운 가방에서 해방된 일상은, 가능했고 또 충분했다.

이러한 내 쾌락의 이면에 타인의 노동이 있다는 걸 셋째 날이 지났을 때 알았다. 여행을 주동한 '친구 1'은 항공사 우수회원에 영어 능통자다. 남의 나라 골목 구석에 있는 음식점도 구글맵으로 척척 찾아낸다. 예약부터 안내, 예산 집행을 가이드처럼 도맡았다. '친구 2'는 영상 작업을 한다. 무거운 카메라를 들고 다니며 우리의 추억을 기록했고, 특유의 준비성을 발휘해 맛집·명소 등 여행 정보를 챙겨왔다. 나는 휴대전화 안 됨, 영어 못함, 체력 약함을 핑계로 그냥 마냥 따라다녔다. 조금 미안했지만 거기에 점점 익숙해졌는데 친구 1이 한번은 말해버린 것이다. "가만히 있지만 말고 가는 길이라도 찾아 좀."

앗, 그건 내가 밥 짓느라 동동거리면서 애들한테 "수저라도 좀 놓아"라고 하는 말의 톤과 뉘앙스였다. 그제야 정신이 들었다. 친구 1, 2는 글쓰기 수업에서 만났다. 나이도 내가 제일 많다. 교실 밖 여행에서 나는 '쌤'이 아니라 무지렁이가 되었다. 그 또한 나쁘지 않다 여겼지만 그건 내 생각이고, 그들 처지에선 여행이 서툴고 '원래부터 못한다'라며 두 손 놓은 나를 부리거나 내게 성질내긴 어려웠을 거 같다.

"우리 팀은 분위기가 좋아. 이상한 사람도 없고." 팀장이 말하면

팀원들이 겉으론 같이 웃지만 속으로 '이상한 사람=너님'이라고 말하는 웹툰을 본 적 있다. 위계와 위치에 따라 각자 느끼는 감각은 이토록 다르다. 내가 안락하면 남은 그만큼 힘겨운데, 안락한 자는 그 사실을 몰라서 더 안락하다. "마음은 생각보다 훨씬 작고 좁은 곳, 무엇도 영원히 숨길 수 없"(184쪽)다. 그런데도 "티를 덜 내고 감정을 참고 내 자신을 속이는 게 언제부터 어른스럽다고 말할 수 있게 되었는지 모르겠다"(181쪽). 어른스럽지 않게 티를 내준 친구 1이 고마웠다. 덕분에 어른스럽지 않은 행동을 자각할 수 있었으니까.

가을 여행 이후, 우린 한겨울에 재회했다. 친구 2가 깜짝 선물을 내밀었다. 나와 친구 1의 사진을 손수 편집한 앨범이다. 여기는 반 캉왓, 와로롯 마켓, 호시아나 빌리지……. 한 장 한 장 넘기며 "사라져버릴 소중한 '그때'를 묵념하는 것 같은 순간들"(107쪽)에 울컥했다. 쓸쓸할 때마다 두고두고 어루만질 실물 추억이 생긴 것이다. 타인의 친절로 떠나고 즐기고 기록된 여행. 사진 속 내가 부자처럼 웃는다. 마음에 쌓아둔 친절을 난 누구와 나눌까.

"난 말이지, 사람들이／ 친절을 베풀면／ 마음에 저금을 해둬／／ 쓸쓸할 때면／ 그걸 꺼내／ 기운을 차리지／／ 너도 지금부터／ 모아두렴／ 연금보다／ 좋단다"(〈저금〉, 122쪽)

김혜경 외, 《시시콜콜 시詩알콜》, 꼼지락, 2017

올드한
당신

책 계약을 마친 날 출판사 대표가 페이스북을 해보라고 권했다. 난 도리질했다. 페이스북은 자기과시나 빤한 논평이 오가는 '외로운 현대인'의 집합소 같았다. 대표는 직접 해보면 다른 재미가 있다고, 무엇보다 글을 공유할 수 있어 작가에게 좋다고 설득했다. 그런데도 꾸역꾸역 핑계를 만들어내는 내게 한마디 던졌다. "나이 든 사람은 이게 문제라니까요. 해보고 아니다 싶으면 그만두면 되죠. 그게 뭐라고, 왜 하기도 전에 걱정하고 판단해요."

요즘 말로 '팩트 폭격'을 당하고 페북 활동을 개시한 게 3년 전이다. 먼발치에서는 셀카와 음식, 여행 사진만 보이더니 몸을 들여놓고 나자 페북이 아니면 몰랐을 이야기와 사람들이 넘쳐났다. 성판매 여성들이 직접 글을 쓰는 페이지와 청소년인권단체 소식도 받아보고, 반려동물 영상을 제공하는 '디스펫치'도 구독했다. 좋아서 '좋아요'를 눌렀더니 좋은 것들로만 세계가 짜였다. 신속한 뉴스, 알찬 생활정보, 다정한 친구가 항시 대기 중인 곳. 그곳은 외따로 사는 생활인의 공동체였다.

블로그를 개설한 것은 10년 전이다. 그때도 친구가 등을 떠밀었다. 인터뷰하고 올 때마다 감동했다고 호들갑 떠는 내게 그 귀중한 경험을 공적인 장에서 나누라고 조언했다. 그때 역시 '나이 든 사람'이었던 나는, 블로그가 혼자 입주해야 하는 빈집처럼 막막했다. 이를 딱하게 여긴 후배가 "어렵지 않다"며 초기 세팅을 맡아주었다. 처음엔 쓴 글들이 있어서 블로그를 시작했는데 블로그가 있으니까 자꾸만 쓰게 됐다. 하루하루 쌓인 기록물이 수년 뒤 한 권의 책이 되었다.

20대의 피시통신이 그랬듯이, 30대의 블로그, 40대의 페이스북은 내게 삶을 가르치는 학교였다. 이해할 수 없는 말들, 알지 못하는 세계가 수시로 출몰하여 나를 곤혹에 빠뜨렸다. "우리의 언어 자원은 타자의 언어를 받아들임으로써만 풍요로워진다"고 우치다 다쓰루가 말했는데, 소셜미디어 환경은 가장 생생한 타자의 언어-감각을 제공했다. 나를 '쓰고 있는 사람'에서 '계속 쓰는 사람'으로 살게 했다.

지금 와 생각하면 얼마나 올드한 당신이었나, 나는. 해보지도 않고 단정지었던 말들이 떠올라 나 혼자 머쓱하다. '해봐서 아는데'

를 넘어 해보지 않고도 아는 척하는 사람이 되는 것, 몸보다 말이 나아가고 살아내기보다 판단하기를 즐기는 것, 그게 바로 나이듦의 징조임을 일깨워준 젊은 동료들이 귀인이다.

일전에 출판업 종사자들 인터뷰집을 작업할 때 들은 얘기다. 출판시장 규모가 줄어든 지 오래고, 특히 2000년대 이후 주목받는 소장파 저자들 책이 일정 규모 이상 팔리지 않는데, 그들의 책을 소위 '선생님' 세대가 구매하지 않아서라는 분석이 있었다. 즉, 구매자들이 자기보다 어린 저자의 책은 사지 않는단다. 가만 보니 나도 예외는 아니었다. 나이와 학식이 비례한다는 권위주의 인식에 지배받았다. 그래서 이젠 부러 젊은 작가 위주로, 이왕이면 여성 작가 우선으로 챙겨 읽는다. 책꽂이의 성비 균형을 맞추고, 편협한 정신에 갇히지 않기 위함이다.

"쌤, 아직도 인스타 안 해요?" 주변에서 자꾸 옆구리를 찌른다. 인스타그램에서 활동하는 젊은 작가들은 밤 시간에 '라이브 생중계'로 팔로어인 독자들에게 자기 책을 읽어준단다. 오, 그건 길 위의 철학자 콘셉트가 아닌가. 자기표현 욕구를 자유로이 드러내고, 최상의 이미지로 자기 서사를 전시하고, 제 창작물을 나누기 위해 기꺼이 타인에게 말 거는 종족들이 그저 신기하기만 하다. 계속 나이 들 사람인 내가 스마트폰 건너편 이웃에게 내 목소리로 내 글을 읽어줄 날이 올 것인가.

작가의 연봉은
얼마일까

한번은 강연장 포스트잇에 이런 질문이 쓰여 있었다. "연봉이 얼마예요?" 그걸 읽고 다 같이 웃었다. 연봉 있는 작가라니! 참신한 오해다. 하긴 100년 전 버지니아 울프는 여성이 글을 쓰려면 자기만의 방과 연간 500파운드의 돈이 필요하다며 희망 연봉을 제시했다. 여러모로 앞서갔다. 지금 시대엔 직업을 이해하거나 평가하는 기준이 돈이다. 연봉이 높으면 좋은 직업, 낮으면 안 좋은 직업. 그 기준으로 작가는 연봉 책정이 불가능한 이상한 직업이다.

일부 소설가나 시인은 대학교수·편집자 같은 직업을 겸한다. 최승자 시인은 그 훌륭한 작품을 쓰고도 기초생활수급자로 지냈다. 전업 작가는 고정 수입이 없다. 주된 활동이 책 펴내는 일이고 저자

인세는 대개 정가의 10퍼센트다. 1만 3000원짜리가 한 권 팔리면 저자한테 1300원이 돌아온다(이 얘길 하면 다들 놀란다). 어떤 책을 내도 10만 부 판매가 '무조건' 보장되는 국내 저자는 한 손에 꼽을 정도다.

대개의 책은 초판 나가기도 힘든 상황이라서 1~2만 부 정도 팔리면 성공작으로 본다. 내 책은 2~3년간 누적으로 그 정도 팔렸다. 연봉으로 환산하면 1년에 5000부가 팔려도 1000만 원이 채 안 된다. 개인마다 다르지만 책 한 권 쓰는 데 최소 6개월은 걸린다. 작업 기간 길고, 판매 불확실하고, 후불로 지급되는 인세만 믿고 있다간 굶기 십상이다.

작가들이 강의를 나가는 이유다. 나도 일감 걱정을 벗어난 건 근래인데, 책 관련 강연으로 생계의 틈을 메운다. 내밀한 대화를 삶의 쾌락으로 여기는지라 '혼자 떠드는 느낌'이 드는 대규모 강연이 아니라면 즐거이 임하는 편이다. 그런데 말하기와 글쓰기는 반대의 에너지가 든다. 글은 자기 생각을 의심하는 일이고, 말은 자기 확신을 전하는 일이다. 그게 가끔 혼란스럽다. 그걸 기질적으로 못하거나 사람들 앞에 나서길 꺼리거나 강연 기회가 없는 작가는 책만 팔아서 밥을 구해야 하는 극한 처지에 몰린다.

올해 한겨레문학상 수상작 《체공녀 강주룡》을 감동적으로 봤다. 소설가 박서련이 궁금해 인터뷰를 찾아보니 20대 젊은 작가다.

어렵사리 등단했지만 원고 청탁이 없었단다. 스타벅스 아르바이트, 사무직 아르바이트를 전전하며 중장비 자격증까지 알아보다가 이 소설의 기획이 한 단체의 지원사업에 선정돼 창작에 전념할 수 있었다고. 하마터면 나올 수 없었던 소설이라고 생각하니 착잡했다. 젊어서 고생이 성과물로 수렴되지 못하는 작가 지망생들, "엎질러진 것이 가난뿐인 거리에서 일자리를 찾는"(기형도) 작가들은 얼마나 많을까.

시와 소설을 쓰는 순문학 분야는 각종 문학상이나 공모사업 기회라도 있지만 르포르타주를 다루는 논픽션 분야는 더 척박하다. 전업 작가부터 희소하다. 논픽션을 애정하고 섭취하며 작업하는 사람으로서 책임감을 느낀다. 책이 아니라 강연으로, 작가가 글보다 말로 살아야 하는 현실에 '어쩔 수 없다'며 젖어들지 말고 '어쩌면 좋을지' 물음이라도 붙들고 있으려 한다.

동네서점 주인장들도 한숨이 깊다. 서점 또한 책만 팔아서는 유지가 불가능한 구조라서 유명 저자를 초대하거나 독서모임을 하는 등 끝없이 이벤트를 기획한다. 근데 작가를 초대해도 사람들이 작가만 보고 갈 뿐 책을 사진 않는다는 거다. 저자는 책 쓰려고 강연하는데 독자는 강연 들었으니 책을 안 산다는 얘기다. 이 무슨 얄궂은 상황인지. 사랑해서 헤어진다는 것만큼이나 아이러니다. 종이책 시대가 저무는 건 알겠는데, 작은 서점이 사라지는 풍경, 일생을 다 걸고 글 쓰는 사람이 소멸하는 세상은 상상하고 싶지 않은 미래다.

나를 아프게 하는
착한 사람들

오빠가 30대 초반에 병을 얻은 뒤, 엄마는 모임만 다녀오면 눈물지었다. 특히 명절이나 생일 등 가족 행사에서 다른 친척이 자식 얘기하는 걸 견디지 못했다. 오빠 또래의 사촌들이 취직하고 결혼하고 아이를 낳았다는 평범한 얘기는 그런 평범한 삶에서 멀어진 (듯 보이는) 자식을 둔 엄마를 소외시켰고 스스로의 처지를 비관하게 했다. 운명의 얄궂음일까. 유독 공개적인 자식 사랑으로 엄마를 힘들게 했던 한 친척의 생일날, 엄마는 갑자기 돌아가셨다.

장례를 치른 후 외숙모가 말했다. 엄마가 외숙모에게도 하소연을 종종 했다고 한다. 유일한 기댈 곳이었을지도 모른다. 외숙모는 짝 채워 장가까지 보낸 외아들을 사고로 잃는 큰 아픔을 겪었다. 그

후 친지 누구도 당신 앞에서 자식 얘기를 일절 하지 않았다면서, 가까운 사람들로부터 그런 배려를 받지 못한 네 엄마가 많이 힘들었을 거라고 말했다. 그때만 해도 사실 나는 엄마의 괴로움에 공감하기보다 엄마의 나약함을 원망했다.

　가족 얘기가 그 자체로 차별과 배제의 언어가 될 수 있음을 깨달은 건 다른 개별적 죽음, 그리고 사회적 비극을 접하면서다. 세월호 유족은 다른 사람하고 술 마시면 감정표현을 제대로 할 수 없어서 유족들끼리 만난다고 했다. 눈치 보지 않고 웃고 싶을 때 웃어도 되고 울고 싶을 때 울어도 되니까. 가족지상주의 사회에서 가족이 온전치 못한 이들이 감당해야 하는 일상의 소외는 비슷한 풍경으로 나타난다. 일본의 철학자 나카지마 요시미치는 《차별 감정의 철학》에서 이렇게 말한다.

　"모든 애정의 표명 중에서 가족애의 표명만이 안전한 특권을 가진다. 어떠한 빈축도 사지 않고 어떠한 비판도 받지 않는다. 이는 가족 복이 없는 사람, 가족이 없는 사람, 아니 한발 더 나아가 가족을 사랑할 수 없는 사람, 가족을 미워하는 사람, 원망하는 사람, 인연을 끊고 싶은 사람들에게는 대단히 잔혹한 현실이다."(140쪽)

　일터에서 동료의 괴롭힘으로 자살한 현장실습생 김동준 군 어머니를 만났다. 근황을 얘기하던 어머니는 가족 모임에 나가기가 싫다며 눈시울을 적셨다. 조카들을 보면 아이 생각이 나고, 동준 군

외할머니는 죽은 지 몇 년이 지났는데 아직도 운다고 핀잔을 주고, 마음 정리 잘 하라고 형제들은 당부하는데 그 자리가 불편하다고, 그렇다고 안 가면 더 걱정하니까 안 갈 수도 없다고 했다.

친구들 모임은 좀 낫지만 사정은 비슷하다. 한창 친구의 아이들이 군대 갈 즈음이라 만나면 군대 보내고 면회 가고 제대한 얘기가 화제다. 같이 기뻐하고 안도하다 문득 울컥한다. "나 눈물 나, 네 아들 잘났어." 속내를 터놓기도 하지만 답답하다. 분명 그 자리에 있는 이들이 나를 아프게 했는데 나한테 뭐라고 말한 게 아니고 때린 것도 아니라서 그게 "미치고 환장할 노릇"이라고 토로했다.

나는 동준 군 어머니와 페이스북 친구다. 동준 군 또래인 내 아이의 군 입대와 제대 소식을 SNS에 올렸다. 막연히 생각은 했다. 혹시 이 포스팅을 군 의문사 유가족이 본다면 마음이 아프겠다고. 그러나 자식을 군에 보내는 두려움조차 누군가에겐 복에 겨운 투정처럼 여겨질 수도 있겠다는 생각까진 이르지 못했다. 동준 군의 어머니처럼 세월호 사건으로 자식을 잃은 부모도 여느 집 청년의 군 입대 소식에 눈물지었을지 모르겠다. 아이는 떠나도 부모의 자식으로는 계속 나이를 먹는다.

동준 군 어머니의 바람은 소박했다. 내 앞에서 '아무도 자식 얘기를 하지 마라'는 부탁이 아니라 '나도 자식 얘기 하고 싶다'는 간청에 가깝다.

"죽고 없지만 우리 아들 얘기 할 수 있다고 봐요. 근데 내가 애

길 하면 사람들이 초 긴장해요. 옆구리 쿡쿡 찌르거나, 아예 맘 아프다고 말하지 말라고 하고. 나도 어느 정도 풀어야만 감정이 사라지는데 계속 누르고 있어야 되잖아요. 친구들한테도 그랬어요. 니들이 애들 군대 얘기 손자 얘기 할 때 나도 맨날 생각나고 슬퍼. 그래도 나는 웃으면서 니들 얘기 듣고 잘했다고 하는데, 친구라면서 내가 동준이 얘기하면 왜 불편해하냐고요. 살고 죽고 아프고 병들고 생로병사도 삶이에요. 결혼하고 연애하는 것만 삶이 아닌데, 그것도 삶이고 그 과정을 이기는 것도 삶인데 왜 그런 얘기를 편안하게 못 들어 넘기냐. 그게 서운하죠."

우리 엄마도 아픈 자식 얘기를 어디서든 후련하게 할 수 있었으면 울화가 풀렸을까. 조금 더 오래 살았을까. 동준 군 어머니 말씀에서 엄마가 감내한 외로움의 크기를 짐작한다. 피붙이인 나도 감정노동을 거부했다. 나 역시 인생 최대의 난국을 보내는 중이어서 같이 무너질까 봐 엄마를 더 피했다. 만약 어느 자리에서든 엄마가 위축되지 않고 괜찮은 척도 하지 않고 당당하게 자기 슬픔을 떠들었다면, 듣는 사람들이 동정이나 입막음이 아닌 토닥이는 눈길로 들어주었다면 적어도 "자신의 존재가 통째로 세상에서 삭제되는 '시선의 차별'"(85쪽)을 겪진 않았을 것 같다.

동준 군 어머니는 자식이 그리울 땐 가끔 기사를 검색해 읽는다고 했다. 그렇게 아이를 기억하는 게 슬프지만 그게 세상과 자식 이야기를 나누는 방법인 것이다. 아이가 허술한 시스템에 의해서 죽었고, 그렇게 자식을 보낸 사람들은 아이를 배려하지 못한 세상과 사람에 대한 분노가 있다고, 그것을 표현하는 것도 받아들이는 것도 자연스러웠으면 좋겠다고 당부했다.

우리 엄마의 친척이, 동준 군 어머니의 친지가 그랬듯이 "악의 없는 농담과 별생각 없는 자랑"에 차별의 싹이 숨어 있다. "사회적으로 낙오자도 사회적 부적격자도 아닌 '선량한 시민'인 그들이 차별 감정을 생산하고 있다."(92쪽) 이처럼 '악독한 권력자'가 아닌 '선량한 시민'에 의해 생산되는 차별 감정이기에 이것을 해결하기가 어렵다고 저자는 진단한다. 방법은 이것이 유일하다. 자기 안에 숨은 나태함, 눈속임, 냉혹함과 끊임없이 싸우기. "나는 차별하지 않는다는 확신에 빠져 있는 한, 나는 '옳다'는 태도를 견지하는 한, 사람은 차별 감정과 진지하게 마주할 수 없다."(205쪽)

어김없이 돌아온 슬픔의 달 4월, 타인의 아픔을 알아채지 못하는 나의 나태와 둔감을 경계하며 세월호에서, 세월호만큼 위태로운 일터에서 침몰당한 이들과 자식을 잃은 부모들을 생각한다. 그들은 어떤 표정을 지으며 숱한 자식 이야기가 오가는 그 쓸쓸한 자리를 견뎠을까.

나카지마 요시미치, 《차별 감정의 철학》, 바다출판사, 2018

무궁화호에서
삶에 밑줄을 그었다

무궁화호 한 칸의 좌석은 일흔두 개다. 숫자에 A, B, C, D를 붙여 표기한 KTX와 달리 일련번호로만 좌석번호가 매겨져 있다는 사실을, 보따리를 든 할머니가 '기차표' 들고 자리를 찾지 못해 우왕좌왕하고 한 청년이 도움을 주는 장면을 보며 알았다. 알파벳을 모르는 '할매'들은 KTX는 어떻게 탈까, 왜 관절도 성치 않은데 할매들은 짐을 이고 지고 다니나 생각하는 사이 두 시간이 휙 지났다. 무궁화호만 닿는 지역에 강의를 가는 건 아마 처음 같다.

"옥천에 처음이시죠?" 대합실 계단을 내려오자 아는 얼굴이 보인다. 서울에 누가 온다고 해서 역으로 마중 나간 적이 나는 없는데, 지역에 가면 이렇게 픽업을 나온다. 과분한 환대다. 이날 강연은 옥천신문사 주최다. 〈옥천신문〉은 안티조선 운동을 하면서 1989년에 만들어진 지역신문이고 전국에서 옥천에만 〈조선일보〉 지국이 없다고, 서울에서 뵙고 '아는 얼굴'이 된 포도밭출판사 최진규 대표가 말한다.

역에서 5분 남짓 가니 옥천신문사가, 길 건너 건물 2층엔 〈월간 옥이네〉 잡지사와 포도밭출판사 사무실이, 1층엔 널찍한 북카페 둠벙이 자리했다. 집성촌처럼 모여 있는 사무실에 들러 간단히 목례를 나누고 오늘 강연장인 북카페를 둘러보는데, 내 몸은 또 서가 앞이다. 최진규 대표는 최근에 나온 책이라며 《보통의 행복》을 내게 주면서 음료를 만들고 있는 카페지기에게 말한다. "한 권은 제가 채워 넣을게요."

나는 책값을 지불하려다가 '외상'으로 긋고 주는 즉석 선물이 재밌어서 넙죽 받았다. 좀 있다가 옥천 사람이 쓴 옥천 시인 정지용 시 비평집을 구매하면서 선물받은 책을 한 권 더 샀다.

강연장엔 청소년 기자단 학생들, 아이를 데려온 주부들, 옥천의 기자들, 지역주민들이 속속 들어찼다. 이렇게 직업·성별·나이의 분포가 고른 청중 앞에서 강의하는 것도 처음이었다.

"농사지은 건데 조금이지만 드셔보세요." 강연이 끝난 후, 한 여성이 스윽 건네고 총총 사라진다. 누런 종이봉투 속에서 연두색 포도송이가 싱그러운 향을 내뿜는다. 그러고 보니 옥천은 포도의 고장. 지역 출판사 이름도 포도밭이다.

옥천에서 팔이 자랐다. 무궁화호 막차를 기다리는 내 손 아래로 포도송이처럼 주렁주렁 달렸다. 책 세 권이 담긴 비닐봉지, 독자가 준 포도 선물, 아는 사람이 챙겨온 간수까지 다 먹을 정도로 꿀맛이라는 두부 두 모와 아이스팩이 든 에코백. 그리고 기자들이 준 〈월간 옥이네〉 8월호와 박누리·김예림·임유진·최문석·이범석·장재원 등의 명함까지 더해진 내 가방은 어깨에서 자꾸 미끄러진다. 설상가상 뒤풀이 자리에서 먹다 남은 병맥주까지 악착같이 손에 쥔 나는, 무궁화호에 타는 중·장년 여성들처럼 보따리를 든 여인이 된 것이다.

KTX에선 대개 노트북이나 핸드폰을 보는 사람이 되고 만다. 나도 그랬다. 타인과 엮이고 싶지 않다는 공기가 팽배한 그곳은 "타자가 두려운 사회"(58쪽)의 축소판이다. 무궁화호 객차 바닥엔 옥수수 속대가 나 몰라라 나뒹군다. 좀 더 허술한 공기가 흐르고 사람들이 아무렇지 않게 말을 걸어오며 "관계 개시 기술"(46쪽)을 선보이는 공간이다.

"아주머니들이 필요해요. 은행에 줄 서 있을 때 어느 아주머니께서 '오늘 사람이 북적북적하네!'라고 한마디 던지면 주변이 확 온화해져요."(51쪽) 일본의 사회학자는 '아주머니 기술'이라는 참신한 용어로 칭한다. 그건 사람 옆에 사람이 있음을 환기시키는 능력 같다.

모처럼 북적북적한 '보통의 행복'을 체험하고 올라가는 길, 잠과 책을 넘나들며 밑줄을 긋는다. "의외로 우리들은 얽어매여 있어서, 개인으로 산다는 게 어려워요."(50쪽)

아마미야 마미 외 지음, 《보통의 행복》, 포도밭출판사, 2018

태어나면서부터 여성은 침묵하는 법을 익히고
남성은 감정을 도려내는 법을 배운다.
말하기를 익히지 못한 여성이 공감을 배우지 못한 남성과
동료 시민으로 살아가자니 여기저기서 삐걱거리고,
맞추어 살자니 공부가 끝이 없다.

슬픔만 한 혁명이
어디 있으랴

"눈물이 안 멈춰요." "대통령 연설에 눈물 흘리긴 처음이에요." 5월 18일, 눈물바람으로 SNS가 넘실댔다. 문재인 대통령의 5·18 민주화운동 기념사 전문과 동영상을 너도나도 인용하고 공유하고 복기했다. 한날한시에 다 같이 운다. 남의 아픔에 감응하는 이 집단적 애도극을 보며 비로소 정권 교체를 실감했다.

내게 눈물은 길조다. 모두가 웃는 행복한 나라가 아니라 누구나 마음껏 슬퍼할 수 있는 사회를 바랐다. 세월호 참사에 눈물 흘리고 가슴 아파할 줄 아는 대통령을 가졌으면 했고, 노동자의 죽음에 죄책감을 느끼는 기업인이 한 명이라도 있었으면 했고, 폭력이나 치욕을 당했을 때 큰 소리로 울고불고 떠드는 평범한 사람들이 더 많

앗으면 했다. "모두가 병들었는데 아무도 아프지 않았다"라는 이성
복의 시구가 긴 병명처럼 세간에 오르내릴 정도로 무감각의 일상화
가 진행되고 있다는 사실이 호환마마보다 두려웠다.

글쓰기를 배우러 온 이들도 더러 고백하곤 한다. "열심히 산다
고 살았는데 슬픔이나 분노 같은 감정이 메말라서 고민입니다." 그
러면 나는 묻는다. 왜 감정을 느끼지 못하는가가 아니라 왜 감정을
느끼지 못하는 걸 '문제 있다'고 여기는지. 그 각성의 계기가 무엇이
냐고. 돈이나 스펙이 아닌 슬픔 없음을 근심하는 사람의 탄생이 내
심 반가웠다. 한 사람은 어떻게 자기 감정과 느낌을 되찾을 수 있을
까? 이 물음은 어떻게 인간다운 세상이 가능한가와 닿아 있다.

내 슬픔의 계보를 따져본다. 슬픔의 첫 습격은 5·18 민주화운
동이다. 자료 사진을 보고 책을 읽고 망월동 묘역에 다녀오면서 소
위 세상에 눈떴다. 당시 구 묘역의 황량한 무덤가에 놓인 영정 사진
에 눈 맞추고 유가족이 써놓고 간 편지를 일일이 다 읽었다. 충격이
컸다. 그때부터 5월 광주를, 억울한 죽음을 잊지 않기 위해 애썼다.
0518 숫자를 암호 삼아 세상을 읽고 슬픔을 동력으로 글을 쓰기 시
작했다.

《속지 않는 자들이 방황한다》의 저자 백상현은 이렇게 말한다.
"슬퍼하는 것 자체에 우리가 알지 못했던 역능이 존재한다." (23쪽) 슬
픔에 빚진 나로선 동의하지 않을 수 없었다. 슬퍼서 책 보고 슬퍼서

글 쓰고, 이 슬픔에서 돌아 나와 저 슬픔으로 건너간다.

이 책은 슬픔이라는 개념으로 세월호 사건에 대한 철학적 접근을 시도한다. "세월호와 함께 사라져갔던 단원고의 어린 학생들이 우리에게 전한 이 슬픔은 우리를 스펙터클의 관객석에 '가만히 앉아' 있을 수 없게 하는 특별한 슬픔의 형식이었다. 존재를 흔들고, 자리에서 일어나게 만드는, 그리하여 광장으로 나서게 만드는 슬픔이었다."(61쪽)

슬픔은 이렇게 혁명이 된다. 실제로 많은 이들이 내가 1980년대 '광주'를 통해 그랬듯이 '세월호'로 존재의 지진과 정치적 각성을 경험했다. 슬픔의 주체로서 광장을 메웠다. 저자가 라캉의 말을 빌려 강조하는 것은 슬픔 자체보다 슬픔을 끌고 가는 힘이다. 권력의 부패와 무능이 야기한, 도저히 이해되지 않는 일들을 끝까지 이해하지 않기. 죽음과 상처를 쉽게 봉합하지 말기.

이번 5·18 민주화운동 기념사가 감동적인 이유는 바로 이 '슬픔의 가치'가 존중받았기 때문일 것이다. "슬픔의 주체들이 공동체의 내부를 유령처럼 떠돌게 되었을 때 국가는 그들을 억압하려 했고, 길들이려 했다."(44쪽) 광주를 기억하는 이들은 '빨리 일상으로 돌아가라' '산 사람은 살아야 한다' '밝은 미래를 내다보자' 같은 "생각의 방향을 정지시키는 고정관념들"(25쪽)에 타협하지 않았고 슬픔을 털어내지 않았다. 문학에서 일상에서 현장에서 광주를 불러냈다.

슬픔은 "정의로운 세계에 대한 열망이자 가장 근본적인 정치적 욕망"(45쪽)이다. 슬픔의 인간띠가 더 길어지고 질겨졌으면, 부디 애도의 눈물바람이 오래갔으면 한다. 아무도 침몰하지 않도록.

백상현, 《속지 않는 자들이 방황한다》, 위고, 2017

서울,
패터슨의 가능성

평일 오후에 이런 적은 처음인데 싶어 연신 창밖으로 몸이 기울었다. 정류장이 코앞. 신호가 몇 번 바뀌도록 버스가 꼼짝 못 하자 기사는 뒷문을 열어주었고 승객 서넛이 내렸다. 큰소리가 들린 건 그때였다. 정류장도 아닌데 차를 세웠다며 뒷문 쪽에 웬 남자가 서서 목청을 높였다. 얼마나 위험천만한 일인 줄 아느냐, 운전기사가 아무것도 모른다, 형편없는 사람이다, 라며 그는 술 취한 아버지처럼 한 말 또 하기 신공을 발휘하더니만 느닷없이 화제를 자신에게 돌렸다. "내가 말이야 모자 쓰고 잠바때기나 입고 있는 늙은이라고 날 무시해!" 짙은 밤색 모자와 남색 외투를 입은 행색은 단정하고 허리는 꼿꼿했다. 행동도 민첩했다. 핸드폰을 꺼내 차 문 위에 붙은 교통 불편 신고 전화번호를 누르고 차량 번호, 위치, 신고 내용을 읊고는 꼭 처리해달라며 끊었다. 그사이 버스는 정류장에 닿았고 중얼중얼 단죄를 멈추지 않으며 그는 퇴장했다.

가래 끓는 말들의 악취가 버스에 낭자했다. 무대응으로 일관하던 기사는 묵묵히 차를 몰았다. 빈 의자 없이 좌석을 채운 승객들은 정물처럼 조용했다. 만약 기사가 멱살을 잡혔다면 누군가 말렸을까? 이 공공연한 멸시와 억측의 현장에서 나는 무기력했다. 이 정도는 부정 정차가 아니다, 기사님한테 왜 막말하느냐, 당신이야말로 업무방해죄로 신고하겠다는 말은 입 밖으로 터져나오지 못했다.

일전엔 밤 열 시 무렵 버스 뒷자리에서 젊은 여성 둘이 이야기를 나누고 있었다. 두어 칸 앞에 앉은 중년 남성이 고개를 획 돌리더니 '조용히 하라'고 했다. 취기 섞인 음성과 불그레한 얼굴은 위압적이었고 여성들의 말소리는 더 이상 들리지 않았다. 근데도 압박의 제스처가 계속된 모양이다. "왜 자꾸 기분 나쁘게 쳐다보세요? 아저씨가 뭐라고 한 뒤로 우린 아무 말도 안 했거든요?" 여자의 단호한 목소리가 들렸고 남자의 대응은 없었다.

때로 버스는 폭력을 잉태한 가부장의 공간이 된다. 사회적 약자들, 특히 자리를 뜰 수 없고 눈동자를 마주할 수 없는 운전기사는 쉽게 사물화된다. 한 평도 안 되는 일터에서 겪는 기막힌 일들, 무례의 말들은 얼마나 많을 것이며 저 울화를 누구에게 얘기하고 이해받고 몸 밖으로 흘려보낼까. 행여나 그 얼토당토않은 신고 때문에 징계를 받는 건 아닌지, 걱정은 하면서도 난 버스회사에 전화 한 통 넣지 못했다. 마음의 빚으로 남았다.

"한 아이를 키우는 데 한 마을이 필요하다"는 말처럼 "한 아이를 학대하는 데에도 한 마을이 필요하다"는 말이 사무치는 나날이다. 일터 괴롭힘이든 아동학대든 학교 왕따든 성폭력이든 다수의 침묵과 방조 없인 불가능하단 얘기다. 살면서 가해자가 되지 않기 위해 정신 차리고 피해자가 됐을 때 대응하자며 공부하지만 시급한 건 목격자로서 행동 매뉴얼, 남의 일에 간섭하고 목소리를 내는 훈련 같다.

영화 〈패터슨〉의 남자 주인공 직업은 버스 운전기사다. 그는 운전석이라는 공적 공간에 비눗방울 같은 막을 만들어 고요를 누린다. 사람과 주변을 관찰하고 시상을 떠올리며 짬짬이 시를 쓴다. 그의 내적 세계를 함부로 터뜨리거나 침해하는 사람은 없다. 자기 생각과 감정을 가진 노동하는 존재들이 어우러져 살아가는 장면은 천국 같았다. 우리 일상이 시를 낳는 공간이 되려면 똥물 같은 언사를 휘두르는 현실로부터 눈 돌리지 않고 같이 뒹굴고 치워야 할 것이다. 이제는 나도 '반격하는 몸'이 되고 싶다. 시 쓰는 운전기사를 위해.

조 지 오 웰 의

믿 음

"다른 모든 것을 압도하는 강력한 첫인상은 석탄을 나르는 컨베이어벨트에서 나는 무시무시한 소음에서 비롯된다. 갱도 안에서는 멀리까지 볼 수가 없다. 램프 불빛은 뿌연 탄진에 막혀 얼마 뻗지 못한다."(33쪽) 조지 오웰이 쓴 《위건 부두로 가는 길》의 한 장면이다. 1936년 영국 북부지역 탄광노동자의 실상을 기록한 오웰은 그곳은 "내가 마음속으로 그려보던 지옥 같았다"(32쪽)고 말한다.

오웰이 묘사한 지옥을 나도 보았다. 석탄 먼지 어둑한 공간을 밝히는 희미한 손전등. 굉음을 내며 굴러가는 컨베이어벨트. 그 아래 수십 개 구멍에 몸을 반으로 접어 머리를 넣어 살피고 바닥에 떨어진 석탄을 삽으로 치우는 사람. 2킬로미터 넘는 동선을 오가며 일명 '낙탄 작업'을 나 홀로 처리하던 스물넷 청년은 기계에 빨려들어가 몸이 분리된 채 숨을 거둔다. 태안화력 노동자 고 김용균 씨의 사고 당일 CCTV 장면이다.

오웰은 같은 책에서, 해마다 광부 900명당 하나꼴로 사람이 죽어갔다며 오랫동안 광부생활을 한 이라면 누구나 자기 동료가 목숨을 잃는 광경을 보게 된다고 보고한다. 김용균 씨가 일하던 작업장도 다르지 않다. 태안화력이 속한 한국서부발전에서 지난 7년간 산업재해로 아홉 명이 목숨을 잃었다. 모두 하청업체 노동자다.

이 통계가 섬뜩한 것은 죽음의 누적이 아닌 죽음의 허용을 보여주기 때문이다. 평소 현장에서 일하는 노동자들은 떨어진 석탄을 손으로 줍지 않도록 개선해달라, 어두워서 위험하니 조명을 밝게 해달라 요구했으나 번번이 묵살됐다고 한다. 이 의도적 외면은 죽어도 되는 사람과 죽지 않는 사람이 갈리는 원인이자 결과가 됐다.

왜 그들에겐 대낮처럼 자명한 '위험'이 보이지 않았을까. 그간 사망사고를 보고받았을 안전담당 책임자, 원·하청 관리자가 눈감고 지나친 그 현장을 최초로 '본' 사람은 김용균의 어머니 김미숙 씨다. '내가 이런 데 아이를 보냈구나' 넋이 나가 중얼거린다. "아들이 일했던 현장을 직접 가보니 전쟁을 치르는 아수라장 같았다." "아직도 우리 용균이보다 험악한 곳에서 일하고 있는 아들들이 많이 있다. 우린 지금 이상한 나라에 살고 있다." 초조하게 호소한다.

탄광지대 체험 후 조지 오웰은 "그런 곳이 있는 줄 들어본 적 없이도 잘만 살아가는"(47쪽) 사람들을 향해 말한다. "우리가 누리는 품위는 모두 그들과 같은 밑바닥 인생들의 혹독한 노동현장과 일상적 가난에 빚진 것이라는 점을 깨달았노라."(49쪽) 아울러 그는 보통사람이 지닌 근원적 품위와 잠재력을 누구보다 신뢰했다. 보통사람들이 눈을 떠서 대세에 저항하기만 하면 역사는 바뀔 수 있다고 믿었다.

어머니 김미숙 씨를 보면서 오웰이 말한 '눈뜬 자'의 힘을 느낀다. '김용균법'으로 일컫는 산업안전보건법 개정안이 국회를 통과했지만, 어머니는 누워 있지 않고 광장이나 현장에 있다. 지난 주말 '고 김용균 3차 범국민 추모제'에서도 다른 죽음을 막아내자고 목소리를 냈다. 안타깝게도 이 기사에는 이런 댓글이 최다 추천을 받았다. "나라 구하다 죽은 위인도 이렇게 길게 추모하지 않는다. 이제 그만하라."

이제 그만하라고 해야 할 것은 무고한 죽음을 양산하는 이 잔인한 체제다. 성실하게 일하다가 죽는 청년이 더는 없도록 하는 게 나라 구하는 일이다. 하나뿐인 자식을 잃은 어머니 김미숙 씨는 한 인터뷰에서 이렇게 말했다. "부모에게 자식은 햇빛이다. 그 빛을 이렇게 허무하게 잃고 나면 산산이 부서지는 느낌이다. 단지 이 느낌을 다른 부모가 겪지 않게 해주고 싶은 게 지금의 바람이다."

조지 오웰, 《위건 부두로 가는 길》, 한겨레출판, 2010

질병 없는 인생은
불완전할 뿐 아니라 불가능하다

마흔 이후 건강검진을 받지 않았다. 특별히 약을 챙겨먹어야 할 질환이 없어서였는데, 그랬더니 몸에 무심해졌고, 무심하다가 와르르 망가지겠다는 신호가 왔다. 종종 숨이 가쁘고 골이 띵하고 몸이 꺼졌다. 7년 만에 검진센터에 전화를 걸었더니 생리 마치고 1~2주 후에 오라기에 날짜에 맞춰 예약을 했는데, 검진을 앞두고 또 생리를 하는 게 아닌가. 처음 있는 일이다. 아무리 따져보아도 혐의는 하나였다.

갱년기, 생리불순. 두 단어를 검색창에 입력하는 손가락은 더디었다. 갱년기라는 말이 내 삶에 최초로 기입되는 순간, 속옷에 묻은 생리혈을 처음 봤을 때처럼 나는 저 홀로 수치스러웠다.

"이런 이야기가 나올 때 사람들은 당황하며, 그래서 연습할 기회를 놓친다. 또 연습한 적이 없으므로 이런 이야기를 나누기 어렵다고 생각한다. 결국 사람들은 질병이 이야기할 만한 주제가 아니라고 믿게 되며, 다른 이와 함께 질병을 경험하고 배울 기회를 놓친다."(13쪽) 《아픈 몸을 살다》는 심장마비와 암을 겪은 저자가 자신의 질병 경험을 사유한 책이다. 이 책을 읽으면서 현대인에게 자기 몸에 대한 지식과 지혜가 빈곤한 원인을 알게 되었다. 생리불순 같은 일시적 증상부터 심각한 질병까지 아픈 얘기는 궁상이나 엄살, 약점이나 결핍으로 치부됐기에 너나없이 쉬쉬한다. 그럴수록 병원에 의존할 수밖에 없고 우리 몸은 '의학의 식민지'가 된다.

저자의 의견에 크게 공감한 나는 앞으로 몸에서 일어나는 자질구레한 의심을 떠들어야겠다고 생각했던 참이기에 생리불순 건을 페이스북에 올렸다. 목소리는 목소리를 불렀다. 또래나 선배 여성들이 원래 그런다, 더한 경우도 있다, 그러다가 수년 내 폐경이 온다는 경험을 말해주었다. 그렇게 배울 기회를 챙겼다. 인체의 신비는 여전히 모르겠어도 늙어가는 자궁의 변덕은 받아들일 수 있었다.

이번 검진에서 수면 내시경도 처음 받았다. 손등에 주사 바늘을 꽂고 위 운동 억제제, 목 마취제라는 야릇한 맛의 시럽을 삼키곤 얌전히 차례를 기다렸다. 커튼으로 칸칸이 구획된 곳으로 내시경 받을 사람, 받은 사람, 마취 깬 사람의 침대가 일사불란하게 이동했다. 컨베이어벨트 돌아가듯 질서정연한 사람의 흐름에 나 또한 이름이 불려 끼어들어갔고, 눈을 떴을 때는 검사가 끝난 뒤였다.

　수면유도제 기운 탓인지 기분 탓인지 몽롱한 가운데 말소리가 들렸다. 옆 칸 침대의 노년 남성은 혼자 갈 수 있다며 몸을 일으키고, 간호사는 연세가 있어서 위험하며 보호자가 와야 나갈 수 있고 혼자 가려면 잠 깨는 약을 먹어야 하는데 비용이 1만 원 든다고 했다. 실랑이가 길어졌다. 저 어르신은 보호자가 없는 걸까, 만 원이 없는 걸까. 둘 다 없는 걸까, 둘 다 있지만 의료 체계에 저항하는 걸까. 여러 가지 이유로 보호자를 대동할 수 없는 환자가 분명 있을 텐데 그런 경우는 어째야 한단 말인가.

　아프거나 아팠을 얼굴들이 떠올랐다. 두 노인네 밥 먹고 병원 다니는 게 일이라고 한탄하는 시부모님, 얼마 전 백내장 수술을 받은 아버지, 전신 마취하고 디스크 수술을 한 남편. 큰 수술이 아니라고만 생각했지 그들이 병원 침대에서 느꼈을 고립감과 "더는 젊지 않은 자신과 헤어지는 일"(148쪽)의 처연함을 너무 몰랐다. 나의 반성과는 별개로, 아픈 사람을 "가족의 시간과 경제적 자원을 빨아들이는 존재"(197쪽)로 만들고 질병을 개인의 성격이나 건강관리 부주의 탓으로 돌리는 사회 현실에 분개한다.

　"질병이 없는 인생은 불완전할 뿐 아니라 불가능하다"(202쪽)고 하니 감내할 건 감내하고 싸울 건 싸우면서 몸의 일기를 기록해야겠다. 첫 문장은 이렇게 시작한다. '생리가 규칙적일 수 없으리라는 불길한 예감에 시달리는 중년의 가을은 난감하다.'(김훈이 쓴 산문집 《풍경과 상처》의 첫 문장, "내일이 새로울 수 없으리라는 확실한 예감에 사로잡히는 중년의 가을은 난감하다"의 패러디다.)

아서 프랭크, 《아픈 몸을 살다》, 봄날의책, 2017

가 진 자 의 밥 상 ,
그 뒤 의 착 취

"달걀 먹으려고?" 동네 친구랑 장을 보다가 내가 달걀을 담았더니 친구가 묻는다. '살충제 달걀' 사건이 터진 다음 날이었다. "이래 죽으나 저래 죽으나 매한가지인데 운명에 맡길래." 그랬다. 정말이지 나는 각오가 되어 있다.

이번이 처음도 아니지 않은가. 라면을 공업용 기름으로 튀겼다고 해서 난리가 난 '라면 우지 파동'은 기억도 가물하다. 내 아이 죽이는 과자의 공포를 아십니까, 설탕 중독이 건강을 해친다, 우유 알고 먹어라, 밀가루를 안 먹으니 살이 빠지고 아기 피부가 됐다더라, 닭 키우는 거 보면 치킨 못 먹는다 등등 온갖 경고성 메시지는 끊임없이 유포됐다. 한 시간짜리 다큐멘터리나 단행본 분량으로 제시되는 '위기의 밥상' 실상을 듣고 나면 심란했지만 유해 식품을 뺀 안전 식단을 꾸려갈 시간도 돈도 여력도 안 되니까 잠자코 먹었다.

　그 와중에 의문과 울화가 일었다. 사람 몸에 그토록 해로운 걸 왜 시중에서 팔지? 누구 먹으라고? 음식 문화는 본디 계급성과 밀접 하다. 서울 목동에 살 때는 유기농 매장이 단지 근처에 세 군데나 있 었는데 오후에 가면 물건이 없었다. 있는 집 자식들은 양질의 음식 을 먹지만 정보·자금·시간이 부족한 계층은 정크푸드를 택하게 된 다. 수입 농산물로 만든 값싼 음식을 파는 편의점과 패스트푸드점으 로 흘러가도록 사회시스템의 선택 경로가 만들어졌다. 이 세상은 가 진 자들이 차린 밥상, 없는 자들을 죽지 않을 만큼 먹여서 살려주고 죽기 직전까지 뽑아먹는 거대한 식탁 같다는 생각을 자주 한다.

　나는 누구와 무얼 어떻게 먹고 살아야 할까? 매 끼니 유기농 식 사가 가능한 부자도 아니고, 농사짓고 닭 키워 자급하는 농민도 아 니고, 삼각김밥과 라면으로 끼니 때우는 저소득층도 아닌 어정쩡한 내게 먹을거리는 삶으로 풀어야 할 정치적 과제로 다가오곤 한다. 유기농을 이용해도, 자포자기의 심정으로 아무거나 먹어도 마음 한 구석이 켕겼다. 대충 먹고 눈감았다. 알면 괴로우니까 생태 관련 책 은 피하고, 〈잡식 가족의 딜레마〉 〈옥자〉 같은 영화는 안 보고 버텼 다. 그러다가 《자연에서 읽다》를 읽고 말았다.

　"암탉 한 마리당 A4 용지의 절반이 채 안 되는 공간이 주어집니다. 이런 배터리 닭장을 8단까지 쌓아 건물 한 동에 10만 마리까지 수용하는 과밀한 사육장도 우리나라에 많습니다. 약물 없인 버티기 어려운 과밀 환경 속에서 암탉들은 인공의 빛 아래 산란촉진제와 항생제 등을 투여받으며 한 몸뚱이가 부서지도록 알을 뽑아내지요."(129쪽)

　저자는 십수 년간 책을 만든 편집자 출신으로 시골로 거처를 옮겨 안빈낙도의 삶을 산다. 풀·새·나무·자연밥상 이야기가 멋들어지게 펼쳐지는데, 독서 내공이 빚은 수려한 문장력과 영혼을 정화하는 고고한 인용문에 매혹되어 책장이 막 넘어간다. 어쩔 수 없이 알아버린, 살충제 달걀의 예고편이 되어버린 산란계 이야기는 "닭뿐 아니라 소와 돼지, 젖소 등의 동물에게서 사람들이 어떻게 달걀과 고기와 젖을 '뽑아내는지' 그 실상"(131쪽)을 차분히 들려준다.

　그리고 무능한 도시주의자이자 애매한 육식주의자이며 마음만 생태주의자인 내 마음을 아는 듯 실행 매뉴얼을 내놓는다. "'고통의 고기'를 대량 소비하는 육식의 습관을 조금씩이라도 바꿔나가는 일, 동물에게 극심한 고통을 가하는 공장식 사육 방식에 대해 문제의식을 갖는 일, 달걀 하나를 사더라도 좀 더 건강한 환경에서 생산된 달걀을 선택함으로써 닭들의 사육 환경을 개선시키는 일"(133쪽)이 사소해 보이지만 지금 할 수 있는 작은 일이고 '꼭 필요한 연민'이라는 것이다.

나는 저것이 왜 사소한가 한참 생각했다. 습관 바꾸는 건 생명에 위협을 느껴야 가능하고, 문제의식을 갖고 환경을 개선하는 건 직업이어야 될까 말까다. 그래서 난 내 식대로 변화의 단서를 챙겼다. 이제부터 고기는 '고통의 고기'다. 고통의 삼겹살, 고통의 장조림, 고통의 달걀이라고 말하면 그냥 고기일 때보다는 덜 먹을 거 같다. 이건 섣부른 연민이 아닌 꼭 필요한 연민, 식단의 개선이 아닌 세상의 개선을 위한 사소한 몸부림이다.

김혜형, 《자연에서 읽다》, 낮은산, 2017

4부

낯선 세계와 마주했을 때

화 장 하 는
아 이 들

교실에 들어가니 아이들이 파우치를 꺼내놓고 입술연지를 바르거나 파우더를 두드린다. 헤어롤을 말고 있거나 셀카에 열중하는 아이도 보인다. 글쓰기에 관심 있는 고등학생 30명이 모인 자리니까 시집이나 만년필이 있어야 한다고 생각한 적은 없지만, 책상을 점령한 의외의 사물에 놀란 건 사실. 이 신세계 구경에 어리둥절한 내게 담당 교사는 귀띔했다. 대다수 아이들을 '교칙 위반자'로 만들 수 없다는 교장의 용단에 따라 화장 금지 조항을 없앴다고. "아침에 화장 못 하고 출근하면 애들한테 빌려 써요" 하며 웃는다.

비슷한 시기에 대안학교 학생들을 만났다. 교사와 학생의 토론 끝에 교내 화장 금지로 결정이 났단다. 화장하는 것과 공부하는 것은 대립 관계가 아니다, 화장을 하면 내가 다른 사람이 된 거 같아 기분이 좋다는 내용의 과제물을 한 학생이 제출했다. 그 글에 다른 학생이 동조했다. "10대는 화장 안 해도 예쁘다는 어른들 말은 이상해요. 사실 화장하면 더 예쁘잖아요?" 귀가 반짝 열렸다. 정말 그런가 싶어 떠올려보았다. 화장한 얼굴은 해님같이 쨍하다. 화장기 없는 얼굴은 햇살처럼 퍼진다. 또렷함과 은은함의 차이, 같은 신체 다른 표현이다. 근데 나는 왜 교복 입은 아이들은 맨얼굴이 낫다고 믿었던 걸까. 자연에 대한 낭만적 이상화 같은 건가. 생각해보니 생각 자체가 없었다. 크는 동안 어른들에게 들어온 익숙한 말들을 내가 어른이 되어 아이들에게 적용한 것뿐. 대개의 선악 판단이 그러하듯 낯섦에 대한 저항, 익숙함에 대한 옹호일 따름이다.

딸내미는 열여섯 살이다. 얼마 전 생일엔 립글로스와 마스크팩을 선물로 받았다. 앞머리를 목숨처럼 여겨 헤어롤을 가방에 부적처럼 넣고 다니는데 아직 화장은 하지 않는다(밖에서는 하는지도 모름). 고등학생이 되면 입술색도 짙어지려나. 10년 후쯤 직장을 나가면 아마 지하철에서 허둥지둥 손거울 들고 눈썹을 그리는 "민폐녀"가 될 수도 있겠다. 중년엔 지체 높은 신분이 되어 실수로 헤어롤을 매단 채 회의에 나가 일하는 여성의 애환을 보여준 미담의 주인공이 될지도.

아이들 말대로 어른들은 이상하다. 화장과 관련한 일련의 삽화

224

들을 떠올려보니 일관성이 하나도 없다. 10대의 강을 건너는 순간 여자의 '민낯'에 대한 평가는 순수의 상징에서 무례의 표시로 뒤바뀐다. 화장이 부덕에서 미덕이 되는 기준은 무엇이고, 누가 정하는지 알 수 없으나 당사자인 여성의 욕망과 목소리는 애초부터 배제된다. 묻지 않고 듣지 않고. 화학 물질이 아이들 피부에 해롭기에 화장을 금한다는 말도 궁색하다. 이 미세먼지 나쁨의 나라를 건설한 어른들이 말이다.

이상한 어른 1인으로서 반성한다. 갑갑한 교육 현실, 세상은 못 바꾸고 화장으로 자신을 바꾸겠다는 주체적인 아이들을 잠시나마 힐끔거렸다. 내면과 외면의 아름다움을 분류하는 자체가 기성세대의 문법이다. 그것도 낡은. 너희는 육체의 좋음에 무능하여 영혼의 좋음을 최상으로 추구하는 게 아니냐고 니체라면 일갈했을 것이다. 좋은 화장품 사주든가, 해로운 화장품은 만들지 말고 팔지를 말아야 한다. 그게 어른의 일이다.

꾸준한 행동으로 분가루 냄새 약동하는 교실 풍경을 일궈낸 아이들, 화장을 하는 이유를 또박또박 주장하고 어른들의 두서없는 논리와 간섭을 반박하는 아이들, 나탈리 크납이 정의한 대로 "인생의 지혜에서 아직 멀어지지 않은"(36쪽) 이 존재들에게 화장권이 널리 허용되길. 화장할 권리와 투표할 권리는 멀지 않아 보인다.

나탈리 크납, 《불확실한 날들의 철학》, 어크로스, 2016

지금 여기에서 사라진
10대라는 존재

"이번에 당선된 대통령이 누구냐에 따라 이제 막 성인이 되어 마주할 사회의 모습이 달라질 테니 투표권 없는 우리들은 불안하기만 했다. 그저 어른들이 멀쩡한 사람을 뽑아주기만을 지켜볼 뿐이었다. 그때 어리숙한 권력의 목소리가 들려왔다. '너네 또 어른들 흉내 내니? 너희들이 뉴스 볼 시간은 있니? 맨날 페이스북이나 하면서 확실한 정보도 아닌데 함부로 말하고. 쓸데없는 얘기할 시간에 영어 단어 한 개라도 외워라.' 과학 선생님이었다."

지금은 학교를 그만둔 청소년이 쓴 글이다. 읽는 내내 내 얼굴이 화끈 달아올랐다. 저 교사처럼 노골적으로 티를 내지는 않았지만 내게도 아이들을 한 자락 낮게 보는 시선이 없다고 말할 수 없어서다. 한데 저 글이 말해주듯, 사실 뭘 모르는 건 어른들이다. 적어도 청소년에 대해선 편견에 사로잡혀 있다.

나도 무지가 들통나 당혹스러웠던 게 여러 번이다. 청소년 페미니즘 단체에서 강의를 할 때다. 10대의 화장에 관해 이야기하면서 물었다. "학교에서 화장을 허용하나요?" 몇몇 아이들이 입을 꾹 다물고 있었다. 쑥스러워서 그런가 보다 하고 넘겼는데 나중에 진행자가 말해주었다. 학교를 다니지 않는 아이들이 있다고. '탈학교 청소년'이란 개념은 알았어도 내 앞에 학교에 다니지 않는 청소년이 있으리라고는 생각하지 못했던 거다.

일하는 청소년도 생소하긴 마찬가지. 10대 학인들이 노동 경험에 대해 써온 글을 보고 바보처럼 물었다. 아르바이트 하면 힘든데 왜 살이 찌냐고. 서너 명이 돌아가며 답했다. "손님 몰리면 밥 제때 못 먹어요. 먹을 수 있을 때 먹어야 하니까 빨리 먹어요. 빨리 먹을 수 있는 패스트푸드를 주로 먹어요." 그들은 주로 편의점, 패스트푸드점, 뷔페, 카페, 호텔 등에서 평일 저녁이나 주말에 일한다고 했다. 일상의 영역에 섞여 살면서도 청소년 노동자라는 존재를 나는 거의 인식하지 못하고 있었다. 왜 그럴까.

"흔히 청소년은 '지금, 여기'의 존재가 아닌 '미래'의 존재로 취급된다. 청소년은 아직 배움의 과정에 있는 학생이고, 사회에 나갈 준비를 하고 있는 예비 노동자이며, 장차 국가를 이끌어갈 시민이라는 식이다. (…) 이미 노동 현장에 진입해 일하고 있는 청소년들이 다수 있다는 사실 역시 시야에서 사라진다."(204쪽)

청소년 노동 르포집 《십 대 밑바닥 노동》에 따르면 이 같은 '비가시화'는 청소년 노동 문제를 덮거나 주변화하는 전략이다. 그러니까 이 나라 어른들이 청소년을 미숙한 존재, 뭘 모르는 애들, 잠자코 공부나 해야 하는 학생으로 규정하면서 노동시장에서 저임금·장시간 노동으로 신나게 부려먹고 있는 형국이다. 전태일이 10대에 그랬듯이 참다못한 그들도 작당한다.

"우리가 상상했던 게 있어요. 일하는 청소년들이 모여서 노동조합을 만들고, 우리끼리 시청광장을 점거하고 시위하고, 한날한시에 파업하고 그럼 멋지겠다. (…) 청소년 노동자인 우리가 이 사회 안에 같이 살고 있고, 또 우리가 일하고 있기 때문에 세상이 이만큼 굴러가고 있다. 우리가 멈추면 너희도 멈춘다. 우리도 노동자다! 하고 외칠 수 있으면 얼마나 좋을까 싶었죠."(143쪽)

부끄러움에 고개가 숙여질수록 조금씩 보이기 시작한다. 청소년이라고 해서 모두 교복을 입지 않으며, 수능이라는 목표를 향해 일렬로 우르르 달려가지도 않는다. 공부하는 10대가 있다면 노동하는 10대가 있고, 파업을 모의하는 10대가 있고, 투표권을 열망하는 10대가 있다. 2016년 촛불을 가장 먼저 들었던 이들도 10대고, 세월호 노란 리본을 가장 늦게까지 달고 있는 이들도 10대다. 어른들이

'멀쩡한 사람'을 뽑아주길 두 손 놓고 지켜보기엔 청소년은 너무도 멀쩡한, 성숙한, 각성된 정치적 주체임을 느낀다. 늦게나마 청소년 투표권과 노동권과 인권의 보장을 위해 노력하는 멀쩡한 어른이고 싶다.

이수정 외, 《십 대 밑바닥 노동》, 교육공동체벗, 2015

만국의 싱글 레이디스여, 버터주오

'결혼은 해도 후회, 안 해도 후회'라는 말을 듣고 자랐다. 그 말 뒤에는 으레 '어차피 후회할 거면 결혼하는 게 낫다'는 말이 덧붙여진다. 여기엔 함정이 있다. 결혼은 누구의 좋음이고 누구의 후회인가, 주체가 생략됐다. 결혼생활로 덕을 보는 사람이 지어내고 결혼제도의 유지를 바라는 이들을 중심으로 확산됐으리라 짐작한다. 저 '말씀'이 효력을 잃어간다. 결혼해서 후회한 사람들, 아마도 여성들이 작성한 후회의 목록이 널리 공유되며 생긴 변화 같다.

시몬 드 보부아르는 결혼을 이렇게 정리했다. "현대 여성은 결혼하거나 결혼했거나 결혼할 예정이거나 결혼하지 않아서 고통받는 존재들이다." 이것이 여성의 입장을 반영한 정확한 현실 진단이다. 후회할 게 뻔하면 안 하는 것도 방법이라는 상식에 이르기까지 오랜 세월이 걸렸다.

내게 가끔 고민 상담이 들어온다. 애인이 있고 그 사람이 좋은데, 결혼하고 싶은데 또 하고 싶지 않기도 하다며 분열 증상을 호소하는 이들은 99퍼센트 여성이다. 나는 독립적인 삶을 맛보기도 전인 20대 초반에 결혼했다. 그러니까 조혼이다. 남의 결혼에 대해 합리적인 조언을 건네기엔 구세대이고, 주관적이고, 회한이 너무 많다. 그래서 여기저기서 주워들은 '현대 여성'의 무용담을 간추려보려 한다. 결혼에 이렇게 대응하기도 하더라며.

그들은 결혼의 '예고된 인재'를 막기 위해 채비를 단단히 한다. A는 인턴십형이다. 청소·빨래·설거지·요리 등 애인의 총체적인 살림 능력을 검증하기 위해 6개월간 자취하게 한 후 결혼했다. 인턴십처럼 예비 심사 기간을 두고 판단한 것. B는 단체협약형이다. 일상 업무 분담은 물론 명절 및 양가 부모 생신 때의 역할과 책임까지 치밀한 세부 규정을 마련하고 조인식 후 결혼했다. C는 일상돌파형이다. 어느 날 남편에게 아이스크림을 좀 만들어달라고 했단다. 남편이 깜짝 놀라서 "나 그런 거 못 해. 한 번도 안 해봤어"라고 말하길래 "이때까지 내가 했던 음식들 나도 결혼 전엔 한 번도 안 해봤는데 다 배워서 하는 거야. 당신도 배워서 만들어줘"라고 요구했다고.

지혜가 샘물처럼 넘치고 용기가 화산처럼 솟구치는 현대 여성들의 처신에 나는 매번 탄복한다. 여성을 가두는 결혼의 울타리 앞에서 주저앉아 눈물짓거나 낙담하기보다 그것을 흔들어대고 뛰어넘기를 시도하는 모습이 얼마나 활달하고 도도한지. 자신에게 맞춤형으로 결혼이라는 제도를 수정 보완해서 활용한다면 결혼이 구속복이 아닌 양날개가 될 수도 있겠구나 생각했다.

사실 '조혼자'인 내가 부러움에 몸이 기우는 쪽은 따로 있다. 결혼을 통째로 거부한 위풍당당 싱글 레이디스다. 난 아이 키울 때 육아 동지들과 어울렸고, 너도나도 지지고 볶고 사는 조선 여자의 일생을 흉내내고 반복했을 따름이다. 아이들이 크고 일을 하고부터는 싱글 여성들과 접촉하는 기회와 빈도가 늘었다. 가가이서 지켜본 '싱글 현대 여성'의 일상은 같은 시대 다른 세계였다.

결혼은 여성의 무덤이 아니라 '여성의 일의 무덤'이 될 수밖에 없는 현실을 일찍이 간파한 혜안의 소유자들은 가족 아닌 일에 헌신했다. 일을 통한 성취, 성취에 따른 재력, 그 재력에 따른 쾌락을 누렸다. 가볍게 짐 싸서 마실 가듯 인천공항으로 향하고, 집으로 친구들을 초대해 맛있는 요리를 해 먹이고, 늦도록 술을 마셔도 초조해하지 않았다. 엄마 언제 오냐는 전화가 걸려오지 않는 40대 여성의 핸드폰은 정물처럼 고요했다.

그들은 자기 몸에 대해서도 "신체적 자주권"(338쪽)을 행사했다. 수많은 복락 중에서도 싱글 여성의 독보권獨步權은 정말이지 훔치고 싶었다. 난 내가 여행을 좋아하지 않는다고만 생각했지 왜, 언제부터 좋아하지 않았는지 몰랐는데 그들을 보며 알았다. 감옥에서 면회·운동·목욕 등을 위해 이동할 때 반드시 교도관과 동행해야 하는 재소자처럼, 나도 양육 기간 내내 독보권이 없었다. 그런 내게 여행이란 자식과의 동행을 뜻했고 그건 현실의 탈출이 아닌 일상의 연장이었다. 아이 뒤꽁무니를 따라다니면서 본 바다는 낭만의 공간이 아니라 위험한 장소일 뿐이다. 여행이 들뜨고 설레긴 하지만 홀가분 하진 않으니 차라리 집에서 책이나 보는 게 속 편한 것이다.

결혼과 출산을 후회하진 않는다. 그러나 결혼과 출산, 혹은 결혼과 출산을 배제한 삶에 대한 나의 무지는 통한스럽다. 엄마가 된다는 것, 엄마가 되지 않는 것에 대한 정보는 언제나 부족하고 편파적이었다. 그래서 《싱글 레이디스》가 가뭄의 단비처럼 다가왔다. "아무리 절실하게 사랑에 빠지고 싶다고 해도 그들은 끔찍한 결혼이 주는 잠재적 불행에서 최대한 멀찍이 떨어져 자신만의 충만한 삶을 살기를 원한다"(408쪽)고 이야기하는 이 책은, 싱글 여성 100여 명을 인터뷰하고 여성 학자들의 이론을 토대로 하여 싱글 여성의 삶을 통합적으로 소개한다. 싱글 여성의 역사부터 도시, 자립, 우정, 일, 돈, 섹스, 가난, 사랑과 결혼, 아이 등 세부 항목을 짚어가며 육성과 이론을 근거로 싱글 생활의 대소사를 풀어낸다.

"혼자서 생활하다 보면 할 수 있는 게 많다는 걸 알게 된다. (…)

당신이 직접 해낸 일들이 당신을 지탱해주기에 나약한 아내가 될 필요가 없다."(372쪽) 이런 대목은 자유로운 여행과 섹스가 가능한 생활 정도로 축소되곤 하는 싱글 여성의 진짜 삶과 힘이 무엇인지 일러준다. "싱글로 지내면서 나 자신을 돌보는 법을 배웠고 내가 원하는 게 뭔지 알았어요. 우리는 나 자신 외에는 아무도 줄 수 없는 최고의 것이 무엇인지 알아야 해요."(394쪽) 인간에게 독보권이 주어져야 한다면 바로 이것 때문일 것이다. "나 자신이 누구이며 내가 어디에 맞는 사람인지 (…) 어떤 사람이 되고 싶은지, 어떤 직업을 갖고 싶은지, 무엇을 하는 사람이 되고 싶은지 하나씩 직접 생각하고 부딪치면서 알아가"(363쪽)는 게 중요하니까. 자기 인식에 이르고, 자기 배려의 기술을 익히기 위해서 말이다.

결혼이 존재의 표지이자 기준이던 때는 저물고 있다. 기혼이든 비혼이든 자립적인 1인 여성이 많아졌으면 좋겠다. 해도 후회, 안 해도 후회가 아니라 결혼을 해도 좋고 안 해도 좋고, 해도 그만 안 해도 그만일 정도로 여성이 자유를 구가하는 시대가 오기 위해서는 역설적으로 여성들이 결혼하지 않고 버티는 시기가 반드시 필요하다고 저자는 귀띔한다.

순수한 사랑의 판타지에 눈이 멀어 냉큼 결혼해버린 조혼자인 나는 만국의 싱글 레이디스에게 염치없이 부탁하고 싶어진다. 내 몫까지 버텨주오! 만약 결혼한다면 말해주오. "내가 결국 행복하게 결혼할 수 있었던 이유는 내가 행복하게 싱글로 살았던 시기가 있었기 때문"(410쪽)이라고.

레베카 트레이스터, 《싱글 레이디스》, 북스코프, 2017

두 개의
편 견

성판매 여성 인권단체에서 일하는 친구가 홍보용 소책자를 건넸다. 성판매 여성에 대한 고정관념을 바로잡는 글이 문답식으로 적혀 있다. 무심코 넘기다가 한 페이지에 멈췄다. 사람들은 성판매 여성에게 쉽게 충고한다. 그 일을 그만두고 '떳떳한 직업'으로 새출발하라고. 하지만 하던 일을 관두고 새 직업을 찾는 일은 누구에게나 어렵다는 내용이었다. 두 번 움찔했다. 한 번은 나도 그렇게 생각했다는 걸 알아차려서, 한 번은 비슷한 일을 겪고 있어서였다.

당시는 금융업에 종사하던 내 배우자가 다른 일을 해보려고 시도했으나 좌절하던 때였다. 업종을 바꾸려는 순간 이전의 경력과 스펙, 몸뚱이가 쓸모없어지는 '생산성 제로' 인간이 되어버린다. 효

율을 중시하는 자본주의 시스템은 시행착오를 겪으며 업무 감각을 몸에 익히도록 기다려주지 않는다. 이직 기회가 적고 적응이 어렵다. 결국 나의 배우자도 본래 업종으로 복귀했다. 직업을 바꾸는 일이 개인의 의지만으로 가능한 게 아님에도 유독 성판매 여성들에게는 너도나도 훈계했던 거다. 안다는 건 자기 무지를 아는 것이라는 말대로, 소책자의 몇 줄 문장은 내 가치 체계를 흔들어놓았다. 떳떳한 일이란 무엇인지, 좋은 직업은 누가 승인하는 것인지, 왜 그들의 행복은 탈-성매매일 것이라고 당연히 규정했는지 혼란스러웠다.

우연히 '성판매 여성 안녕들 하십니까'라는 페이스북 페이지에 접속했고, 거기서 또 하나의 화두를 만났다. 성판매 여성은 쉽게 돈 번다는 비난이다. 당사자는 증언한다. 성노동이 "밀폐되고 통제력을 갖기 힘든 상황에서 안전장치 없이 상대방의 요구에 맞춰줘야 하는 중노동"이라고(실제로 2002년 군산 성매매업소의 화재로 열네 명의 희생자가 발생했다). 그리고 반문한다. "쉽게 돈 벌면 왜 안 돼? 우리는 다들 쉽게 돈 벌고 싶어하잖아요. 그래서 로또를 사고 건물주가 되길 바라고요." 집필 노동자인 내게 사람들은 덕담을 건넨다. "이번 책 대박 나세요." 가급적 수월하게 돈 벌라는 뜻이다. 쉽게는커녕 정직하게 돈 벌기도 어려운 세상이니 말이라도 넉넉하게 주고받는 것일진대, 같은 말이 특정한 대상에겐 비난의 말로 쓰인다. 이토록 성판매 여성들이 온갖 설교와 혐오의 대상이 되는 까닭은 '숨겨진 존재'이기 때문이다. 목소리 없는 이들은 납작한 존재로 일반화, 단순화, 타자화된다.

내가 (두 번 볼 만큼) 좋아하는 영화에서도 성판매 여성은 상징적 폭력을 겪는다. 켄 로치의 〈나, 다니엘 블레이크〉에서는 다니엘이 케이티의 성매매업소에 찾아가서 제발 이런 일만은 하지 말라고 호소한다. 이창동의 〈버닝〉에서 종수는 해미에게 아무 남자 앞에서나 옷을 벗는 건 창녀라고 말한다. 젠더 편견과 선악의 잣대가 주저 없이 개입해 영화적 흐름이 깨지는 아쉬운 대목이다.

《나도 말할 수 있는 사람이다》는 성판매 여성의 글을 묶어낸 책 제목이다. 이 사회에서 말의 지분을 갖지 못했던 당사자의 생생한 외침과 증언은 아프고 날카롭다. "몸 팔아서 쉽게 버는 게 옳으냐"가 아니라 왜 취약한 계층이 성판매로 유입되는지, 왜 누구는 성구매에 척척 지갑을 열고 누구는 성을 판매해야 겨우 '생계비'를 마련하는지, 정말로 돈을 쉽게 버는 사람이 누군지 저자 이소희는 묻는다.

나도 질문을 바꿔본다. 왜 난 돈이란 꼭 어렵게 고생해서 벌어야 가치 있는 거라고 여겼던 걸까? 나 같은 순치된 인간을 길러낸 세력은 누구이며, 그걸로 덕을 본 자들은 누구일까? 나와 상관없어 보이는 타인의 목소리에 귀 기울일 때, 자기 삶의 문제인지도 몰랐던 문제가 드러나는 경험은 언제나 신비롭다.

이소희, 《나도 말할 수 있는 사람이다》, 여성문화이론연구소, 2018

분위기 깨는 자의
선언

스마트폰에 카메라 앱을 깔았다. 셀카를 찍어보니 소문대로 신통했다. 주름 제거, 미백은 기본에 눈동자가 크고 또렷해졌다. 메이크업 기능이 내장된 듯, 칙칙한 얼굴이 지중해 햇살 받은 해사한 분위기로 변모했다. 흡족함도 잠시, 곧 도덕 감정이 올라왔다. 이건 속임수이며 나 아닌 거 같다고 했더니 누군가 말했다. 오렌지 과즙 3퍼센트만 들어가도 오렌지주스라고 하는데 본래 얼굴 3퍼센트만 있으면 자기 얼굴 맞다고.

나의 죄책감은 더 근원적인 부분에 닿아 있다. 일회용컵 사용을 줄이듯 외모에 대한 언급을 자중하고 싶었다. '외모에 대해 말하지 않는 일주일 살아보기'가 오랜 목표다. 이 슬로건은 2016년도에 여

성민우회에서 진행한 캠페인으로 꾸밈 노동을 강요하고 외모중심
주의를 부추기는 세태에 맞서는 실천으로 제시됐다.

외모에 대해 말하지 않기는 단 하루도 성공하기 힘들었다. 사람
들을 만나면 인사말부터 시작이다. "어쩜 그대로냐~" "살 빠졌다!"
외출을 안 하는 날에는 거울을 보고 혼자 중얼거렸다. 배가 나왔네,
잡티가 생겼네, 라며 제 몸의 감시자를 자처했다. 내 몸은 세월과 경
험이 만든 고유한 신체 표현인데도 일단 못마땅하게 본다. 무의식
중에 마른 몸, 희고 갸름한 얼굴이라는 미의 획일적 기준을 잣대 삼
아 남을 보고, 남을 보는 눈으로 나도 보는 것이다.

이런 시선의 관습적 경로가 만들어진 역사는 길다. 인간생활의
기본조건을 의식주라고 하는데, 집도 밥도 아닌 옷이 왜 1순위인지
늘 궁금했다. 입성을 중시하는 체면 문화의 반영 같다. 그리고 외모
지상주의의 피해는 여성·노인·장애인 등 사회적 약자에게 쏠린다.
딸들은 연중 다이어트다. 살만 빼면 예쁠 거란 말을 가족에게서부
터 듣고 자란다. 항공사에는 여자 승무원이 못생겼다는 민원도 들어
온다고 한다. 일전에는 버스에서 결혼식장 근처 정류장 안내 방송에
이비인후과 광고가 나왔다. "결혼식에서 콧물 흘리는 신부 본 적 있
나요? 어서 비염을 치료하세요"라는 내용이었다. 콧물까지 성별로
간섭하는 게 몹시 거슬렸다. 여성의 질병은 개별적 고통으로도 모자
라 사회적 비난까지 받는다. 그뿐인가. 뚱뚱한 몸, 뒤틀린 몸, 노쇠한
몸은 곧 추한 몸으로 간주돼 모욕·배제·차별에 쉬이 노출된다.

외모 평가는 걱정도 덕담도 아니다. 무비판적 습관이다. 보여지는 것 이면에 보이지 않는 부분을 읽어내고 표현하는 능력이 인간 종 전체적으로 감퇴하고 사라지는 느낌이다. 그런 점에서는 '카메라 앱'도 바람직하지 않은 장난감이다. 셀카 놀이가 기분전환이라고 생각했지만, 그런 미의 표준화된 각본에 유희하는 사소한 행동이 외모 위계의 의식 고착에 기여하는지도 모른다. 젊은 여성들 중심의 탈코르셋 운동이 반가운 이유다. 하이힐, 브래지어, 풀 메이크업, 긴 머리는 필수가 아니라 선택이라는 것. 당연한 게 당연하지 않아도 된다는 목소리가 터져나오는 것만으로도 숨통이 트인다. 외모 품평이 아닌 품평 행위 자체에 대한 논의가 오가는 게 훨씬 성숙한 풍경이다.

《페미니스트로 살아가기》의 저자 사라 아메드는 "모욕을 유발하는 농담에 웃지 않을 작정"이라며 "하지 않고 되지 않으려는 자의 선언문"을 썼다. 일명 '분위기 깨는 자의 선언'이다. 제목이 딱이다. 개성 있는 몸이 자연스레 어우러지는 사회·문화적 분위기를 형성하려면, 지금의 획일적 분위기가 깨져야 한다. 극소수가 외모-매력 자본을 독점하고, 대다수는 자기 자신을 미달된 몸으로 보는 현상, 순도 97퍼센트 얼굴을 왠지 떳떳하지 못하게 여기는 문화는 이상하고 불행하니까.

사라 아메드, 《페미니스트로 살아가기》, 동녘, 2017

안전하고 예사로운 틀을 벗어나
캄캄하고 어지러운 외부 세계에 맞닥뜨렸을 때,
글쓰기로 하루하루 정신을 깨끗하게 빨아 널고,
낯선 이웃을 만나고, 삶의 가치라는 내면의 등을 밝힐 때
외려 충만했다.

"전 잘못한 게 없는데요"
그 한마디

2014년 4월 17일, 세월호가 침몰한 다음 날 영화 〈한공주〉가 개봉했다. 밀양 중학생 집단 성폭행 사건을 모티브로 한 작품으로 배우 천우희가 피해자 역을 맡았다. 한 중학생이 다수의 남학생들로부터 폭행을 당한 이후의 일상을 드러내는 사물은 트렁크다. 딱 그만큼이 피해자에게 허락된 삶의 지분 같았다. 가해자는 지붕 있는 집에서 발 뻗고 잠들고 피해자는 짐 가방 끌고 떠다니는 현실. 또다시 거처를 옮겨야 하는 상황에서 한공주는 입을 연다. "전 잘못한 게 없는데요."

조용한 되물음. 여성주의 논리나 주장이 아닌 그대로의 사실을 직시한 저 발언. 항변이라 하기엔 담담한 발화가 화살처럼 박혔다.

잘못 없는 사람이 되레 질긴 고통과 불편을 감내해야 하는 가부장제의 부조리한 현실을 환기했다. 피해자가 말하는 주체로 등장하고 그 말의 결과 힘을 살려냈다는 점에서 〈한공주〉는 내게 좋은 영화로 남아 있다.

현실은 영화의 상상력을 뛰어넘는다. 나는 2013년부터 성폭력 피해 여성들과 글쓰기 수업을 진행하고 있다. 거의 매일 매스컴에서 접하는 기사들, '인면수심'이라는 타이틀로 소비되는 성폭력 사건을 당사자가 피해자의 언어로 재구성하는 작업을 함께한다. 처음에는 한 사람을 성적 도구화하는 가해자의 폭력에 분노했지만 점차 피해자의 목소리에 빠져들었다.

한 피해자는 성폭력상담소에 왔던 날을 복기했다. 상담 선생님이 너는 꿈이 뭐냐고 물었다. 안 맞고 강간 안 당하고 사는 게 꿈이라고 답했다. 자신은 감히 그럴 자격이 없다고 생각했지만, 선생님은 한 대도 맞지 않고 강간당하지 않고 살아갈 수 있다고 그게 당연한 거라고 말해주었다. 그 말이 믿어지지 않았고 단지 나를 위로하는 말이려니 생각했다며 글을 이어나간다.

교사나 가수 같은 직업이 아니라 폭력을 당하지 않는 상태가 꿈일 수 있다는 걸 한 번도 상상해보지 못했던 나는 저 부분을 거듭 읽었다. 꿈의 실현을 믿지 않았던 피해자는 지금은 꿈대로 맞지 않고 살고 있다. 한 존재의 피해 경험에 국한하지 않고 그 삶 전반을 이해하려는 상담사의 사려 깊은 물음, 에두르지 않는 정직한 대답까지, 피해자가 말하기 시작할 때 더는 피해자에 머무르지 않는다는 사실은 언제 경험해도 아프고 벅차다.

이 말하기의 중요성을 독일의 철학자 레베카 라인하르트는 《철학하는 여자가 강하다》에서 강조한다. "여성의 역할이라는 족쇄"(155쪽), 남성과 여성의 본질을 규정하려는 왜곡된 성 고정관념이 남성에게 어떤 권력을 주고 여성을 어떻게 무력화시키는지 분석하며, 자기 삶의 권력을 찾기 위해선 말하고 행동하라고 독려한다. "선뜻 용기가 안 난다고? 당신이 말과 기호로 이 세상에 참견하지 않으면 어떤 일이 일어날지 똑똑히 보라."(100쪽)

논란이 된 안경환의 《남자란 무엇인가》는 보여주었다. "폭력을 동원해서라도 최종 목적을 달성하고 싶은 것이 사내의 생리다. 거부되면 불안은 분노로 전환된다." 그러니까 수동적인 것이 여성의 본성이라고 말한 루소부터 폭력 등을 생물학적 남성의 본질로 규정하는 한국의 법학자까지, 남성 엘리트의 말하기는 일관되고 공고했다. 그것은 수많은 한공주를, 강간당하지 않고 살고 싶다는 딸들을, 남자친구에게 살해당하는 사망자를 낳는 데 일조했다. 폭력은 '사내들의 생리'가 아니라 사회적 무의식의 허용에 따른 '권력 행동'이기 때문이다.

레베카 라인하르트는 말하기에서 나아가 분노하기까지, 행동

권력의 탈취를 권한다. 물론 "분노하는 남성은 불안을 조장하지만 분노하는 여성은 우습다"(127쪽)는 현실도 상기시킨다. 그럼에도 불구하고 말하기와 분노하기로 세상에 참견하는 것밖에 방도가 없다. "전 잘못한 게 없는데요" "안 맞고 강간 안 당하고 사는 게 꿈이에요" 같은 말들은 당장은 우습고 나약할지 모르나 당연한 것을 뒤집어 보게 하는 힘을 가졌다. 말하기에 실패해도 "우리의 실존은 절대 실패하지 않는다"(75쪽).

레베카 라인하르트, 《철학하는 여자가 강하다》, 이마, 2017

싱크대 앞에서
애덤 스미스 생각하기

아들이 제대하고 나서 내 '싱크대 앞 체류 시간'이 늘었다. 하루 한 끼 정도 집에서 먹는데 제대로 먹여야 할 것 같은 책임감에 스스로 놓여나지 못하고 있다. 마트, 유기농 식료품점, 백화점, 동네 슈퍼를 오며 가며 찬거리를 연신 사다 날라도 냉장고는 금세 텅 빈다. 끼니는 뭐든 먹어치우는 괴물인가. 성인 남자 입 하나 느는 게 수저 한 벌 더 놓는 일이 결코 아님을 실감하는 나날이다.

그러면서도 다 큰 아들의 밥을 계속 차려주는 게 옳은가 자책한다. 처음엔 군대에서 고생한 아이가 가여워서 해 먹였다. 당분간이라 여겼다. 그런데 아이가 바로 복학하고 학업에 아르바이트에 친교 활동으로 바빠지면서 난 하숙집 주인처럼 시간 맞춰 밥을 대령하고 있다. '너도 성인이니까 네 밥은 알아서 챙겨라' 생각은 하면서도, 미성년자인 딸만 해주고 아들은 외면할 수도 없는 노릇. 내 몸은 내가 말릴 틈도 없이 앞치마를 두른다.

이런 행동은 너무도 반시대적이다. 이 한 몸 '고생'에서 끝나지 않고 가사노동이 여성, 곧 엄마의 할 일로 '고착'되는 데 일조하는 것 같아서다. 물론 안다. 자식한테 밥 안 해주는 게 페미니즘은 아니다. 다만 자기 손가락 하나 까딱 안 해도 매번 밥이 나오는 게 당연한 일도 쉬운 일도 아님을 깨칠 기회를 아이에게 주고 싶다. 경제학의 아버지 애덤 스미스가 저녁식사를 할 수 있었던 건 푸줏간 주인이나 빵집 주인 등 "상인들이 자신의 이익을 추구"하는 긴밀한 공조 때문만이 아니라 "그의 어머니가 매일 저녁식사가 식탁에 오를 수 있도록 보살폈기 때문"(32쪽)임을 알았으면 하는 마음에서다.

'보이지 않는 손'보다 '보이지 않는 어머니'를 아는 교양인으로 키우기. 실은 계획이 있었다. 아이들 식사 제공 기한을 스물세 살로 정해놓았다. 그건 내가 어머니의 일방적인 돌봄 속에서 반찬 하나 만들 줄 모르다가 결혼한 나이다. 양심상, 받은 만큼은 돌려주자는 의미로 정했다. 서서히 아들이 스물셋이 되어가니 불안한 것이다. 어제까지 해주던 밥을 과연 오늘부로 안 할 수 있을까. 내가? 갑자기? 어떻게?

"쌤, 고마워요." 나와 같이 1년 동안 글쓰기 공부를 한 여성이 다짜고짜 고백한다. 고마운 이유는 이랬다. 처음에는 오후 5시에 수업 마치면 남편 저녁 차리러 가야 해서 가슴이 조마조마했단다. 점점 읽고 쓰면서 여자의 본분이라는 사회적 갑옷이 갑갑해지기 시작했다. "가족 중 한 명은 모든 시간을 무보수 가사노동에 쓰고, 다른 성인 한 명은 모든 시간을 집 밖에서 보수를 받는 노동에 쏟아붓는 것이 과연 이치에 맞는가?"(62쪽) 회의했고, 죄의식에서 벗어났다며 말한다. "이젠 남편 저녁밥 안 차려줘도 안 미안해요."

20년간 밥을 하던 사람이 안 하게 된 것은 혁명이다. 그의 용기가 내게도 용기를 준다. 나야 일 때문에 집에 없을 때도 많고 가사노동을 남편과 분담하고 있지만, '자식 밥걱정'의 족쇄를 풀지 못했다. 강한 모성이라기보다 질긴 습관이다. 이행기를 두고 아들에게 제안해볼까 싶다. 먼저 일주일에 한 끼는 직접 메뉴를 정해서 밥을 차려보라고.

글로리아 스타이넘은 페미니즘을 "여성들이 기존의 파이에서 더 큰 조각을 얻기 위한 것이 아니라 완전히 새로운 종류의 파이를 만들기 위한 것"(102쪽)이라고 정의한다. 내게 페미니즘은 '밥은 엄마'라는 등식, 아니 무의식을 해체하는 일이다. "무한정한 천연자원을 캐듯, 돌보는 손은 여성의 본능으로부터 항상 얻을 수 있다는 신화"(186쪽)는, 전 세계에서 날마다 자동으로 차려지는 밥상에서부터 만들어진다는 의심을 떨칠 수 없다.

카트리네 마르살, 《잠깐 애덤 스미스 씨, 저녁은 누가 차려줬어요?》, 부키, 2017

여자는
왜 늘 반성할까

북토크 자리에서 한 20대 여성이 질문했다. 친구들과 수다 떨다보면 남자들 외모 평가를 하게 되는데 페미니즘을 공부한다는 사람이 그래도 되는지 양심에 찔린다는 거다. 나는 우선 드는 생각을 얘기했다. "이렇게 자기 행동을 객관화하는 분이라면 타인을 대상화할 가능성은 적어 보이는데요." 이성애자가 이성에게 관심을 갖고 표현하는 행위는 자연스럽다. 다만 허벅지, 가슴, 허리, 다리, 입술 등 '신체 부위별'로 쪼개서 사람을 보다 보면 '통합적 인격'으로 보지 못하고 사물화하게 된다. 단톡방에서, 술자리에서, 컴퓨터 앞에서 외모 평가를 일삼다가 실제로 만난 사람을 사람으로 존중하지 못하고 그 사람에게 (성)폭력을 휘두르는 일까지 발생한다.

이것이 문제다. 쟁점은 외모 평가 자체라기보다 '누가 외모 평가를 하느냐' '그 외모 평가가 무엇을 파생시키느냐'다. 미국에서 총기 사용이 전 국민에게 허용되지만 가해자의 90퍼센트는 남성이라는 통계를 일례로 들려주었다. 페미니즘이 외모 평가를 금지하는 매뉴얼이 아니라 어떤 말과 행동이 놓인 상황과 맥락을 다층적 관점으로 헤아리는 공부라고 할 때, 외모 평가라는 행위 자체만 떼어놓고 죄의식을 갖는 건 올바른 접근이 아닐 것이다.

사실, 그날 내가 느낀 문제점은 따로 있었다. 여자도 외모 평가를 한다는 사실이 아니라 그조차 왜 여자는 반성을 할까 하는 점이다. 여성은 '자기 처벌' 정서에 익숙하다. 아버지들의 경제적·정서적 무능과 가정폭력에 대해서도 어머니들은 뒤돌아 가슴을 치며 '내 팔자다, 잘해주면 돌아온다, 남편 복이 없어서 그렇다'고 말했다. 성폭력 피해를 입은 여성들도 '밤늦게 술자리에 있어서' '여지를 주어서'라며 자기 행실을 먼저 되돌아본다. 외모 평가를 당할 땐 참아도 외모 평가를 행할 땐 가책을 느낀다. 나도 젠더 이슈로 불화를 겪으면 내 언행부터 점검한다. 말이 공손하지 못했나, 너무 민감했나 수없이 자책한다.

여성의 신체는 거의 자동 반성 모드다. 왜들 그럴까. 남성지배적 문화에서 여성은 불합리한 상황에 자주 노출된다. 그때마다 시비를 가리고 싸우고 상황을 바꿔내려면 많은 시간과 노력이 든다.

남자는 원래 그런 종족이고 여자는 원래 그렇게 사는 거라고 배웠다. 원래 그런 것을 두고 왜 그런지 뿌리부터 따지자니 어렵고 복잡한데, 문제의 원인을 자신에게 돌리는 건 쉽고 간단하다. 자기반성으로 상황을 무마하고 또 일상을 살아가고, 그랬던 게 아닐까 싶다.

이 같은 여성의 습관적 반성과 침묵으로 다져진 성차별의 역사에 균열이 일고 있다. 여자도 말을 한다. 남자의 외모와 언행을 평가하고 되갚는다. '김치녀'라는 공격에 '한남충'으로 맞불을 놓는 일명 '미러링'이라는 흐름도 생겼다. 이는 후련함과 통쾌함도 주지만 앞서 질문한 여성이 느끼는 것처럼 혼란과 불편도 남긴다. 나도 처음에는 여성들이 구사하는 거침없고 도발적인 말들이 낯설고 어색했던 게 사실이다.

그러나 "미러링은 혐오가 목적이라기보다 뒤집어 보여주기"(211쪽) 위한 수단이다. "여성들의 저항이 중요한 것이지, 미러링이라는 형식이 중요한 것은 아니다."(213쪽) 이제 반성 및 검열의 삶과 작별하고, 욕이 섞여 있든 비논리적이든 울먹이든 막무가내든 말하는 주체의 탄생에 박수칠 때다. "비하적인 혐오 표현에 대해 웃어넘기거나 침묵하지 않고 조목조목 문제점을 따지"(222쪽)는 목소리가 '정상'이고 '일상'이 되는 현실에 모두가 길들여져야 한다. 섣부른 반성과 침묵으로 복잡한 삶의 문제에서 도망가지 말아야지 다짐한다.

홍성수, 《말이 칼이 될 때》, 어크로스, 2018

평범이라는 착각,
정상이라는 환영

초여름 볕이 좋아 이불을 빨아 널다가 어느 집 베란다에 빨래가 널려 있으면 저 집은 평범한 일상이 돌아가는구나 알 수 있다는 누군가의 말이 떠올랐다. 빨래는 평화의 깃발인가. 두 아이를 면 기저귀 채워서 길렀다. 전업주부라 시간이 많았다. 하루치 똥오줌을 받아내고 세탁기를 돌리고 하얗고 네모난 기저귀를 널고, 마르면 걷어서 개켰다. 일상 의례처럼 날마다 빨래를 하던 그 시기가 그러고 보니 내 생애 가장 평범한 날들이었다. 평범의 뜻이 무변고·무고통·무탈함이라면.

　얼마 전 여성 쉼터에 사는 한 친구가 아파트에서 새어나오는 불빛을 보는데 부러운 마음이 든다고 했다. 저 거실 안에는 지금쯤 식구들이 둘러앉아 과일을 먹으면서 TV를 보겠지 싶고 자기도 저렇게 '평범하게' 살고 싶다는 거다. 나는 "그렇지 않아"라고 황급히 끼어들었다. 그 집에 막상 가보면 애들은 학원에 갔거나 방에서 핸드폰 하고 있고 아빠는 없거나 엄마는 일터에서 돌아와서 잔뜩 쌓인 설거지통을 보고 한숨 쉬고 있을 가능성을 배제할 수 없음을 직간접 경험에 근거해 말했고, 우린 같이 웃었다.

3년 전 친족 성폭력 피해 경험을 담은 《눈물도 빛을 만나면 반짝인다》의 저자 은수연 씨를 인터뷰했을 때다. 그는 가해자로부터 단절된 이후 일상의 변화를 말했다. 요즘 눈에 독기가 빠졌다는 얘기를 듣고, 시끄러운 카페에서 영어 공부를 하고, 세월호 사건에 남들처럼 눈물을 흘리는 자신을 보면서 '나는 평범해지고 있다'고 느낀다고. 힘든 과거가 불쑥 떠오르기도 하지만 그로 인해 더 이상 일상이 엉망이 되지는 않는 상태를 그는 '평범함'으로 규정했다.

평범한 삶을 누구는 집 안에서 찾고 누구는 집 밖에서 찾는다. 무엇이 평범함이냐, 그 뜻과 의미와 기준은 각자 다르다. 평범함이 행복이고 평범하지 않음이 불행이 아니라, 평범의 기준이 나에게 있으면 행복하고 남에게 있으면 불행한 거 같다. 평범함의 의미를 자기 삶의 맥락에서 똑부러지게 규정하는 은수연 씨에게서 불행의 그림자를 찾아보긴 어려웠다.

나의 평범했던 날들, 낮에는 흰 빨래가 걸리고 밤에는 거실 불빛이 새어나오는 아파트에서 퍽 무탈한 일상을 이어갔으나 행복이 막 샘솟지는 않았다. 그 안전하고 예사로운 4인 가족 틀을 벗어나 캄캄하고 어지러운 외부 세계와 맞닥뜨렸을 때, 글쓰기로 하루하루 정신을 깨끗하게 빨아 널고 낯선 이웃을 만나고 삶의 가치라는 내면의 등을 밝힐 때 외려 충만했다.

그날 쉼터에 사는 친구와도 얘기했다. 혈연끼리 마주하고 과일 먹고 TV 보는 것만큼 같이 사는 생활인들과 빵을 먹으면서 평범함에 관해 대화하는 것도 좋은 일상 같다고. 안전한 거처로서 주거 공간은 삶의 기본 조건이기에 필요하지만 정상가족이라는 환영이 만든 집은 깨뜨려야 할 무엇이라고. 그건 집이 노동과 위험의 공간인 약자들을 배제하고 집을 휴식과 평화의 공간으로 점유하는 이들이 만들어낸 것이니 말이다.

《나를 대단하다고 하지 마라》는 평범하지 않은 여성이 평범한 삶을 살아가기까지 걸어온 여정을 담은 에세이다. 선천적 장애로 멋대로 뒤틀리는 자신의 오른손을 어머니는 손님이 오시면 두 손으로 꼭 감싸쥐어 보이지 않게 했다며 "내가 느끼는 수치심은 어머니에게 배운 것"(184쪽)이라고 말한다. "자기혐오, 숨기는 것에서 오는 고통, 침묵의 답답함"(359쪽)에 갇혀 살다가 집을 나오고 세상과 부딪치며 "정상이라는 것에 대한 근거 없는 환상"을 버릴 수 있었다며 더 일찍 버리지 못했음을 개탄한다.

저자는 이렇게 매듭짓는다. "정상이라는 것이야말로 우리 모두가, 장애인도 비장애인도 기를 쓰고 추구하지만 결코 손에 넣을 수 없는 환영 같은 거야."(369쪽) 베란다 빨래와 불빛에는 멀쩡해 보이는 남의 삶이 있고, 자기 삶은 수치와 상처와 결핍으로 얼룩진 나를 '온전히 받아들이는 놀라운 기적'에 잠복해 있는지 모른다.

해릴린 루소, 《나를 대단하다고 하지 마라》, 책세상, 2015

원더풀 비혼,
너에겐 친구가 있잖아

전주에는 친구 봄봄이 산다. 봄봄은 5년 전 전주에서 서울까지 오가며 내가 하는 글쓰기 강좌 16주 과정에 참여했다. 비혼 여성 공동체 '비비'를 운영하는데 강의료와 교통비를 동료들이 지원해주어 자기가 '대표'로 유학 오는 거라 했다. 그의 자기소개는 멋지고 대단하게 들렸다. 수업에 오는 기혼 여성 중 일부는 (자격증도 나오지 않는) 자기 공부를 위해 돈과 시간을 쓴다는 사실에 죄책감을 갖거나 배우자를 설득하기 곤란하다는 고민을 터놓곤 했다. 그렇기에 봄봄이 들려주는 고만고만한 일상을 넘어선 삶, 결혼제도 바깥에서 이뤄지는 존중의 반려 관계는 듣는 것만으로도 숨통을 틔워주었다.

봄봄은 멀리서 오는 사람이 으레 그렇듯 가장 먼저 강의실에 와 있었다. 늘 수줍게 웃었고 성실히 글을 써냈다. 10년지기 네댓 명이 주축이 되어 비혼 공동체를 꾸리는데 살림집은 따로 있는 1인 가족 네트워크 형태라는 것, 각자 특성에 따른 역할 분담과 활동들, 갈등을 어떻게 풀거나 뭉개며 사는지 찬찬히 기록했다. 내용은 흥미로우면서도 낯선 도시의 지도처럼 복잡해 보이기도 했다. 부딪치고 고심하며 나은 삶을 빚어내는 과정이기에 유토피아 보고서는 아니었다. 그래도 문장마다 힘이 넘쳤다. "시도의 에너지는 정지의 안정성보다 위대하"(134쪽)므로.

올해 초 봄봄에게서 초대장이 왔다. "여성생활문화공간 비비협동조합은 비혼 여성들의 space & link를 목적으로 시작되었지만, 현재는 기혼 여성들도 함께 참여하는 공간으로 자연스럽게 폭이 넓어졌습니다." 거기서 봄봄은 글쓰기 모임을 꾸리고 있는데 매번 읽기와 쓰기가 여성에게 얼마나 중요한지 느낀다며, 작가와의 만남에 나를 부르고 싶다고 했다. 강연 주제는 '여성에게 글을 쓴다는 것의 의미'였다.

산수유 꽃망울 터지는 3월 셋째 주 금요일, 한달음에 전주로 달려갔다. 봄봄은 여전히 잔꽃무늬 옷을 입고 잔잔한 미소로 나를 반겼다. 강연장에는 여성 30여 명이 자리를 꽉 채웠다. 맞은편 벽면에는 '원더풀 비혼, 너에겐 친구가 있잖아'라는 현수막이 붙어 있다. 가슴이 콩콩 뛰었다. 여자들만의 신나고 친밀한 세계. "나는 말도 부드러워지고 생각도 부드러워져서 상기한다. 모든 것이 머지않아 다른 모든 것이 된다는 걸."(146쪽) 하나를 말하면 열을 알아듣고 열을 논하다 보면 속 깊은 질문 하나는 반드시 던져주는 여성들과 함께하는 강연은 내게 치유의 시간이 되어주었다.

　나는 강연 전날 내려가 봄봄의 집에서 묵었다. 봄봄의 벗들과 둘러앉아 담소를 나누었다. 지역에서 비혼 공동체를 꾸린 지 10년이 되어가지만 여전히 남성들에겐 이해받지 못한다고 했다. 사소하게는 "여자들끼리 있으면 짐을 나르거나 험한 일은 누가 하느냐"라고 묻거나, 진지하게는 "그렇게 폐쇄적으로 살지 말고 바깥으로 나오라"고 충고한다는 말에 우리는 깔깔 웃었다.

　대로변에 공간을 갖춰 10년 가까이 유지하는 단체를 불완전하거나 폐쇄적이라고 보는 건 무엇 때문일까? 남자 없는 삶을 상상하지 못하기 때문이 아닐까? 강연을 앞두고도 문의가 왔단다. "남자인데 가도 됩니까?" '여성생활문화공간'이라서 여성이 우선이며 정원이 이미 차서 받지 못했다고 한다. 당혹스러웠을 거 같다. 남자가 남자라는 이유로 거절당하는 것이 한국사회에서 흔한 일은 아니니 말이다.

　충만한 1박 2일을 보내고 집에 와서 봄봄이 들려준 선물상자를 열었다. 쌀·멸치·깨소금·들깻가루·양말·수첩이 옹기종기 붙어 있다. 이런 살뜰한 챙김에서 깨닫는다. 다른 삶을 상상하라고 말하지만, 그러한 "세상은 우리의 깊은 관심과 소중히 여김의 소용돌이와 회오리 없이는 만들어질 수 없다는 것"(124쪽)을.

메리 올리버, 《완벽한 날들》, 마음산책, 2013

글쓰기 강좌에
여성이 몰리는 이유

25명 중 3명. 내가 진행하는 글쓰기 강좌에 들어오는 남성들의 수다. 여대남소의 성비는 수년째 무너지지 않고 있다. 일회성 강연도 마찬가지로 여탕 수준이다. 지난번 개강 때 넌지시 물었다. "이번에도 여자가 압도적으로 많아요. 남자들은 다 어디 간 거죠?" 이에 60대 여성 한 분이 말하기를, 여기만이 아니라 어느 강좌를 가도 그렇단다. "수강생은 다 여자인데 강사는 또 거의 남자예요."

영국도 상황이 비슷한 걸까? 《남자는 불편해》에 이런 구절이 나온다. "내가 총장으로 있는 런던 예술대학교에서는 시각예술을 공부하는 1만 8000명의 학생 중 70퍼센트가 여성이다." 저자는 이유를 분석한다. "남자아이들은 가정의 부양자로 길러질 뿐 아니라, 의 사소통에도 서툴고 자신의 감정에 무관심하도록 조건화되기 때문에, 예술은 자신들에게 안 맞는다고 생각하는 것이다."(193쪽) 자신의 감정에 무관심하도록 '조건화'됐다는 말을 내 식대로 풀어본다. 적극 소통이나 자기 의심을 하지 않아도 이 세상을 사는 데 큰 지장이 없었다는 뜻 같다. 화장실부터 여행지까지 곳곳이 돌부리인 터라 여자는 자기 감정과 행실을 점검하는 게 '생활화'됐다. 여성 학인들의 글만 봐도 여실히 드러난다. 음식 소리 내서 먹지 마라, 다리 오므리고 앉아라, 밤늦게 다니지 마라, 쓸데없이 공부 많이 하지 마라, 애잘 키우는 게 남는 거다 등등 몸의 소리부터 움직임, 마음 상태, 진로까지 통제를 당한다. 그렇게 성장하면 누가 시키지 않아도 매사 자기 감정은 누르고 남의 기분을 살피며 '셀프 처벌'을 내리게 된다.

이 책의 저자 그레이슨 페리는 남성인데, 이성의 복장을 입는 '크로스드레서'다. 그는 드레스를 입고 있을 때도 남자 화장실을 이용하는데, 여성 전용 공간을 존중해서이기도 하지만 주된 이유는 남자 화장실에서는 줄 설 일이 거의 없어서란다. "공공장소에 여자 화장실 수가 충분한 경우는 매우 드물다. 왜 그럴까? 건축가들이 거의 다 남자이기 때문"이다. 사용자의 '기준'은 자연스레 남성이 되며, 이런 식으로 "남자들은 아주 오랫동안 권력을 잡고 있으면서 자신들을 너무나도 정확하게 반영한 세계를 건설했다"(60쪽)는 것이다.

이것은 꼭 성별 권력에 국한된 문제는 아니다. 나는 여성이지만 이성애자로서 남자들이 남성성을 향유하듯 이성애자의 언어를 무심히 구사해왔다. 30대 남성에게 '여자친구 있어요?'라며 대상 성별을 지정해 물었다. 그건 상대가 성소수자일 가능성을 차단한다. 이제는 그런 질문이 꼭 필요할 때 '애인 있느냐'고 묻는다.

남성, 이성애자, 대졸자, 비장애인, 기혼 출산자 등 '디폴트맨'에게 세상은 수월하다. 여성보다 남성에게, 장애인보다 비장애인에게 화장실도 충분하다. "남성의 권력이 언어 자체에 깃들어 가장 근본적인 수준에서 영향력을 행사"(43쪽)하므로 '말의 민감성'을 기르지 않아도 되는 권리가 주어진다. 그래서 남자에게 남성성을 설명하려면, 비남성이 겪는 존재의 제약을 설명하려면, "물고기들을 상대로 물에 관해 이야기"(63쪽)하는 것처럼 애를 먹게 된다.

생존의 문제다. 글쓰기부터 타로점까지 배움의 자리에 여자가 몰린다는 것은 그만큼 자기 언어가 절실하다는 증거다. 그 배움의 종착역은 '디폴트맨 자리'의 탈환보다는 제거가 됐으면 좋겠다. 남자들도 "언제나 옳아야 하고 책임지는 일을 해야 하는 데서 오는 심장병을 유발하는 스트레스를 떨쳐내"고 "자기를 잘 드러내고 감정을 잘 인식하여 좋은 인간관계를 누리"는 복락을 누려야 하니까. 동시에 "여성과 소수 집단들이 자신들의 다양한 인생 경험을 정책 결정에 반영"(45쪽)하려면 우선 '여탕의 언어'가 세상 밖으로 쏟아져 나와야 할 것이다.

그레이슨 페리, 《남자는 불편해》, 원더박스, 2018

기성의 관념에 갇히는 건 게으름 탓 같다.
특히 이분법은 사유의 적이다. 생각하지 않으면서
스스로 생각한다고 생각하는 순간 누구나 기성세대가 된다.
선입관이 현실을 만나 깨지는 쾌감은 세상에 자기를
개방할 때만 누리는 복락이다.

닉 네 임 이
더 치 페 이 를 만 났 을 때

나이 들면 입은 다물고 지갑은 열어라, 라는 말을 처음 들었던 때가 10년 전이다. 모름지기 저것이 올바른 노년의 처세라며 탄복했었다. 심상하게 나 자신을 얻어먹는 위치에 두었거나 태평하게 젖과 꿀이 흐르는 중년 이후를 자신했던 거 같다. 실상은, 위계 구조에 속한 직장인이 아닌 프리랜서로 근근이 살다보니 나 혼자 입도 열고 지갑도 열며 나이 들고 있다.

간헐적으로 글쓰기 수업에서 사회생활을 경험한다. 10대부터 60대까지 나이, 직업, 성별, 주머니 사정이 제각각인 소규모 만민공동회 같은 구성체인데, 유급 노동자로서 상호 이해가 얽혀 있지 않아서 동등한 관계 맺음이 가능한 편이다. 그래도 사람 모인 곳이라면 어디서나 권력을 작동하게 하는 두 가지를 피해갈 수 없으니 바로 호칭과 돈이다.

호칭은 닉네임을 '님'자 빼고 부르자고 권한다. 한번은 어느 학인이 "은유 글에서도 착한 딸 역할을 강요하는 부분이 보여요"라고 비판했다. 정말 그런가? 난 내 글을 남 글인 양 은유 글로 재차 검토했다. "선생님 글에서도……"라고 하는 것보단 확실히 메시지가 명료하게 전달되는 걸 느낀다. 닉네임은 존칭에 따른 감정 소모를 줄이고 말의 내용과 맥락에 집중하게 하며, 통상 연장자 순으로 말이 점유되는 것을 막아주었다.

돈 문제는 더치페이로 탈권위주의를 도모한다. 처음에는 소득과 고용 형태에 비례해 차등 적용했다. 과제 미제출이나 지각 시 벌금을 정규직 1만 원, 비정규직 5000원, 무직 3000원으로. 근데 이게 또 서열이 돼버렸고 본의 아니게 정규직에게 가부장의 짐을 지웠다. 어차피 과제 안 하고 지각하면 그 자체가 형벌이기에 이중처벌 금지 원칙에 따라 벌금을 없앴다. 뒤풀이를 하면 인원수대로 나누어 낸다. 억대 연봉자도 시급 알바생도 강사도 공평하게. 원칙은 이렇게 정하고 지역에서 올라와 교통비가 많이 드는 이나 보릿고개를 넘는 이 등은 속사정을 아는 한도에서 눈치껏 배려했다.

나는 닉네임 쓰기보다 더치페이 하기가 더 어려웠다. 세월이 나를 연장자 축에 데려다놓았고, 지갑은 채워주지 않았지만 왠지 팍

팍 열어야 할 것 같아 손이 움찔거렸다. 그러는 나를 '고리타분하게 왜 이러느냐'며 젊은 친구들과 유학파 출신들이 말렸다. 나의 지갑 열기 충동을 되돌아보았다. 돈을 통한 지배 의지인가, 배제에 대한 불안인가, 내리사랑의 선의인가. 가(식)없는 증여를 위해선 해처럼 넘치는 자가 되어 베풀어도 가진 것의 총량이 줄지 않아야 하는데 그 조건에 난 미달했다. 아무튼 자기 처지가 어려워 남의 형편도 헤아리는 '요즘 젊은이들' 덕분에 '쿨하고 힙하게' 관계 맺는 법, 지갑을 열어야 할 때와 닫아야 할 때를 분간하는 법을 배운다. 권위주의 타파하고 상호 평등 이룩하자, 구호뿐이던 일상에 닉네임과 더치페이 실천으로 틈이 생기고 섬세한 시야가 열렸다. 계급장 뗀 그 사람의 안색, 형편, 고민을 보게 됐다. 아울러 나이, 지위, 재력 등 외적 조건을 우선시하는 권위적인 사람일수록 타인에 대한 고통 감수성이 부족한 이유를 알 것도 같았다.

얼마 전, 세 시간 거리에서 통학했던 한 학인에게 문자가 왔다. "우리 회식할 때 저한테 멀리서 왔다고 회비 아껴두라고 말해줬었는데 그게 고마운 밤이네요. 오늘 우리 글 모임 회식하는데 서울에서 온 친구에게 회비 내지 말라고 말하려고요." 사람을 변화시키는 건 계몽이 아니라 전염이라는 걸 상기한, 덩달아 고마운 밤이었다. 호칭의 간소화와 지출의 민주화가 노년 초년 할 것 없이 생활양식으로 자리 잡는다면 괜한 체면의 무게로 뒤뚱거리는 삶이 조금 가벼워질 것 같다.

그 게으름뱅이가
내 삶을 바꾼 방법

자유기고가 시절 '프리랜서'라는 명함을 파서 일했다. 있어 보인다고 남들은 말했고 나는 비정규직도 아니고 무정규직이라고 둘러댔는데, 이번에 정식 용어를 찾았다. 호출형 노동계약. "노동시간을 미리 정해두지 않고, 필요할 때 '호출'하면 달려가야 하는 노동 형태. 고용주는 노동시간을 보장할 의무가 없으며, 노동자는 실제 노동한 시간에 대해서만 임금을 받는다."(59쪽)

　　호출형 노동자는 시간 관리가 생명이다. '시간은 돈'이므로, 돈이 되는 시간 창출을 위해 주도적으로 머리를 싸매야 한다. 나는 취재를 위한 왕복 이동 시간, 원고 집필 시간을 측정해 일을 수주받았고 조금의 오차도 없이 진행했다. 마감 기계로 일하다 보니 나를 호출하는 곳이 불어났고 그럴수록 내 속도에 발맞추지 않는 동료를 견디지 못했다.

프리랜서 생활 5년. 나는 "정확성, 효율성, 생산성을 모토로 삼"(43쪽)는 시간 노예가 되었다. 그 사실을 몰랐고 힘들지도 않았다. 몸에 밴 자기 착취의 습성으로 '쪼는 사람' 없어도 스스로 일하는 근면함은 신자유주의 사회에서 경쟁력이기도 했으니까. 그런데 글쓰기 수업을 진행하면서 내 부지런한 노동자 성향, 즉 강박적 시간관념에 충돌이 일어났다. '게으름뱅이들'을 만난 것이다.

글쓰기 수업에는 반장이 있다. 매주 수업을 마치면 다음 주 교재와 과제를 알리는 공지를 올린다. 반장은 자원자가 맡는다. 나는 늘 신신당부한다. 결석한 학인들을 위해 가급적 이틀 안에 올려달라고. 그런데 공지를 제때 안 올리는 반장들이 생겨났다. 주로 20~30대로, 유급 노동에 얽매이지 않고 진선미를 추구하며 산다는 공통점을 지녔다. 한마디로 문화 백수들이다. 한 친구는 내가 문자로 두어 번 얘기했더니 "직장상사 같다"라고 불만을 토로했다. 듣고 보니 맞는 말이었다. 뭐 때문에 나는 쫓기는 사람처럼 안달인가.

최강 게으름뱅이는 '마음'이라는 이름의 반장이다. 마음은 반장을 자원했지만 타의 모범이길 거부했다. 수업에 매번 지각이었다. 처음엔 10분, 그다음엔 20분, 30분……. 심지어 수업이 끝난 다음에 온 적도 있다. 과제도 내킬 때 제출하고 공지도 시간 날 때 올린다.

하지만 마음이 올리는 공지에는 자신이 일주일간 즐긴 음악이나 영화, 책에 관한 얘기와 정보가 넘친다. 좀 늦긴 해도 영혼의 양식이 담긴 공지에 학인들은 감동했다. 예전 같으면 '느려터짐'에 속 터졌을 나도 점점 빠져들었다. 마음에게 고백했다. "그대 같은 시詩적인 반장은 처음이야."

마음은 대학 때 학보사에서 일했고 이런저런 직장을 다녔다. 그런데 조직 생활이 맞지 않아 나왔단다. "저의 가장 중요한 부분이 훼손되는 거 같았어요"라고 한다. 기성세대에겐 '허투루 사는 것처럼 보이는' 젊은이다. 생활은 어떻게 하느냐고 나는 묻지 않았다. 직장 다니는 이들에게 "지루함, 얽매임, 소진되는 느낌"(11쪽)을 어떻게 견디느냐고 불쑥 질문하지 않는 것처럼 말이다.

대부분 일을 거부하는 동기는 자기 보호다. "이런 사례를 유별나거나 일탈적이라 치부하기보다는, 일을 재평가하고 단축하는 데 영감을 주는 원천으로"(163쪽) 바라보려 한다. '일과 삶의 균형'은 캠페인이 아니라 "시간을 둘러싼 정치"라고 푸리에도 말했다. 시곗바늘 같은 엄격함으로 소득·권리·소속감을 오직 일에서만 추구해온 나는 조금 두렵고 한편 즐겁다. "무슨 일 하세요? 라는 질문에 '할 수 있는 한 피해를 덜 끼치는 거요'"(267쪽)라고 답하는 상상은 얼마나 통쾌한가.

참, 마음이 뽑은 2018년 올해의 책은 《일하지 않을 권리》다.

"게으름뱅이로서 나는 맹세한다. 터무니없이 오랜 시간을, 특히 몇몇 기업 양아치들을 위해서 일하지 않으려 투쟁하기로. 가능한 한 스트레스가 나를 침범하지 못하게 막아내기로. 천천히 먹기로. 리얼 에일을 자주 마시기로. 더 많이 노래하기로. 더 많이 웃기로. 토하기 전에 정시 근무라는 회전목마에서 내려오기로. 혼자 있을 때나 남들 앞에서나 스스로 즐기기로. 일이란 단지 고지서에 찍힌 비용을 지불하기 위한 것임을 인식하기로. 친구들이 힘의 원천임을 항상 기억하기로. 단순한 것을 즐기기로. 자연 속에서 소중한 시간을 보내기로. 대기업과 회사에 소모하는 시간을 줄이기로. 그 대신 좋은 것을 많이 만들기로. 순리를 벗어나기로. 아무리 사소한 수준이라도, 세계와 주위 사람을 변화시키기로." ('영국 게으름뱅이 연합 맹세' 목록 중에서)

데이비드 프레인, 《일하지 않을 권리》, 동녘, 2017

차분히 불행에 몰두하세요

"그럼, 행복한 하루 보내세요." 하루는 이메일 말미에 붙어 있는 저 인사말에 눈길이 머물렀다. 관습적으로 사용하는 구문인데 그날따라 아리송했다. 왜 행복해야 되지? 꼭 행복해야 하는 건가? 행복하라는 말은 부자되라는 말보다 덜 속되고 선해 보이지만 도달 확률이 낮다는 점에선 더 잔인한 당부이기도 했다. 아무리 용쓰고 살아도 불행이 속수무책 벌어지는 현실에서 어떻게 행복하라는 건지 의심이 들면서도, 한편으론 내가 안 행복하니까 심통이 나서 삐딱해졌으며 '덕담'을 '다큐'로 받아들이는 불만 분자가 됐는지도 모른다고 스스로 검열했다. 아무튼 그 뒤로 나는 이 요망스런 '행복'이란 두 글자를 내 사전에서 지웠다.

《잘 표현된 불행》은 그즈음 눈에 들어왔다. "시는 행복 없이 사는 훈련"이라는 명제를 발견하곤 행복 없이 사는 훈련에 임하면서 조석으로 시를 읽던 중 만난 823쪽짜리 황현산의 시 평론집이다. "아름다운 말로 노래하지 못할 나무나 집이 없는 것처럼, 그렇게 하지 못할 불행도 없다. 불행도 세상에 존재하는 다른 모든 것들과 마찬가지로 선율 높은 박자와 민첩하고 명민한 문장의 시를 얻을 권리가 있다."(605쪽)

이 책을 인식의 베개 삼아, 나는 깊이 있는 독해의 향연을 누리고 덤으로 글쓰기의 목적과 방향도 잡았다. 왜 행복하지 못할까 비탄하는 반성문이나 이런저런 조건이 충족되면 언젠가 행복해지리라는 판타지 장르가 아니라 불행의 편에 서서 면밀히 관찰하고 분석하는 기록물을 썼다. 그런다고 불행의 내용이 바뀌진 않지만 '잘 표현된 불행'은 묘한 쾌감을 주었다. 불행에서 오는 인식과 감정의 진수성찬을 발견하자 조금 행복해지는 것도 같았다. 내가 해보니 좋아서, 글쓰기 수업에서 나는 불행 전도사가 되었다.

글쓰기에서 사람들이 가장 힘들어하는 건 마무리다. 이메일 말미에 '오늘도 행복한 하루 보내세요'라고 쓰거나, 일기장 마지막 문장으로 '오늘도 참 보람찬 하루였다'라고 하는 것처럼 글쓰기에서도 교훈적인 맺음에 집착한다. 즉, 불행한 채로 끝내는 걸 두려워한다. 불행은 어서 벗어나야 할 상태라는 강박이 있다보니 그때는 불행했지만 지금은 괜찮다고 서투르게 봉합하는 식이다. 그러나 삶에는 결론이 없는데 글에서 거창한 결론을 내리려고 하면 글이 억지스럽게 마련이다.

제람도 그런 강박을 가진 학인이었다. 그는 군 복무 중 동성애자라는 이유로 군 정신병원에 갇혔던 경험을 글로 썼다. 워낙 고통스러운 사안이기에 처음에는 쓰기 어려웠다. 좌절의 밑바닥까지 내려가서 복기하는 작업은 수차례 시도 끝에야 가능했다. 그러고는 디자인 유학을 떠났는데 얼마 전 자신의 증언과 경험을 설치미술로 표현한 작업을 마쳤다며 내게 소책자를 건네주었다. 제목은 〈유 컴 인, 아이 컴 아웃You come in, I come out〉.

이것은 잘 표현된 불행! '개인의 증언이 어떻게 사회의 변화에 기여할 수 있나'라는 문제의식을 담아낸 결과물에 감격하는 내게 그가 말했다. "불행하면 안 된다고 생각했어요. 실제로 불행하다 여겼거든요. 불행하다고 인정하는 순간 무너질 것 같아서 자꾸 행복한 이유를 찾는 강박이 있었고 행복을 전시하곤 했어요. 그게 꿋꿋함, 씩씩함, 밝음으로 포장되어 사람들에게 좋은 피드백을 받으니까 문제의식을 스스로 잘 의식하지 못했지만 마음 한 켠은 불편하고 헛헛했어요. 그런데 불행해도 되는 거구나 생각하니 자유로움을 느꼈고, 그래도 되는구나 싶으니 운신의 폭도 넓어지고요. 그러니까 불행을 이야기할 용기가 생겼어요."

그 감사 인사는 애당초 황현산 선생님이 받아야 할 몫이다. 선생님은 말했다. "작은 조언도 큰 이론도 자신의 몸으로 영접하지 않은 한 자신의 앎이 되지 않는다."(119쪽) 그러므로 황현산에게서 온 나의 전언을 붙잡은 것은 그의 감응 능력이기도 하다. 이젠 제람의 사례를 들어 말해도 될까. '오늘도 행복하세요' 말고, '차분히 불행에 몰두하세요'라고. "내용 없는 희망은 불행을 대신할 수 없을 뿐만 아니라 자주 그 불행의 씨앗이 된다"(607쪽)고.

황현산, 《잘 표현된 불행》, 문예중앙, 2012

그런 사람
처음 봐요

난생처음 이디엠EDM, Electronic Dance Music 페스티벌에 갔다. 아시아 최대
규모라는 '울트라 코리아 2017'이 열리는 서울 잠실 올림픽주경기
장 근처에 이르러 친구와 수군거렸다. 우리가 옷을 너무 많이 입고
온 거 같지? 과감한 신체표현 의상에 타투는 기본, 코스튬은 선택,
국기를 든 외국인도 눈에 띄었다. 옷 한 벌로 한 계절 날 거 같은 중
년의 덕후들도 오는 록 페스티벌과 이디엠 페스티벌은 달랐다. 나
이와 계급의 차이랄까. 관객이 젊고 부터 났다. 나중에 관계자에게
들어보니 20대가 가장 많고 40~50대 예매율은 2퍼센트라고. 내 생
에 그렇게 처음 2퍼센트가 되어보았다.

　나 역시 록 페스티벌에 처음 간 건 20대였다. 송도에서 열리는

트라이포트 록 페스티벌에 남편이랑 두 돌 지난 아이와 동행했다. 중년 남성인 숙소 주인이 말했다. "아줌마도 이런 데를 다녀요?" 질문도 질타도 감탄도 혼잣말도 아닌 그것은 '아무말'. 아이와 다니면 존재가 납작해진다. 몰개성·무취미·무례함의 대명사 '아줌마'는 제3의 성으로서 청소년·흑인·여자처럼 머무를 장소를 선택하는 데에도 제약이 따른다. 트집 잡는 이들을 무시로 대면해야 한다. 1999년에 겪은 일이다.

영화 〈런던 프라이드〉에는 이런 장면이 나온다. 두 남자가 얼굴을 맞대고 하는 말. "게이 처음 봐요." "나도 광부 처음 봐요." 유쾌하고 통쾌하게, 영화는 광부와 퀴어라는 이질적인 두 집단이 합심해 권리를 찾아가는 이야기를 다룬다. 게이 활동가가 단체 동료들에게 광산 노동자 파업에 연대하자고 제안했을 때 우리가 광부랑 무슨 상관이냐는 반발의 목소리가 나온다. 활동가는 이렇게 답한다. "광부는 석탄을 캐고 그 석탄으로 전기가 만들어져야 우리가 클럽에서 새벽까지 놀 수 있으니까."

도구적 접근이긴 하지만 세상에 나와 무관한 존재는 없음을 잘 보여주는 대목이다. 삶은 무수한 타인과 연결돼 있으나 도통 만나지 못한다. 단조로운 일상의 동선을 태엽 인형처럼 왕복하며 보는 사람만 보고 가는 데만 간다. 살면서 직접 보는 사람이 얼마나 될까. 책이나 TV에서 접하는 게 대부분이다. 미디어에서 회사원은 사무실에,

주부는 집 안에 머무는 일면적이고 기능적인 존재로 나오기 십상이다. 그러니 실제 삶에서 '락페에 온 아줌마'처럼 지정 구역을 벗어난 사람을 '처음 보면' 혼란을 느낀다. 그게 심하면 혐오가 될 테고.

나 역시 처음 보는 사람을 대하는 삶의 기술을 배우지 못했다. 인터뷰와 글쓰기 수업을 하면서 매번 낯선 존재와 마주하는데, 무지로 인한 긴장과 혼돈의 시간을 치르며 공부하는 중이다. 얼마 전엔 비혼모를 처음 봤다. 만남이 거듭되자 그는 "책 낸 사람 처음 봐요" 내게 말했고 "이렇게 글 잘 쓰는 비혼모 처음 봐요" 나도 고백하고 같이 깔깔댔다. 처음 보면 한 사람이 비혼모로 보이지만 자꾸 보면 비혼모는 결혼제도 외부에 위치한 상태의 설명일 뿐임이 드러나고 자기 한계와 고민을 안고 존엄을 지키며 살아가려는 입체적인 존재로 다가온다. 처음 보고 계속 보는 게 관건이다. 영화처럼 서로 삶이 스밀 때까지.

이디엠 페스티벌에 같이 간 친구는 일 중독자처럼 사무실에 갇혀 청춘을 보냈다. 공연장에서 미친 듯이 노는 젊은이들을 '처음 본다'며 자기는 왜 저렇게 살지 못했는지 한탄했다. 나는 아들 또래를 보면서 군 복무 중인 아이가 떠올라 잠시 미안하기도 했다. 그럴수록 다리 아프게 놀았다. 집 나간 자식 찾으러 오는 엄마가 아닌 40~50대 여자 관객을 뮤직 페스티벌에서 '처음 보는' 나와 낯선 이웃을 위해.

'서울 것들'이라는

자각

간첩 조작 사건 피해자를 인터뷰하러 제주도에 갔을 때다. 30여 년 만에 무죄 판결을 받은 자칭 '전직 간첩' 어르신들과 같이 승합차에 타고 있었다. 그중 한 분의 핸드폰이 울렸다. 그쪽에서 만나자고 했는지 당신 사정을 말한다. "오늘은 안 돼. 육지 사람들이 왔거든." 그 말을 듣자 육지에서 온 객들이 일시에 웃음을 터뜨렸다. 어르신은 왜 웃느냐며 어리둥절한 표정으로 덩달아 웃었다.

육지 사람이라는 합성어가 생소했다. 그리 호명되는 것도 첫 경험이다. 섬을 척도로 내 정체성은 육지 사람이 맞다. 일상에선 육지 생활자가 기본값이니 섬 사람이 아닌 그냥 사람으로 살았던 거다. 여자는 여성 장관이고 남자가 장관이듯 말이다. 이 육지 사람 에피

소드를 제주에 사는 친구에게 말했더니 조용히 부연한다. 우리끼리 있을 때는 '육지 것들'이라고 부른다고.

　얼마 전 처음으로 군 소재지에 강연을 갔다. 충남 부여군에 있는 한국전통문화대학교 특강에서 한 학생이 손을 들었다. "작가님이 서울에서 인문학 공부를 하고 글쓰기 수업을 하면서 활동하고 계시는데, 만약 여기에 살았어도 그게 가능했을까요." 낮고 느린 목소리, 수줍은 말투의 그가 어쩐지 울까 봐 나는 조마조마했고 급소를 찔린 듯 안절부절못했다. 원망도 질책도 애원도 없는 그 투명한 물음에는 지역 청년의 실존적인 고민이 담겨 있었다.

　서울 아닌 지역에서 오는 강의 제안 메일은 더 길다. "지방이라 오시라고 청하기 면구스럽습니다" "교통편이 좋아졌는데도 죄송스럽네요" 같은 문장들이 덧달렸다. 죄 없이 죄송해야 하는 지역의 언어에 나는 점차 무뎌지고 있었다. 서울 사는 게 벼슬처럼 되어버린 현실에서 별다른 불편이 없으니 자각도 없었다. 서울 사람으로서 누리는 줄도 모르고 누리는 것들을 부여 학생의 물음이 일깨웠다.

　나는 대답했다. 배산임수한 가옥에 사는 사람이 쓸 수 있는 글이 있고 한 평 고시원에 사는 사람에게서 나오는 글이 있으니 그나마 글쓰기는 삶에 공평한 것 같다고. 물론 영화·전시·강연·시설·사람이 서울에 몰려 있고 온갖 혜택을 받는다. 그러나 서울은 기회의 땅이기에 욕망을 생산하는 공장이고 결핍을 가르치는 학교다. 좋아 뵈는 온갖 것을 좇느라 정작 자기 자신을 놓친다. 나는 '서울'에서 공부와 일에 몰두하던 시기에 나를 가장 많이 부정했다. 기혼·출산·고졸·여자라는 콘크리트처럼 견고한 존재 조건이 숨 막혀 한숨지었고 어떻게 살고 싶은지 물음이 터져나올 때마다 글을 썼다고 고백했다.

간첩 조작 사건 피해자 어르신도 청년 시절엔 섬이 갑갑했다. 제주의 명문 고등학교를 나왔고 '서울 유학'을 몹시도 꿈꾸었지만 가난 때문에 포기했고 돈 벌러 일본을 드나들다가 결국 간첩 누명까지 썼다. 억울한 옥살이를 했던 그의 무죄를 증명한 건 어린시절부터 그를 보아온 동창과 이웃인 제주 사람들이었다. 팔순의 길목에서 생의 한 주기를 돌아보는 그는 서울 간 친구들이 부럽지 않다며 벗이 있는 고향에서 죽을 수 있음에 감사한다고 했다. 그 말씀에서 배웠다. 잘산다는 건 내 일상을 오래 묵묵히 지켜본 사람을 갖는 거구나.

청춘의 몸은 질문을 낳는다. 1960년에 제주 청년이 그랬듯이 2017년에 부여 청년이 뒤척인다. 삶이 던지는 질문에 답이 있는 경우는 드물지만 그나마 막막한 질문만이 숨길을 열어주고 살길로 인도한다. 근래 육지 것이자 서울 것이라는 정체성을 받아 안은 나 역시 질문의 말풍선 하나 띄운다. 육지-서울이라는 다수, 주류, 중심을 벗어나기 위해 나는 무엇을 해야 하나.

고통의 출구를
찾는 법

강원도 한 고등학교에 초대받았다. 학생들이 6월에 '평화'를 주제로
독서 토론을 하는데 내가 쓴 간첩 조작 사건 피해자 인터뷰집《폭
력과 존엄 사이》를 읽는다며 저자와의 만남을 준비한 것이다. 강연
을 앞두고 담당 교사가 "학생들이 작가님께 드리는 질문지"를 미
리 보내주었다. 이 책을 왜 쓰게 되었는지, 자료 수집은 어떻게 했는
지……. 한 줄 한 줄 읽어 내려가다 그만 웃음이 터졌다.

'억울하게 잡힌 분들의 주소는 어떻게 알았나요?' 이토록 엉뚱
한 질문이라니. 그런데 생각할수록 핵심 질문이구나 싶었다. 주소는
개인의 사회적 좌표다. 그 학생은 폭력 상황에 처한 한 사람이 어떻
게 공적 발언의 장을 확보해 '나 여기 있음' '나 억울함'을 세상에 알

렸는지, 그 절차와 경로의 시작점을 묻고 있었다. 그건 국가폭력 피해자 인터뷰집의 기획 의도와도 닿아 있다. 고통의 출구를 찾는 법은 삶의 필수 기술이니까.

나는 학생들을 만나 답변했다. 간첩 누명을 쓴 분들이 억울한 옥살이를 했지만 진실 밝히기를 포기하지 않고 '진실과 화해를 위한 과거사정리위원회'가 생겼을 때 진상 규명을 신청했다고. 또 '민주사회를 위한 변호사모임' 같은 단체에 찾아가서 도움을 요청하기도 했다고. 그분들이 이런저런 시도를 하면서 남긴 기록과 인연의 고리를 연결해 인터뷰를 할 수 있었다고.

며칠 후 나는 《아무도 몰랐던 이야기》를 읽었다. 이주여성들이 직접 쓴 폭력 피해 증언집이다. 제목이 말해주듯 '몰랐던' 세상의 이야기다. 아니, 피해 대상만 다를 뿐 익히 '알았던' 이야기이기도 했다. 그간 내가 만난 선주민(한국인) 여성들의 가정폭력·성폭력 피해 사례와 내용이 일치해 오싹했을 정도다. 특히 캄보디아에서 온 쏙카의 경험은 가정폭력을 넘어 '인신매매와 강제노동'에 가까운데, 그 지옥을 그는 어떻게 빠져나올 수 있었던 걸까. "쏙카에게는 쏙카를 위해 통역을 해주고 시어머니를 설득시켜준 사촌언니와 동서가 있었다. 통장 만드는 법을 알려주고 폭력 신고를 도와준 다문화가족지원센터가 있었고, 집에서 나왔을 때 쉼터로 연결해준 경찰이 있었다. 그리고 지금 더 나은 미래를 설계하도록 도와주는 쉼터가

있다. 고립되어 있는 쏙카를 살려준 것은 세상과의 연결이었다."(35쪽)
당사자 증언에 대해 전문가가 쓴 해설이다.

"고립은 피해자에 대한 통제와 지배를 확보하는 과정으로서 가정
폭력의 주요한 형태의 하나"(31쪽)라고 한다. 어디 가정폭력뿐일까. 성
폭력이나 학교폭력의 경우도 '말하면 가만두지 않겠다'는 식으로 피
해자를 고립시킨다. 그래서 '세상과의 연결', 즉 내 존재를 남이 알게
하는 것이 피해자에게는 상황을 돌파하는 유일한 방법이 된다.

아울러 '피해자'란 어떤 일시적 상태의 명명이지 한 사람의 정
체성이 아니다.《폭력과 존엄 사이》가 그들이 무자비한 국가폭력에
맞서 어떻게 존엄을 지키고 살아갔는가에 중점을 두고 있는 것처
럼, 이주여성들의 생존담도 꼭 그러하다. "피해자의 취약성보다는,
어려운 상황에 처했는데도 문제 해결을 위해 참여하는 이들의 행위
성을 강조한다."(187쪽)

사실 그날 강연에서 학생들에게 당부했다. 살면서 어떤 일이 닥
칠지 모르니 여러분도 폭력을 당하면 꼭 도움을 주는 기관이나 단
체를 찾아가라고. 이런 말을 해야 하는 현실이 착잡했지만,《아무도
몰랐던 이야기》를 읽고 나니 잘한 것 같다. "폭력이 발생하기 전에
폭력에 대응하는 방법을 알려"주는 건 중요하니까.

한국이주여성인권센터,《아무도 몰랐던 이야기》, 오월의봄, 2018

5부

주위를 조금 세심히 돌아보면

읽고 쓰지 않을
권리

사교육으로 유명한 지역에 강의를 갔다. 앞서 단체 대표가 교육 특구의 자긍심을 고취시키는 인사말을 전하더니 여러분들이 글쓰기를 잘 배워두었다가 아이들에게도 알려주라며 자리를 떴다. 객석 대부분은 주부였다. 당황한 나는 황급히 취지를 바로잡았다. "아이들이 원하지 않는데도 가르치지는 마세요. 엄마의 옷을 벗고 본연의 나로 사는 방편으로서 글쓰기가 오늘의 주제입니다." 내 강의가 끝나고 질의응답 시간에 한 분이 손을 들었다. 6학년 아이에게 독서록을 쓰게 하는데 아이가 싫어한다며 무슨 방도가 없냐는 것이다.

'엄마 모드'는 웬만해선 해제되지 않는다. 학부모만이 아니라 교사들도 읽기와 쓰기를 싫어하는 아이들이 골치라며 묘책을 묻곤

한다. 그럴 땐 되묻는다. 왜 아이들이 꼭 글쓰기를 해야 한다고 생각하는지. 돌아오는 답은 사고력·독해력·이해력 향상 그리고 건전한 여가 선용으로 수렴한다. 그 자동 설정된 믿음은 신앙처럼 견고하다. 인습적 견해와 상식을 의심하고 자기 삶의 맥락에서 따져보는 게 글쓰기 공부인데 글쓰기를 해야 하니까 일단 쓰라는 식이다. 결론을 근거로 삼는 순환 논증에 갇혔다.

내가 아는 배움의 최고 동력은 절실함이고 필수 조건은 덩어리 시간이다. 당장 생존에 필요하지도 않고 (놀) 시간도 없는 아이들에게 글을 쓰라니 얼마나 고역일까. 자투리 시간으로 학습지 하듯 해치우는데 생각이 여물까 싶다. 6학년 학부모에게 제안했다. 어떤 점이 힘든지 아이에게 물어보고 독서록을 당분간 쉬어보라. 자기 의견과 생각이 존중받는다는 느낌을 경험하게 하라. 그래야 아이에게도 의견과 생각이 형성되고 글도 잘 쓴다고 말이다.

사실 그 마음 모르지 않는다. 나도 엄마로서 아이 손에 스마트폰 대신 책이 놓여 있길 바란다. 집에 책이 널려 있으면 우연히라도 손에 닿아 펼쳐 볼 텐데 무슨 몹쓸 것인 양 만지지도 않는 아이들과 나는 산다. 글은 오죽하랴. 처음엔 섭섭하다가 속으로 비난했는데 지금은 내버려둔다. 나는 책 읽는 엄마니까 아이 뜻을 존중해줘야지 최면을 걸다가 아이가 아직 본능이 살아 있어서 '거부'도 하는구나 건강하다는 징표로구나, 해석술을 발휘하는 단계까지 왔다.

대한민국 학부모로서 느끼는 우려는 비슷할 거다. 아이가 책–학업을 멀리한 대가로 가난과 불행을 면치 못할까 봐 걱정스럽다. 그런데 요즘 난 다른 층위의 근심이 생겼다. 하루가 멀다 하고 군·직장·학교·가정에서 자행되는 상상초월 위계폭력과 젠더폭력 뉴스가 터진다. 저 정글에서 아이가 남을 해치지 않고, 자기를 침해하는 것들에 저항하면서 존엄을 지키고 살아갈 수 있을지 염려한다. 해결책은 책이런가. 강제적으로라도 읽히는 게 좋을까.

이렇게 생각할 수도 있다. 부모나 교사가 시키는 무리한 것들을 '싫어도' 해낸다면 훗날 자기보다 힘이 센 사람이 시키는 별의별 일도 '싫은데' 꾸역꾸역 감당할 여지가 있다. 복종은 습관이다. 성찰 없는 순종이 몸에 배면 자기의 좋음과 싫음의 감각은 퇴화한다. 자기를 모르는 사람은 자기를 지키기 어렵다. 시급한 건 '자기 돌봄'이다. 수능 고득점의 초석을 다지는 독서와 논술이 아니라 다른 사람의 사는 법을 들여다볼 기회와 자기 억압을 털어놓을 계기가 필요하다. 그게 나에게는 책과 글쓰기였는데 내 아이에게는 무엇인지 아직 모르겠다.

한 가지는 알겠다. 해봐서 안다며 책부터 들이밀면 아이가 스스로 가꾸어갈 경험과 사유의 자리가 막힌다는 사실이다. 책 읽고 글 쓰는 것을 좋아하는 아이가 격려받는 만큼 싫어하는 아이의 권리도 존중받기를. 입막음을 당하는 약자에겐 '행동하지 않음'도 행동이다.

끼니와 끼니 사이에
명령과 복종이 있다

'패스트푸드로 버티는 아이들'. 인터넷 포털 화면에 뜬 기사다. 학원 시간에 쫓겨 5분 만에 허겁지겁 컵라면을 먹는 아이들 모습과 서울 대치동 일대 편의점·패스트푸드점 풍경을 스케치했다. 학원 다섯 곳을 다니고 과외 두 개를 한다는 한 아이는 초등학교 5학년부터 '이런 생활'을 했다고 증언한다. 역시 '이런 기사'의 마무리는 전문가 의견. 라면과 패스트푸드가 성장에 지장을 초래하니 채소나 과일 위주의 식단을 규칙적으로 섭취하라고 식품영양학 교수는 충고했다.

내가 전문가라면 일몰 이후 학원을 금지하고 아이들의 식사권과 수면권 등 기본권을 보장해야 한다고 말했을 텐데. 아니다. 실은 남 애기가 아니다. 중3인 딸도 일주일에 두 번 수학 학원에 간다. '수포자(수학을 포기한 사람)'가 되기는 아직 이르다는 본인의 선택이다. 방과 후에 주먹밥이나 과자를 사먹고 밤 여덟 시에 학원을 마치면 집에 와서 늦은 저녁을 먹는다. 나는 부랴부랴 돈가스 튀기고 국을 데워 늦은 끼니를 대령하면서도 나쁜 현실의 공모자가 된 듯해 착잡하다. 그것도 그때뿐. 월·수·금 오후 네다섯 시에 집에 와서 뒹굴거리면 또 그것대로 심란하다. 월화수목금금금 학원에서 시험에 단련된 아이들과의 성적 격차가 벌어지는 건 빤한 일이기에 그렇다.

남편이 목동의 학원이 밀집된 건물 편의점에서 야간 아르바이트를 한 적 있다. 학원 교사와 원생들이 주 고객이고 밤 10시부터 새벽 2시에 몰린다고 한다. 아이들이 새벽 1~2시에 교습을 마치고 와서 도시락이나 라면을 먹는데, 고3 수험생만 있는 게 아니라 중학생도 꽤 된다고. 아이들이 매일 같은 시간에 와서 같은 종류의 밥과 음료수를 사가니 나중에는 얼굴과 메뉴가 외워지더란다.

심야 고속도 아니고 어쩌다 심야 학원이 생겼을까? 어른으로 치면 부실한 저녁 먹고 매일 야근하는 회사에 해당한다. 수당이 없는 야근이다. 아직 성장판도 닫히지 않은 10대 아이들이 제때 먹지도 못하고 시멘트 건물 형광등 불빛 아래 종일 묶여 있다니, 늘 그래왔으니까 익숙하지만, 익숙하다고 정당화되는 건 아니다. 심야 학원은 아무리 봐도 기괴한 풍속도다.

그즈음《먹는 인간》을 읽었다. "고매하게 세상을 말하는 것이 아니라 오감에 의존해 '먹다'라는, 인간의 필수 불가결한 영역에 숨어들어 보면 도대체 어떤 광경이 펼쳐질까."(347쪽) 저자 헨미 요는 이 질문을 안고 탐식의 나라 일본을 떠나 세계 15개 국을 누빈다. 독일 감옥을 방문해 수감자들의 밥을 먹고, 방글라데시에서 음식 찌꺼기를 사먹는 빈민들을 보고, 필리핀 산속에서 인육을 먹은 태평양전쟁 시기의 일본 잔류 병사들 얘기도 현장에서 검증한다. 대한민국 편도 있다. 청학동에서 예절의 맛을 음미하고, 일본군 '위안부' 할머니에게 비통의 맛에 관해 듣는다.

"그 세계에는 '끼니와 끼니 사이'라는 것이 있었다. 아침 8시에 식사를 마치면 일반 병사들이, 오후에 점심을 먹고 나면 하사관들이, 저녁 식사를 끝내면 장교들이 찾아왔다. 병참부 군인들이 가져오는 퍼석퍼석한 밥과 된장국, 단무지를 미쓰코 같은 여자들이 허겁지겁 먹고 나면 끝도 없이 그것이 시작되었다."(330쪽)

한 존재를 '먹는 인간'으로 바라보면 아릿함이 더해온다. 전쟁이나 재난 때든 일상에서든 사람은 무릇 "허겁지겁 먹고 나면 끝도 없이 행해야 하는" 그것을 수행하고 산다. 먹는 일은 때론 위안이고 때론 치욕이다. 저자가 최근에 이 책을 썼다면 청학동 대신 대치동에 가지 않았을까. 아이들에게 밥버거의 맛을 물어보면 독일 감옥의 수감자처럼 말할지도 모르겠다. "맛있지도 않고 맛없지도 않지."(105쪽)

끼니와 끼니 사이 벚꽃이 난분분한 봄날, 딸은 말한다. "벚꽃 꽃 말이 중간고사래." 해마다 벚꽃 시즌이면 다가올 중간고사에 대비해야 하는 중·고등학생들 처지를 빗댄 말이다. 꽃을 놓치고 밥을 거르며 자란 아이들 몸에 무엇이 남을까. 패스트푸드에 길들여지는 것은 자발적 자기 착취에 길들여진다는 것이고 명령과 복종의 속도에 익숙해진다는 것이다. '먹는 인간'으로서 아이가 통제의 맛에 길들여지느니 부모가 초라한 성적표에 길들여지는 게 백번 낫다.

헨미 요, 《먹는 인간》, 메멘토, 2017

현실은 요원하고
수능은 요란하다

몇 년 전 초여름, 동료들과 전주로 1박 2일 엠티를 갔다 왔다고 하니 선배가 말했다. "너는 고3 엄마가 6월 모의고사 보는 날 놀러 갔니?" 이 질책이 의미하는 바를 몰랐는데, 6월과 9월 모의고사가 대입의 명운을 가르는 중대한 시험이란다. 특히 6월 모의고사 성적은 거의 수능 점수로 보면 된다고. 알고 나서도 어리둥절했다. 그렇다면 그날 엄마 된 자로서 무얼 해야 하는지 몰라서였고, 내 정체성이 고3 엄마로 명명된 상황이 뜬금없어서였다.

고3 엄마의 본분에 대한 무지와 나태는 11월까지 이어졌다. 수능 날도 도시락 싸서 보내놓고 나니 할 일이 없었다. 이제 와서 새삼 예배당을 갈 수도 없는 노릇. 그냥 광화문 카페로 달려가 책을 폈으나 책장은 그대로다. 아이가 답안지를 밀려 쓰는 건 아닌지 따위의 별별 걱정에 마음이 콕콕 조여왔다. 긴 하루를 보내고 이듬해 모 대학 '추가 합격자' 명단에 아이 이름이 오르면서 고3 엄마를 간신히 면했다.

그 심란한 겨울을 보내고 나니 입시를 왜 '입시 전쟁'이라고 하는지 알 것 같았다. 할아버지의 재력, 엄마의 정보력, 아빠의 무관심, 동생의 희생까지 네 박자가 맞아야 아이가 명문대에 간다는 말에는 거짓이나 보탬이 없다. 그런데 생업은 제쳐둔 채 입시설명회에 다니고, 수백 가지가 넘는 수시 전형을 파악하고, 고가의 입시 컨설팅을 받는 학부모가 얼마나 될까?

올해도 친한 친구들이 수험생 부모가 되었다. 아이가 수시 원서 넣을 대학을 정하느라 두통약을 먹고, 시험장에 따라다니느라 업무 시간을 뺐다. 원서비만 100만 원에 육박했고, 시험 날이 다가올수록 심야 할증요금 붙듯 마구 오르는 학원비에 기겁했다. '비ᅢ강남권' 지역의 학원도 사정이 이랬다. 입시 전쟁에서 살아남기는커녕 끼어들기만 하려 해도 적지 않은 판돈이 든다. 전쟁으로 군수산업이 돈을 벌고 힘없는 병사들이 죽어가듯 입시 전쟁에서는 학원산업이 득을 보고 평범한 아이들은 조용히 스러져간다.

11월 들어 고등학교 두 곳에 강연을 갔다. 과학 고등학교에서 글쓰기에 관심 있는 아이들과 일반 고등학교에서 흡연 예방 교육을 받는 아이들을 각각 만났다. 과학고 학생들에게 아르바이트를 해봤느냐 물었더니 "저희가 시간이 어딨어요" 한다. 사교육의 최전선을 일찍이 통과한 그들은 평일에는 기숙사에서 살고 주말에는 귀가해 사교육을 또 받는다. 흡연 예방 교육에 온 한 학생은 주유소 알바를 하다가 돈을 훔쳤다는 누명을 쓰고 그만둔 사정을 털어놓았다. 그 아이가 다니는 고등학교는 전국에서 대학진학률이 최하위권이라고 담당 교사가 전했다.

《벨 훅스, 계급에 대해 말하지 않기》를 쓴 벨 훅스는 가난한 흑인 여성이었다. 대학에 들어가서 "자신들은 선택받았고, 특별하며, 이렇게 될 자격이 있다고 생각하고 자신의 행운을 당연하다고 여기는 백인들"(13쪽)을 만나면서 사회의 불평등한 구조와 자신의 계급적 위치를 자각했다. 그는 마르크스도 구체적인 해법을 알려주지 않는 "일상생활에서 접하는 복잡한 계급 문제"(62쪽)와 맞닥뜨렸다.

남의 얘기 같지 않았다. 인간은 경험적 존재다. 태어나면서부터 부유했고 가난과 가난으로 인한 고통을 경험하지 못한 아이들이, 공감 능력이 아닌 학습 능력만 평가하는 제도를 통과해 이 사회의 엘리트층을 이루고 중요한 결정을 내리는 자리를 차지한다는 것은 분명 문제다. 우리 사회의 경제 체제가 공정하게 변화하기 위해선 계급 분리를 조장하는 입시제도부터 달라져야 할 텐데, 현실은 요원하고 수능은 요란하다.

올해도 수능 추위가 예고됐다. 딱히 대학을 거부할 소신이나 대안이 없고 이른바 '좋은 대학'에 들어가기 위해 필요한 재력과 실력도 간당간당한, 대다수 학부모와 아이들의 비명이 매년 수능 한파를 몰고 오는 건 아닐까?

벨 훅스, 《벨 훅스, 계급에 대해 말하지 않기》, 모티브북, 2008

내 아이도
가해자가 될 수 있다

"아이의 말을 중간에 끊지 마세요.""따뜻한 눈길로 바라봐주세요.""아이가 화낸다고 같이 화내지 마세요." 어느 건물 승강기에 탔더니 〈좋은 부모 10계명〉이 붙어 있다. 소아청소년 정신과 전문의의 말이다. 그걸 보니 씁쓸했다. 저렇게 할 수 있는 부모는 적어도 초과노동이나 타인의 무례와 간섭에 시달리는 임금노동자는 아닐 거라고 생각한다. '관대함은 탄수화물에서 나온다'는 말은 진리다. 좋은 부모 노릇은 10계명이 아니라 등 따숩고 부른 배, 심리적 평안에서 비롯된다. 세상에 그냥 부모는 없다. 건물주 부모, 그 건물을 청소하는 비정규직 부모, 만사가 귀찮은 갱년기 부모, 자기 삶에 만족하지 못해 화가 난 젊은 부모가 있을 뿐.

있는 줄도 몰랐던 내 안의 '미친년'을 애 키우다가 만난다고 엄마들이 모여 자조적으로 얘기한 적이 있다. 나도 그랬다. 퇴근 후 집이 어질러져 있거나 아이가 보채면 부아가 치밀었다. 온종일 누적된 짜증과 피곤은 곧잘 눈앞에 있는 만만한, 나보다 약자인 아이에게 쏟아졌다. 그러곤 아이를 '따뜻한 눈길'로 바라보지 못한 죄의식에 시달렸다. 그 슬픈 반복을 단절하고자 내가 택한 건 마음 다잡기가 아니라 노동시간 단축이다. 일을 줄이고 반찬가게를 활용했다. 그제야 "아이가 화낸다고 같이 화내지" 않을 수 있었다.

좋은 엄마는 고사하고 불량 엄마나 면하고 싶은 내게 도움을 준 유일한 육아서가 있다.《나는 가해자의 엄마입니다》. 이 책은 1999년 미국 콜럼바인 고등학교에서 총격 사건을 벌이고 스스로 목숨을 끊은 가해자 딜런의 엄마가 쓴 자기 진술서다. 저자의 직업은 장애인 학교의 교사. 자기 아이들에게 늘 약자에 대한 관심, 관용과 포용을 강조했다고 한다. 딜런은 학대와 방치를 당한 게 아니라 소위 '정상 가정'의 '좋은 부모' 밑에서 자랐다. 그런데 왜 그랬을까? 알 수 없는 것을 이해하려 애쓰는 데 바친 16년의 기록을 공개한다.

아이를 어떻게 키우라는 식의 답은 없다. "내가 알고 신경 쓰고 소중히 여기는 것들은 모두 아이들에게 쏟아부었다. (…) 설교하는 대신 귀를 더 많이 기울였더라면 좋았을 것이다"(419쪽)와 같은 회한만 간간이 새어나온다. 그런데 저자에게는 또 다른 아들(딜런의 형)이 있다. 같은 부모, 같은 환경에서도 아이들은 다르게 큰다. 나쁜 영향이든 좋은 영향이든 부모의 역할에는 한계가 있다. 이 책의 미덕은 좋은 엄마가 되는 법이 아니라 좋은 엄마라고 착각하거나 방심하지 않는 법을 일깨운다는 점이다.

한국에서도 인천 초등생 살해 사건이라는 끔찍한 청소년 범죄가 발생했다. 콜럼바인 총격 사건을 두고 그랬듯이 세상 사람들은 쉽게 판단했다. "사악함을 타고난 나쁜 씨앗이었다거나, 아니면 도덕적 지침 없이 막 자랐다고."(243쪽) 가해자와 부모를 욕하고 내 아이가 피해자가 될까 봐 염려한다. 이 책을 읽은 나는 멀쩡해 보이는 내 아이도 가해자가 될 수 있다는 생각에 오싹했다. "사람은 가정에서만 영향을 받는 것은 아니"며 "아이가 아무리 절망적 상태에 빠져 있더라도 그걸 드러내지 않기로 마음먹었다면 가까이에서 지켜보는 부모, 교사, 친구들조차 모를 수 있"(183쪽)기 때문이다.

'이웃집 괴물'은 부모의 지덕체 결여에서 나오는 게 아니다. '좋은 부모'라는 낭만화된 이상은 양육의 본질을 가리고 매사를 개인의 책임으로 돌린다. 그사이 현실은 빠르게 나빠진다. 아이를 잘 키우기보다 명대로 본성껏 살게 하고, 남을 해치지 않는 사람으로 길러내는 게 시급하다. 그런 점에서 〈좋은 부모 10계명〉 대신 붙여놓고 싶은 문장이 있다. "도덕성, 공감, 윤리, 이런 건 한 번으로 가르칠 수 있는 게 아니라 아이와 함께하는 모든 것에 깃들어 있다."(417쪽)

수 클리볼드, 《나는 가해자의 엄마입니다》, 반비, 2016

돋는 해와 지는 해는
반드시 보기로

글쓰기 수업 시간, 연예인 지망생 아들을 둔 엄마가 글을 써왔다. 아이가 고등학교 시절 연극영화과를 지망한다고 했을 때 할아버지와 아버지는 "우리 집안에 그런 피 없다"라고 말했고, 엄마인 자신만 홀로 지지했다고 한다. 진로·연애·취업 등 인생의 모든 선택에서 '엄마는 무조건 네 편'이라는 응원에 힘입어 아이는 원하는 대학에 들어갔고, 엄마는 아들의 공연에 초대받는 유일한 혈육이자 비밀 없는 친구가 되었다는 훈훈한 일화였다. 이 글을 본 20대 취업준비생 학인이 눈을 반짝이며 물었다. 현실에 없는 엄마 같다, 이렇게 자식을 믿어주고 밀어주게 된 계기는 무엇인가. 엄마 학인은 수줍은 표정을 지으며 너무 사소한 이유라서 굳이 글에 쓰지 않았다고 했다. 사연인즉, 대학 시절 친구들 넷이 월미도에 해 지는 걸 보러 갔는데 귀가 통금 시간에 걸려 자신만 일몰을 놓치고 발걸음을 돌려야 했으니 그때 눈물을 삼키며 결심했단다. 나중에 자식을 낳으면 자유롭게 살게 하리라. 삶의 한 장면도 놓치게 하지 않으리라.

엄마 학인의 수줍은 고백과 달리, 일몰을 볼 권리는 결코 사소하지 않다. 한 사람의 세계관을 바꿔놓을 만큼 강력하지 않은가. 직장인은 해 지는 거 보자고 벼르다가 휴가를 낸다. 안면도로 달려가고 지중해로 날아간다. 푸른 하늘 한갓지게 감상하는 것도 서툴러, 여행을 가서도 전지훈련 온 선수처럼 빼곡한 일정을 짜서 새벽부터 경치 좋은 곳을 필사적으로 찾아다닌다. 하늘, 구름, 바다, 나무, 꽃, 석양은 1년 내내 소처럼 노동한 보상으로 접할 수 있으니 어찌 사소하다 할까.

자연을 벗할 권리가 기본권으로 보장되면 좋겠다. 소파 방정환 선생의 글 〈어린 동무들에게〉에도 "돋는 해와 지는 해를 반드시 보기로 합시다"(182쪽)라는 구절이 있다. 물론 도시화된 환경에선 실행하기 어려운 일이다. 서울서 자란 나는 일출과 일몰을 주로 TV의 애국가 영상으로 보며 컸다. 두 아이는 온갖 '체험학습'으로 돈 내고 자연에 노출시켰다. 갯벌 체험, 밤 줍기 체험, 고구마 캐기 체험 같은 것들. 그런데 푹 빠져들 틈도 없이 우르르 가서 시늉만 하다가 김밥 먹고 시간 맞춰 돌아오는 게 얼마나 부자연스러운 행위인가 이제야 알겠다. "무엇엔가 멈추어본 아이만이 자기 삶을 만날 수 있다. 자기 삶을 만난 아이만이 자세히 볼 수 있고, 자세히 볼 때 놀라운 삶의 경이를 만날 수 있다. (…) 자기를 만난다는 것은 자기 흥을 만나는 것이고 그때 그 무엇에 정신을 팔았다는 말일 것이다."(190쪽)

나는 논두렁 밭두렁 뛰어다니며 놀지는 못했지만 시멘트 바닥에서 고무줄놀이하며 엄마가 저녁 먹으라고 부를 때까지, 애들 얼굴 안 보일 때까지 '정신 팔며' 놀았다. 아마 내가 그 마지막 세대가 아닐까 싶다. 시간을 잃어버리고 놀 기회를 너무 일찍 박탈당한 아이들에게 미안하다. 자기 흥을 발견할 기회도 없이 무엇에 쫓기듯 정해진 일과표 속으로 아이를 밀어넣는 부모가 나는 아니라고 말할 수 있나. 엄마 학인의 글을 보면서 뜨끔하기도 했다.

올해 고등학생이 된 딸은 5월에 수학여행을 가는 줄 알았는데 알고 보니 수련회였다며 가지 않겠다고 했다. 놀 시간도 안 주고 극기 훈련이랑 교육만 시키는 수련회는 딱 질색이라며 다른 애들도 그러기로 했단다. 나는 무조건 지지한다고 했다. "아이들의 세계는 먹고 노는 세계"(235쪽)다. 2008년 일제고사 거부 투쟁에 나선 청소년들의 구호는 "잠 좀 자자, 밥 좀 먹자"였다. 그로부터 10년 뒤 사적 저항에 나선 딸의 구호는 "좀 노는 것같이 놀아보자"다. 그래, 노는 것이면 충분하다. "세상 어떤 것도 당연하게 받아들이지 말고 관찰하라."(34쪽)

김영미, 《그림책이면 충분하다》, 양철북, 2018

자꾸 학원을 빠지는
아이에게

10대 아이들이 제일 싫어하는 게 읽기, 더 싫어하는 건 쓰기, 더더 싫어하는 건 읽고 쓰기라는 담당교사의 얘기를 듣고, 왜 아니겠나 싶었어. 아이란 어른과의 관계에서 규정되는 존재지. 자기 말을 진지하게 들어주는 어른이 드문 환경에서 아이가 자기 생각을 만들긴 어렵겠지. 한글만 떼면 매일매일 부과되는 학습량을 잠자코 해내다가 스스로 사고하고 표현하는 활동이 주어지면 얼마나 어색할까 짐작해본다. 우물에서 숭늉 만들기는 누구나 힘든 법이니까.

그래서 사실 좀 미안했어. 종이 한 장 주고 30분 동안 글 쓰는 과제가 주어진다면 나는 자신 없거든. 그런데 너희는 써냈어! 어떤 녀석은 문자메시지 치듯 1분 만에 서너 줄을 쓰고, 다른 아이들도 대여섯 줄 쓰고 노닥거리는데, 그 어수선한 와중에도 너는 미동도 않고 지면을 메우더구나. 내용은 이랬어.

"중3 이후 학원을 '땡땡이'치는 습관이 들었고 학원을 스무 번도 끊었다 다녔다를 반복했다. 부모님은 혼내면서도 계속 새로운 학원을 알아봤다. 고등학생이 돼서도 학원 빠지는 버릇은 고쳐지지 않았다. 고1 기말고사를 치르고 이러다가 큰일 나겠다 싶었고 대학 진학의 목표를 세웠지만 공부 습관이 안 들어서 학원에 앉아 있는 건 힘들었다. 왜인지 학원 빠지고 노는 건 꿀맛이라, 자꾸만 빠지게 됐다. 그 사실을 안 엄마에게 장문의 문자가 오면 면목 없고 나도 월 100만 원이 넘는 돈이랑 쓰다 만 교재가 너무 아깝다."

글이 하도 생생해서 나는 학원비 결제하는 엄마 입장이 되어 속이 타들어갔다가, 학원 건물 앞을 배회하다 에라 모르겠다 떡볶이집을 향하는 아이가 되어 초조했다가 갈팡질팡 울고 싶었다. 맞아. 고백할게. 아마 길에서 학원 빠지고 피시방 다니고 담배 뻑뻑 피우는 교복 입은 학생을 봤으면 한숨부터 나왔을 거야. 근데 네 글을 읽고서 알았네. 당사자도 죄책감과 갑갑함에 옥죄는구나, 땡땡이는 의지가 아닌 습관이 하는 일이구나, 공부가 하고 싶구나, 생각이 없는 게 아니라 생각은 있지만 방도를 몰라서 그렇구나.

참 부조리한 상황이지. 한 아이가 정규교육 과정을 착실히 밟아왔어. 부모는 아침마다 아이를 깨워 밥 먹여 등교시키고 등골 휘도록 돈 벌어 등록금 대고 학원비까지 냈어. 근데 그 아이는 필요한 학습 지원을 받지 못하는 거야. 아이들 삶을 돌보는 정책이 아닌 오직 수능 대책이 '교육 정책'이 되어버린 세태가 아프게 실감되네. 내 아이만 피해 가면 그만이라는 생각에, 또 뭘 어찌해야 할지 모른다는 핑계로 나도 외면한 현실인데 네 고민을 듣고 보니 부끄럽더라.

누가 네 처지에 맞는 도움을 줄 수 있을까? 혹여라도 "생각 없는 놈" "글러먹은 놈" "담배 피우는 놈"이라는 어른들 말이 너를 설명하는 말의 전부라고 생각하지 말길 바라. 공부에 흥미를 잃고, 학원을 빠지고, 담배에서 위로를 찾는 건 같은 원인의 다른 현상이야. 네겐 이런 면모도 있어. '자기가 처한 상황을 객관적으로 설명할 수 있고, 자신이 하는 행동이 남에게 어떤 (부정적) 영향을 주는지 적어도 파악하는 사람'이라는 면 말이야. 자기 위치와 한계를 아는 것, 그것이 성숙의 지표라는 사실을 말해주고 싶어.

네가 대학 진학의 목표를 이루든 아니든, 어디서 무슨 일을 하든 그날 보여준 모습처럼, 자기를 설명할 언어가 있는 사람이면 좋겠어. 아픔과 갈등을 표현하면 거기서부터 나은 변화를 만들어갈 수 있을 거야. 그날 너희와의 만남을 흡연 예방 교육이 아닌 서로의 삶의 건강을 돌보는 자리로 기억할게.

"열심히 산다고 살았는데
슬픔이나 분노 같은 감정이 메말라서 고민입니다."
돈이나 스펙이 아닌 슬픔 없음을 근심하는 사람의 탄생이
내심 반가웠다. 한 사람은 어떻게
자기 감정과 느낌을 되찾을 수 있을까?
이 물음은 어떻게 인간다운 세상이 가능한가와 닿아 있다.

음악은 봄비처럼
감성을 두드려 깨우고

봄비가 내린다는 일기예보에 댓글이 달렸다. "비는 맞는 것보다 보는 게 좋고 보는 것보다 듣는 게 좋다." "이은하의 봄비나 들으면서 부침개 부쳐 먹어야겠다." 각각 최다 추천 1, 2위였다. 별말 아닌 말이 하이쿠(일본 고유의 짧은 시)처럼 콕 박혀 나도 추천을 눌러버렸다. 정치·사회 기사에 거친 댓글을 쏟아내는 이들과 봄비에 반응하는 저들은 동일 인물일까. 그럴 것 같다. 화나고 불만에 찬 사람도 여리고 섬세한 감성으로 '원위치'시켜놓는 게 자연이니까.

봄기운에 들썩여 나도 나들이를 갔다. 꽃놀이가 아니라 음악놀이. 장소는 선배 부부의 단골 LP바다. 삼면을 차지한 빼곡한 LP판은 내겐 도열한 벚나무만큼이나 황홀한 풍경으로 다가왔다. 구석구석

숨어 있는 스피커에선 강렬한 기타 사운드가 벚꽃처럼 터지고 어둑한 조명은 봄밤인 양 포근하다. 테이블 저편 박경리 선생이 담배를 문 커다란 흑백 사진에선 아우라가 뿜어져 나온다. 통로 쪽 공중전화 박스처럼 생긴 공간에는 이런 표지가 붙어 있다. 'Smoking Area.'

선배 언니와 그 남편은 건축가 부부다. 본업 외에 책과 음악을 즐긴다. 건축업도 비즈니스라서 거래처 관리를 위해 술과 골프를 하는 업계 관행이 있는데, 선배 부부는 남성적인 향응 문화가 몸에 맞지 않는다며 꺼렸다. 대신 자신들의 작업과 세계관을 알리는 책을 꾸준히 펴냈고 독자를 고객으로 만들어갔다. 업무의 피로는 음악으로 푼다. 퇴근 후 혼자 혹은 둘이 이곳에 들러 와인 한잔하면서 음악을 듣다 간다고 했다.

두 사람이 '먹고사니즘'에 자신의 취향과 기호를 선뜻 내어주지 않고 묵묵히 일해오는 걸 나는 20여 년 지켜봤다. "오직 나만의 슬픔과 기쁨으로 짠 피륙"(19쪽)을 가진 부자들. 언니는 그날도 자리에 앉자마자 능숙한 손놀림으로 신청곡을 써냈다. 테이블 위에 고개를 수그린 채 가수와 곡명을 적는 옆모습은 소녀였다. 내가 고등학생 때는 분식집에도 '디제이 박스'가 있어서 떡볶이를 먹으며 음악을 들었다. 엘턴 존의 〈굿바이 옐로 브릭 로드Goodbye Yellow Brick Road〉를 한껏 멋부려 적어내곤 했다. 신청곡을 쓸 때, 기다릴 때, 그 음악이 나올 때, 가슴이 점층법으로 부푸는 기분을 실로 오랜만에 느꼈다.

"여기 LP가 몇 장인지 사장님도 모르거든. 40년 동안 모은 거니까. 그래서 하루는 심심해서 사장님이랑 둘이 작심하고 세어봤다니까." 선배의 남편이 들떠서 말했다. 1만 6000장이라고 했다. 나는 음반의 양보다 세는 행위의 지체 없음에 입이 벌어졌다. 행과 열을 나누고 구역을 배분해 세고 적고 더하고. 아무런 쓸모없는 짓을 하다니 웃음이 났지만, 깊은 심심함에 처한 중년의 놀이로는 기발하고 더할 나위 없다 싶었다.

"나를 방목한다/ 빈둥빈둥/ 내가 사랑하는 어슬렁어슬렁이다// (…) 속도와 움직임 다 버린다/ 그냥 햇살/ 그냥 해찰이다."(40쪽)

저녁 아홉 시가 넘자 정장 차림의 직장인 무리가 들어온다. 그들의 신청곡일까. 산울림의 〈내 마음에 주단을 깔고〉가 흐르고 흥성흥성 말이 피어난다. 삼겹살집 지글거림이나 노래방의 왁자함이 아닌 좋아하는 노래를 골라 듣고 노래에 얽힌 사연을 곁들이는 장면은 회식이라기보다 누구도 배제되는 사람 없는 민주적인 '봄 회의' 같았다. "봄과 슬픔을 투시하고/ 구체적으로 살아 있다는 것에 대해/ 누구보다 먼저 온몸으로 발언하리."(38쪽)

우리는 레드 제플린을 시작으로 올드 록을 듣다가 너바나의 〈컴 애즈 유 아Come as You Are〉까지 도달했다. "센티멘털만이 서럽게 기타 줄을 튕기"(62쪽)는 봄밤, 음악은 봄비처럼 본래 감성을 두드려 깨운다. 나를 나로 환원시키는 시간, "나도 모르는 나의 깊이"(20쪽)를 잰다.

문정희, 《작가의 사랑》, 민음사, 2018

가을날,
삼성 직업병 농성장에서

비닐 천막을 걷어내자 두어 평 남짓 평상이 휑하니 드러난다. 이중 삼중으로 깔려 있던 돗자리 바닥 아래 플라스틱 지지대 사이엔 여름휴가철 해변처럼 쓰레기가 나뒹군다. 스티로폼 조각, 캔 음료, 빵 비닐들, 그리고 딱딱하고 거무튀튀한 고양이 똥이 발견됐다. "이게 주범이었어!"

삼성 직업병 문제의 올바른 해결을 위한 농성장. 709일 만에 대청소를 유발한 주된 요인은 고양이(배설물이)다. 농성장을 드나들던 고양이 서너 마리가 좁은 틈으로 들어가 볼일을 보는 바람에 쿰쿰한 냄새가 진동했다고. 찬바람도 불어오니 월동 준비 겸 대대적인 리모델링 계획을 세웠다. 반올림 활동가 공유정옥 씨가 페이스북에 올린 대청소 공지를 보고 나는 슬그머니 출동했다.

"의사란 이름을 떠난 지 5년쯤 됐어요. 그런데 인터뷰를 하면 '의사'에 방점이 찍혀 나가요. 그냥 전문의 자격증 따고 살고 싶은 대로 살 뿐인데……." 7년 전 인터뷰이로 만난 공유정옥 씨가 말했다. 살고 싶은 삶을 이어가던 그는 요즘엔 반상근 활동가로 일하며 직장에 나간다. 얼마 전 공저로《굴뚝 속으로 들어간 의사들》이라는 책을 냈다. 열세 명의 직업환경의학과 전문의와 연구원이 쓴 '일하다가 죽는 사회에 맞서는 직업병 추적기'다. 진즉에 사둔 책을 강남역 가는 버스에서 폈다.

"황유미 씨의 아버지 황상기 씨가 진실을 규명하기 위해 나서지 않았다면, 산재 신청을 포기하면 10억 원을 주겠다는 삼성의 회유에도 굴하지 않고 끝까지 버텨서 7년 만에 공식 산재 인정을 받아내지 못했다면, 우린 지금까지도 반도체 및 첨단 전자산업의 위험에 대해 아무것도 배우지 못했을 것이다."(178쪽)

농성장에 도착하니 책 속의 황상기 씨가 예의 염화미소를 머금은 채 묵은 짐을 바삐 나른다. 그 옆엔 또 다른 '유미', 한혜경 씨가 있다. 열아홉 나이에 삼성전자 LCD사업부에 들어가 일한 지 3년 만에 월경이 완전히 멈췄고 뇌종양이 발병했다. "설마 삼성처럼 큰 회사가 몸에 해로운 일을 그냥 시키지는 않을 거라 생각했"(177쪽)던 그는 지금 휠체어에 앉아 있고, 어머니 김시녀 씨는 두 팔 걷어붙이고 현장을 지휘한다.

"유미 아빠, 이건 버립시다." "김 반장이 버리라면 버려야 돼! 하하." 삼성에서 일하다가 죽거나 골병든 자식을 둔 부모들, 무심하고 일상적인 저 말들이 정겹고 아프다. 마스크를 쓰시라고 해도 답답하다며 맨몸으로 먼지 구덩이 속을 누비는 것까지 닮았다. 저 성실함으로 나날을 통과해 이른 곳이 맨바닥, 남의 목숨과 고통을 연료로 몸집을 불려나가다 괴물처럼 비대해져버린 저들의 목전이다.

나는 세간 정리를 맡았다. 농성장 둘레 선반에 쌓아두었던 냄비며 접시, 일회용 커피, 공구세트, 문구용품, 스탠드, 화분 등을 꺼내 먼지를 닦고 있었는데 저쪽에서 한 젊은 남자가 성급한 걸음걸이로 다가와 말을 건다. "이제 끝났습니까? 잘 해결된 건가요?" 그건 아니고 대청소 중이라고 말했더니 낙담한다. 출근할 때마다 버스 타고 농성장 앞을 매일 지나간다고 했다. 차창 밖으로 농성장이 해체된 걸 보고는 반가운 마음에 목적지도 아닌데 내려서 일부러 찾아왔다며 머뭇거리다가 발걸음을 돌렸다.

기업은 꿈쩍 않지만 사람은 흔들린다. 공유정옥 씨가 어느 노동자의 죽음에 흔들렸듯이 노동자의 질병을 직업병으로, 즉 "인간 노동력의 결함이 아닌 노동과 자본-기계와의 결합 관계의 문제"(328쪽)로 밝혀낸 여러 의사가 있고, 공장 안의 위험한 비밀을 굴뚝 바깥으로 나와서 알리는 노동자들이 있고, 또 타인의 죽음에 눈길을 거두지 않다가 다급하게 안부를 묻는, 흔들리는 눈동자를 가진 사람들이 있다. 이 가을날 더 많은 것들이 흔들리길. 그 흔들림의 결합만이 이 농성장의 소멸을 가능케 하리라. 인정 없는 노동의 풍경을 바꿔 내리라.

강동묵 외, 《굴뚝 속으로 들어간 의사들》, 나름북스, 2017

자소설 쓰는
어른들

얼굴 안 본 지 10년 넘은 지인한테서 전화가 왔다. 첫 에세이집을 낸 다음 해 일이다. 지인은 네가 책 냈다는 소식을 들었다며 어색한 축하인사를 건네고는 용건을 꺼냈다. "조카가 고3인데 수시 원서에 넣을 자기소개서를 봐줄 수 있을까?" 특목고에 다니는 공부 잘하고 예쁜 아이이며 "자식과 다름없는 조카"라고 했다. 느닷없는 연락과 부탁에 이중으로 당황한 나는 횡설수설 거절 의사를 밝히고 통화를 종료했다. 지인은 몰랐지만 당시 내 아이도 고3이었다. 그때 난 손가락이 저릿하도록 집필 노동을 하느라, 또 복잡한 입시제도를 따라갈 여력 부족으로 소위 고3 엄마 노릇은 포기한 상태였다. 그 전화가 날 서럽게 했다. 다른 입시생은 이모까지 나서는 판국에 너무 무심했나 싶은 게 전쟁터에 아이 혼자 내버려둔 것 같아 미안했다. 한 아이를 대학에 보내기 위해 온 집안의 티끌만 한 자원이라도 동원되는 현실과 글이 얼마든지 기만의 도구가 될 수 있음을 확인한 것도 씁쓸함을 가중시켰다.

자소서의 세계는 알수록 놀라웠다. 글쓰기 수업에 온 취준생이 "이번엔 꼭 붙어야 한다"며 자소서 봐주길 간청했다. 한번 읽어보았다. 종교를 언급한 단락에서 글의 톤이 깨진다고 했더니 지원하는 곳이 기독교 기업이라 신앙생활을 부각했단다. 실은 교회를 안 간지 오래됐다고 했다. 그래야만 했으니까 그랬겠지만 말리고 싶었다. 거짓이 통하는 회사에 합격해도 위장하고 살아야 하니까 문제, 자신을 속이기까지 했는데 낙방해도 문제이기 때문이다.

그로부터 몇 년이 흐른 지금은 '자소설'이란 단어가 포털사이트 국어사전에 버젓이 등재됐다. 자기소개서와 소설의 합성어로 실제로 없던 일을 꾸며 쓰는 자기소개서를 가리킨다. 과한 경쟁이 낳은 비릿한 단어다. 현장은 정말 소설처럼 전개되는 모양이다. 자소서 컨설팅 업체에 수백만 원을 갖다 바쳤다는 취준생의 한탄도, 일용직 노동자 아버지를 건설회사 대표로 포장했다는 후회 어린 고백도 들린다. 학교에 강연을 가면 교사들은 자기소개서 지도의 어려움을 토로하고 '꿀팁'을 묻는다.

그럴 때면 나도 묻고 싶다. 자소서가 자소설이 된 공공연한 현실에서 거짓 자아의 전시장이 된 글이 얼마나 공정한 변별력을 갖는지. 기능인이 개입한 노회한 글이 당사자가 쓴 거친 글보다 낫다고들 보는지. 도움받을 만한 자본이나 관계 자원이 없는 수험생들은 어떻게 되는 건지가 제일 궁금하다. 입시제도가 계급 격차를 벌리는 국가 장치가 된 건 알았지만 자소서마저 거기에 일조하는 현실은, 글의 인간인 내게 유독 비극으로 다가온다.

자기소개서는 과거 경험에 의미를 부여하고 자기만의 서사를 만드는 뜻깊은 작업이다. 그것이 자소설이 된다는 건, '살아온 나'가 아니라 '평가받는 나'로 자기를 바라본다는 말이다. 강요된 가치로 자기 삶을 평가하고 타인의 시선에 길들여지면 나라는 존재는 늘 부족하고 초라해 보일 수밖에 없다. 제아무리 스펙을 쌓아도 자존감은 낮은 '불안한 어른'은 그렇게 만들어진다.

지금처럼 사회적 위계가 공고한 풍토에선 아이들 자소서에 어른이 나서고 어른들 자소서가 돈벌이가 되는 현실을 막을 수 없을 거다. 시몬느 베이유는 "밭을 가는 농민이 자기가 농민이 된 것은 교사가 될 만한 능력이 없었기 때문이라고 생각한다면 그 사회 체제는 깊이 병든 것이다"(169쪽)라고 썼다. 먼 꿈 같지만, 궁극적으로는 농민도 교사도 정비공도 비슷한 임금을 받고 동등하게 사람 취급받는 사회가 될 때라야 '자소설'이란 단어가 소멸할 수 있으리라.

시몬느 베이유, 《시몬느 베이유 노동일기》, 이삭, 1985

나는 아직도
돈 몇 푼 갖고 싸운다

"내가 아는 사람 중에 쌤이 젤 유명해요." 4년 만에 만난 지인의 첫
인사다. "작가님이 유명해지고 가족들 반응은 어떠냐"라는 질문이
북토크에서 나온다. 유명하다는 게 뭘까. 유명한 사람은 유명해서
유명해진다는 순환 논리밖에 떠오르지 않는다. 남편은 "이런들 어
떠하리 저런들 어떠하리 만수산 드렁 칡이 얽혀진들 어떠하리" 성
정의 소유자로 일희일비를 모른다. 군인 아들은 민가의 사정에 어
둡고, 딸이 가장 실감하려나? 한번은 지나가듯 말했다. "엄마, 엘리
베이터에서 택배 아저씨를 만났는데 18층 누르니까 너네 엄마 작가
냐고 물어보셨어."

　그렇다. 일상의 가장 큰 변화는 택배 물량이다. 내가 물욕으로

사들이는 책 외에 출판사에서 보내주는 증정 도서가 늘었다. 글쓰기 수업을 한 지 어언 10년, 학인들이 낸 책도 속속 답지한다. 우리 집 고양이는 날마다 크기와 질감이 다른 상자에서 안락을 누린다. 쓰레기 배출을 한 주일만 걸러도 택배 상자와 인쇄물로 방 안이 폐지 집하장이 된다. 밟거나 읽거나, 종이를 헤치며 나아가는 삶이다.

하루 일과는 매양 같다. 눈 뜨면 글 쓴다고 카페 가고 오는 길에 장 봐서 밥 짓고 강의 가고 여기저기 메일 보내고 책을 베개 삼아 잠들고. 이 마감에서 저 마감으로 시곗바늘처럼 단조롭게 운행된다. "인생이라는 근면한 공장에 한 번 말려든 사람은 설령 도중에 싫증이 났다고 해도 뒤에서 밀려오는 사람에 떠밀리고 떠밀려 출구까지 빙빙 돌지 않으면 안 된다"(301쪽)는 걸 실감한다.

집필 노동자로서 고민도 여전하다. 어떻게 잘 쓸 것인가. 노동력의 정당한 대가를 받을 것인가. 원고 청탁이나 강연 의뢰가 이전보다 많이 오는데, 더 맞춤한 일을 고를 수 있다는 건 장점이고 일일이 확인과 거절의 메일을 보내야 하는 건 단점이다. 돈은 늘 복병이다. 일반적으로 아무리 단기 알바라도 급여나 월급날을 모르고 일자리를 구하는 경우는 없다. 프리랜서 작가는 아니다. 상대방이 고료와 지급 날짜를 명시하지 않고 일을 의뢰하기도 한다. 난 요즘도 이런 메일을 쓴다. "원고료(강연료)가 얼마인지 알려주시기 바랍니다."

일전엔 한 잡지사에서 원고 청탁이 왔다. 고료와 지급 날짜가 단정히 적혀 있었다. 기본 사항인데도 고마워서 뭉클했다. 같은 날 한 매체에서 출연 섭외가 왔다. 출연료가 안 쓰여 있었다. 메일로 물었더니 답이 왔다. 교통비밖에 안 되는 적은 금액이라 죄송해서 말 못했고 가는 길에 드리려 했다고. 맥이 풀렸다. 자금 사정이 안 좋아도 스튜디오 대신 길거리 녹음을 하지는 않을 텐데 인건비는 줄인다. 인정人情으로 갈음한다. 악덕 자본가만 그러는 게 아니라 시민단체도 영세 업체도 일인 기업도 자연스레 그리 한다.

자유기고가로 일할 때부터 최저 원고료를 보장하지 않는 곳과는 가급적 일하지 않았다. "대중 소설가가 그 출판사와 절교를 한다는 건 식량 수송로를 끊어버리는 것과 같다"(234쪽)는데, 비슷한 강도의 결단으로 버텼다. 남들 보기에 유명의 날개를 단 나는 아직도 '돈 몇 푼' 갖고 싸운다. 수십 번 망설이다 그래도 말한다. 안정된 직업, 고정된 급여 없이 오직 글에서 밥을 구하는 노동자를 위해.

글은 정자세로 앉아 시간을 바치지 않으면 한 줄도 나오지 않는다. 목뒤부터 어깨를 타고 손끝까지 흐르는 저림을 겪으며 문장의 길을 터나가야 한다. 물 들어올 때 노 저을 수 없는 직업이지만 그 미련스러움 때문에 내 일이 좋다. 새해를 맞아 순정하게 다짐해본다. "두부 장수가 두부를 만들듯이 성실하게 규칙적으로 아름다운 것을 써나가고 싶습니다."(201쪽)

나쓰메 소세키 외, 《슬픈 인간》, 봄날의책, 2017

삶은 상호 의존적이라는 점은 무시되고,

개개인은 고립된 채

자기 이익을 챙기는 것에 최상의 가치를 두도록

세상이 우리를 길들이고 있기에,

무가치하고 무의미해 보이는 일에

무모하게 시간을 보낸 것들만 곁에 남아 있다.

무던한 사람, 철 지난 노래, 변치 않는 신념,

짠 눈물 같은 것들.

상처의 수만큼
우리는 돈을 번다

개강 후 두 번째 수업에 과제 발표자가 결석했다. 과제 부담일까, 개인 사정일까. 궁금한 마음에 전화기 버튼을 눌렀다. "저, 오늘 안 오셔서 연락드렸어요." "네? 지난주에 수강 취소하고 환불받았는데요." 예기치 못한 답변에 당황한 나는 전달을 못 받았다며 얼버무리고 끊었다. 문자로 남길 걸 괜히 전화했나. 불편한 상황을 만든 나 자신을 책망했다.

그날 전화를 끊고 수업을 잘 마쳤다. 집에 가는 길, 얼마 전 통신사 해지방지팀에서 일하다가 자살한 현장실습생이 떠올랐다. 취소·환불이란 말들이 귓속으로 여과 없이 파고드는 따가운 경험. 나는 20초 정도의 짧은 통화였는데도 가슴에서 휑한 무엇이 자꾸 올라왔다. 만약 그게 온종일 해야 하는 일이라면 그 사람의 삶은 어떻게 될까. 더구나 열아홉 살 사회 초년생이라면 말이다.

미국 빈민 여성의 생존기이자 노동 르포르타주인 《핸드 투 마우스》의 저자 린다 티라도는 말한다. "나는 내 상처의 수만큼 돈을 번다."(49쪽) 베이고 데는 상처만 뜻하는 게 아니다. 짜증, 분노, 무시 같은 것도 독처럼 쌓여서 영혼을 부식시킨다. 그는 병원에 가면 '스트레스를 줄이라'는 처방이 내려지곤 한다며 말한다. "의사들은 잠을 잘 자고 잘 먹으라고 환자에게 말하는 것을 아주 좋아한다. 마치 그게 사람들이 쉽게 할 수 있는 일인 것처럼."(88쪽)

늘 단순한 상황 판단은 타인의 구체적 처지에 대한 고려 없음에 기반한다. 나도 그런 적이 있다. 큰애 세 살 즈음 육아로 후줄근해진 내 청춘을 보상받기 위해 옷을 샀다. 단정한 모노톤 셔츠였다. 여름철이라 한 번 입고 세탁소에 맡겼다. 일주일 넘게 감감무소식. 세탁물 수거하는 직원에게 문의했더니 이동 중에 분실했단다. 이튿날 그 직원은 5만 원을 내밀었다. 옷값의 절반이다. 그러곤 사장에게 분실 건을 말하지 말아달라고 당부했다. 개인 부담으로 배상을 받는 게 영 찜찜했지만 새 옷을 잃은 속상함에 묻혀 금세 잊었다.

몇 년 후, '뭐라도 좋으니' 일해야 했을 때, 자유기고가로는 수입이 불안정해 친척 회사의 경리 업무를 도왔다. 6개월가량 서울 동대문종합시장 매장을 드나들었는데 그곳은 이전에 쇼핑하러 갈 때와는 다른 장소였다. 민속촌에서나 보던 지게에다 돌돌 만 원단을 가득 쌓고 계단을 오르내리는 늙은 지게꾼을 목도했다. 복도에는 보험회사 전단을 나눠주는 사람, 커피와 음료를 배달하는 사람들이 오갔다. 길가로 나오면 오토바이 택배기사가 십자가처럼 원단을 지고 위태로운 질주를 했고, 지하철 입구에선 아주머니가 빠른 손놀림으로 전단을 안겼다.

세상은 노동하는 육체의 전시장! 그때 불쑥 그 세탁소 직원이 떠올랐다. 나는 어떻게 했어야 옳은가. 그의 과실이지만 고의 과실은 아니다. 피해보상 규정 같은 노동자의 보호책을 마련하지 않은 고용주, 합리와 효용의 잣대로 따지는 깐깐한 소비자, 그 사이에서 가장 약자인 피고용인이 피해를 입었다. 내가 '챙긴' 5만 원이 그의 식비이거나 노모의 약값이었을 수도 있다고 생각하면 부끄럽고 후회스럽다.

딱히 소비자 권리를 내세운다기보다 자기 중심으로 사고하고 내 몫 지키기에 급급했다. 대안공동체에서 공부할 땐 인문학 소비 풍토를 비판했다. 문화센터 같은 즉자적인 지식 거래가 아닌 다른 관계, 다른 속도, 다른 일상을 발명해야 한다고 그럴듯한 말로 열을 올리기도 했다. 그게 평생 견적이라는 걸 몰랐다. 나는 소비자이면서 노동자라는 다층적 위치성에 대한 실감이 모자랐다. 이제 목표는 소박해졌다. 일상에서 부딪치는 이들의 유니폼 너머, 표정 너머, 계산 너머 삶의 면모를 그려보기. 잘 자고 잘 먹는 사람이 드문 세상이니만큼 이 책의 저자처럼 "나는 사람들이 생계로 삼는 일을 더 힘겹게 하지는 않겠다는 원칙을 고수하려고 애쓴다."(212쪽)

린다 티라도, 《핸드 투 마우스》, 클, 2017

좋은 책 말고
좋아하는 책

읽을 만한 책 좀 소개해달라는 요청을 자주 받는다. 시를 읽고 싶다, 니체를 읽겠다, 독서모임 하겠다며 강연장에서 혹은 이메일로 생면부지의 사람이 물어올 땐 난처하다. 나는 책 소개가 어렵고 두렵다. 어떤 책이 좋았다면 당시 나의 욕망과 필요에 적중했기 때문인데 그 책이 남에게도 만족스러울 확률은 그리 높지 않다. 그래서 그냥 지금 읽는 책을 말하거나, 시간이 걸리더라도 몸소 끌리는 책을 찾아보는 시도가 독서 행위의 시작이라고 얘기한다.

출판 관계자들은 독서 인구가 줄어드는 게 스마트폰 때문이라고 입을 모은다. 그것도 크겠지만, 전반적으로 다른 재밋거리를 누릴 기회가 많은 데 비해 책의 재미에 빠질 기회는 적기 때문이 아닐까 추측한다. 추천도서를 선정하는 일방적인 방식도 사람들을 책에서 멀어지게 하는 원인 같다. 누가 추천하는가. 책 단체나 관계자, 학자나 지식인, 행정 관료, 심지어 자본의 증식을 연구하는 대기업 경제연구소가 나선다. ○○대 학생이 읽어야 할 권장도서, 학년별 도서 목록, CEO 여름휴가 도서 목록, 올해의 책을 발표한다. 추천자의 삶의 조건과 목적은 특수하다. 평생 활자와 친했고, 책 보는 게 직업이거나 일과 중 독서 시간 확보가 가능한, 읽는 훈련이 된 일부 계층의 관점이 반영된 목록이다. 그런 책들이, 책을 거의 안 봤거나 볼 시간이 없고 고된 노동과 학습에 지친 이들의 일상에 지적·정서적 쾌락을 주는 '좋은 책'으로 스밀 수 있을까. 추천자와 독자 사이에 '공감 격차'가 발생할 수밖에 없다.

일전에 지인이 교양 필독서에 단골로 오르는 장 그르니에의 《섬》독서 실패기를 말한 적 있다. 책 읽는 게 몸에 밴 애서가였다. 여기저기서 좋다는데 자기만 이해 못하는가 싶어서 위축됐단다. 나도 사놓고 안 읽혀서 못 읽었다.《차라투스트라는 이렇게 말했다》도 대학생 추천도서에 꼽히는 책이다. 상징과 비유로 된 문학서이자 철학서로 난도가 높다. "니체를 이해하는 사람은《차라투스트라는 이렇게 말했다》를 이해할 수 있지만,《차라투스트라는 이렇게 말했다》하나만으로는 니체를 이해할 수가 없다"라고 역자 해설에도 나온다. 지금은 나의 '인생 책'이지만 만약 스무 살에 봤다면 조용히 덮었을지도 모른다. 책은 따분하다는 편견을 심화하고 독서 활동을 중단시키면 '고전'이 다 무슨 소용일까 싶다.

철학자 스피노자는 《에티카》에서 이렇게 말한다. "선이란 우리의 활동 능력을 증대시키거나 촉진시키는 것이며, 악은 우리의 활동 능력을 감소시키거나 억제시키는 것이다."(253쪽) 상황과 조건을 무시하고 절대명령처럼 주어지는 도덕moral을 비판하며 자기 삶의 조건에서 선악을 재정의하고 좋은 마주침을 조직하라고 권한다. 스피노자의 말대로라면 좋은 책은 읽는 기쁨을 가져오는 책이고, 나쁜 책은 책에 대한 동경을 방해하는 책이다.

어린이책은 어른들이 고르기 때문에 추천도서 선정 시 전문가의 영향력이 더 크다고 한다. 청소년 참정권 집회에서 만난 한 어린이책 시민단체 활동가는 기성의 권위로 좋은 책과 나쁜 책을 이분법으로 가르는 한, 아이들에게 고유한 책 취향이 생기기는 어렵다고 말했다. '좋은 책'이라는 모호한 말 대신 내가 혹은 네가, 선생님이 '좋아하는 책'으로 표현이 좀 더 정교해져야 한다는 거다. 십분 동의한다. 경영자가 추천한 책을 노동자가 읽고, 교사가 선택한 책을 학생이 보고, 평론가가 권하는 책을 책 입문자가 산다는 건 아이러니하다. 누가 내게 '좋은 책'을 묻는다면 말문이 막히겠지만 '좋아하는 책'을 물어오면 기꺼이 말을 나누고 싶다.

스피노자, 《에티카》, 비홍, 2014

문명의 편리가
누군가에게 빚지고 있음을

한강 다리는 서른한 개다. 하나씩 두 발로 건너보리라 언젠가부터 다짐했다. 아름다운 한강을 살뜰히 만끽하려는 서울내기의 욕심이고 목표였다. 성산대교, 양화대교, 한강대교, 원효대교, 마포대교, 잠실대교를 걷고 나선 진척이 더뎠다. 봄기운 깃드는 3월 6일, 반포대교를 건넜다. 삼성반도체 기흥공장에서 일하다 백혈병으로 숨진 고 황유미 11주기 '방진복 행진'에 참가했는데 그 구간에 반포대교가 포함돼 있었다.

출발지는 한남동 리움미술관 앞. 미술관 건너편에 붉은색 높은 담장이 보였다. 저 안쪽이 삼성 총수 일가 자택이라고 누군가 말했다. 저기가 대대손손 태평성대를 누리는 재벌 보호 구역이구나. 그

성벽 아래에서 100여 명이 일사분란하게 방진복을 입고 손에는 희생자의 영정을 들었다. 내가 든 영정에는 "최호경, 1985~2013년, 뇌종양, 삼성LCD천안"이라고 적혀 있다. 나이를 헤아려보니 스물여덟 생애다. 고 황유미가 스물셋. 다른 영정들도 거의 20~30대에 생을 마감한 여성이다. 백혈병이나 뇌종양으로 세상을 떠났다.

"삼성은 직업병 문제 해결하라!" "삼성은 산재 은폐 중단하라!" 리움미술관에서 나와 이태원 대로변을 구호를 외치며 걸었다. 길가에는 구호, 에잇세컨즈, 비이커, 빈폴 등 삼성그룹 의류브랜드 매장이 즐비하다. 바삐 걷던 외국인도, 카페를 나오던 젊은 연인도 걸음을 멈추고, 우체국 직원도 오토바이에 시동을 걸다가 힐끔 방진복 대열에 눈길을 준다. 지하철 6호선 이태원역 입구에서는 한 중년이 나와 눈이 마주치자 나무라듯 말한다. "삼성을 어여 나와요. 뭐 하러 있어. 사람이 이렇게 죽는데, 다른 데로 가면 되지."

내가 삼성 직원인 줄 알았던 모양이다. "아, 저는 삼성에 다니지 않아요"라고 했더니 그는 흠칫하며 "그럼 뭐 하는 사람이에요?" 물었다. "삼성 직업병 문제 해결을 바라는 사람인데……." 웅얼웅얼 둘러대고 일행을 따라갔다. 녹사평역을 지나 용산구청 앞을 걸으며 생각했다. 내가 삼성 직원이었으면 직업병 문제가 있다고 해서 그만둘 수 있었을까? 나는 뭐 하는 사람이지. 왜 여기에 있지.

2010년 11월 8일, 내가 공부하던 연구공동체에서 삼성일반노조 위원장을 초대해 토론회를 가졌다. 삼성의 무노조 경영에 맞서 15년간 긴 싸움을 벌여온 위원장은 한 뼘 두께의 투쟁 백서와 눈물 없인 볼 수 없는 삼성 백혈병 노동자의 동영상을 보여주었다. 나는 충격과 혼란에 빠졌다. 조직폭력배들이 나오는 공포 영화처럼 끔찍했고, 전태일 평전을 읽었을 때처럼 비통했다.

이게 지금 우리나라에서 일어나는 일이라고? 삼성에서 노조 만들다 미행당하고 해고되고 감옥 가고 일하던 젊은 여성들이 병을 얻어 죽고 유가족이 회유와 협박에 시달리는 일들이 일어나는 것보다 그게 신문에 기사 한 줄 나오지 않았다는 게, 그러니까 1980년 5월 광주처럼 언론이 철저히 통제된다는 사실이 믿기질 않았다. 이 지독한 고립을 어떻게 견디고 싸웠느냐고 위원장에게 물으니 이렇게 답했다. "돈에만 매수되지 않으면 불가능한 게 없습니다."

그날 토론회가 끝나고 밖으로 나오자마자 눈물이 쏟아졌다. 그냥 무서웠던 거 같다. 도대체 왜 이런 일이 벌어지는가. 아니, 이런 일이 일어나는 세상에서 나는 어떻게 살아야 하나. 되물으며 걷고 걸었다. 연희동에서 목동까지 성산대교를 건너며 강물에, 하늘에, 거리에, 가슴에 내용 없는 결심들을 막 뿌렸던 것 같다. 다음 날 삼성일반노조에 월 2만 원을 후원하기 시작했다. 삼성 내부비리를 고발한 김용철 변호사의 《삼성을 생각한다》를 폈다. 삼성 백혈병 노동자를 돌보던 의사이자 활동가인 공유정옥 씨를 인터뷰했다. 조금씩 알아갔고, 알게 되면 뭐라도 열심히 썼다.

《웅크린 말들》에는 이런 구절이 있다. "애써 말해야 하는 삶들이 있다. 말해질 필요를 판단하는 것이 권력이고, 말해질 기회를 차지하는 것이 권력이다. 말하려고 노력하지 않으면 권력과 거리가 먼 존재일수록 말해지지 않는다."(478쪽)

방진복 행진 쉬는 시간. 반포대교 북단 아래 벤치에서 강물을 바라보았다. 강남 강변 풍경이 낯설다. 낮은 병풍 같던 아파트 라인이 사라지고 주상복합 건물 네 채가 미사일처럼 우뚝하게 솟았다. 높고 높다. 얼마 전 부산 엘시티 공사현장 55층에서 일하던 노동자 네 명이 추락사한 사건이 떠올랐다. 저 휘황한 건물은 또 얼마나 많은 무명씨의 목숨을 삼켰을까. 내게 낭만의 상징이었던 한강의 서른한 개 다리들, 교각 공사라고 산재 예외 구역은 아닐 것이다.

다시 걸었다. 이재용을 풀어준 정형식 판사에게 항의하는 의미에서 법원 앞으로 가는 길이다. 뒤편에서 고 황유미의 아버지 황상기 씨가 방송사 기자와 인터뷰를 하고 있다. 죽어가는 딸을 뒷좌석에 태우고 달리던 속초의 택시운전사, 언제나 웃고 있는 동자승 같은 얼굴, 순한 억양의 강원도 사투리가 오늘따라 쟁쟁하다. 말하려고 노력하는, 권력에서 먼 존재의 목소리가 들린다.

"삼성은 저희 집에 찾아와서 '원하는 돈 다 줄 테니까 이 문제 덮고 가자'고 수없이 얘기해댔지만 전부 거절했어요. (…) 죽은 유미가 살아 돌아올 수 없고, 삼성에서 살기 위해 일하다가 많은 노동자들이 병에 걸리고 죽었고, 또 돌본 가족들은 가정이 파탄이 났어요. (…) 이 자리에서 일일이 나열할 수 없지만, 수많은 잘못을 저지른 삼성을 정부가 한 번 제대로 처벌해본 적이 있냐고 묻고 싶어요."

또 하나의 가족은 없다. 지금까지 삼성그룹에서만 320명의 직업병 피해 제보가 있었고, 118명이 목숨을 잃었다. 2013년엔 삼성전자서비스에서 에어컨 수리기사로 일하던 서른두 살 최종범 씨가 '노조 인정'을 요구하며 자살한 사건이 발생했다. 유가족인 형은 말한다. "삼성 조끼를 입은 동생의 자부심도 컸습니다. (…) 동생은 개처럼 일했습니다. 스스로를 '여왕개미'(삼성)를 먹여 살리느라 죽어나는 일개미라고 동료들에게 말하곤 했습니다."(125쪽) 그로부터 7개월 뒤, 염호석 삼성전자서비스지회 양산센터 분회장도 노조를 인정하라며 스스로 목숨을 끊었다.

황상기 씨가 지적한대로, 삼성그룹 안에서 수많은 목숨이 사라져가는데도 경영진은 아무런 처벌도 받지 않았다. 올림픽에서 스케이트 타던 선수가 팀워크만 해쳐도 60만 명이 청와대 국민청원으로 사회적 형벌을 내리는 '도덕의 나라'에서 삼성의 부도덕한 경영에는 죄를 묻지 않는다. 권력의 꾐에도 굴하지 않고 존엄을 지키는 사람들, '돈에 매수되지 않'은 이들이 기적처럼 살아남아 삼성에서 벌어진 죽음의 진실을 전할 뿐이다.

오후 한 시부터 다섯 시까지 네 시간, 9킬로미터를 걸어서 삼성본관 앞 반올림 농성장에 도착했다. 허물처럼 방진복을 벗고 나자 갑자기 발바닥이 아려와 나는 황급히 택시를 탔다. 안락하게 앉아 건너는 한남대교는 그리 비관적이지 않았다. 일상으로 돌아가면 또 잊고 살겠지. 다리에든 빌딩에든 산재 사고가 발생하면 자그마한 사망자 위령탑이 세워지면 좋겠다. 삼성 TV나 에어컨, 핸드폰 사용설명서 한 귀퉁이에라도 이 제품을 만들다가 돌아가신 이들 이름 석 자 새겨주면 좋겠다. 고인의 죽음이 헛되지 않도록. 우리 생활 터전이, 문명의 편리가 누군가의 죽음에 빚지고 있음을 기억하도록.

이문영 외, 《웅크린 말들》, 후마니타스, 2017

파파충과 노아재존은
왜 없을까

이른 아침 카페에서 노트북 켜고 일하고 있으면 공무원 시험 준비생으로 보이는 청년들이 들어오고 오전 열 시 무렵엔 유모차를 민 엄마들이 등장한다. 민소매 원피스 차림의 젊은 엄마들은 커피를 마시며 아기가 자는 틈에 스마트폰을 만지작거리거나 책장을 넘기다 아기가 깨면 분홍색 플라스틱통 뚜껑을 열어 이유식을 먹인다. 새끼손가락만 한 숟가락이 아이 입에 들어갈 땐 내 입도 덩달아 벌어진다. 숨 붙은 것들 입에 밥 들어가는 장면은 왜 볼 때마다 울컥한가.

나도 양육기에 어딜 가든 꼭 이유식을 싸갖고 다녔다. 잘 먹어야 잘 자니까, 잘 자야 엄마도 쉬거나 집안일을 하니까, 하루의 흥망

성쇠가 달린 아기 밥은 중요했다. 한번은 친정에 갔을 때 아이에게 찐밤 으깬 것을 꺼내 먹이는데 그것을 본 엄마 친구가 말했다. "너 어릴 때도 엄마가 그렇게 키웠다." 순간 움찔했다. 그간 여성의 돌봄노동에 무지한 사회를 규탄하기만 했지 내가 돌봄노동의 산물이란 사실은 까맣게 잊고 있었다. 그렇다. 나를 포함해 모든 사람은 한때 밥을 받아먹는 무기력한 존재였다.

한쪽은 최대한 몸을 굽히고 한쪽은 최대한 입을 벌리고, 먹고 먹이는 저 간절한 풍경이 혐오의 빌미가 되고 있다. 언제부턴가 엄마와 아이에 대한 사회 일각의 시선이 곱지 않다. 음식점에서 아기 똥 싼 기저귀를 간다더라, 물컵에 소변을 받는다더라 하는 말들이 괴담처럼 돈다. '맘충'이라는 딱지를 붙인다. 음식점에서 이유식을 데워 달랬다더라, 어린이 메뉴 시켜놓고 공짜밥을 요구한다더라 등 맘충의 악행 목록은 계속 업데이트되고 있다.

이 육아의 아수라장에 남성은 없다. 현실에선 아기띠 매고 유모차 미는 아빠들 모습은 어딜 가나 흔하다. 음식점, 마트, 유원지, 촛불집회에서도 자주 목격한다. 드물게 아이를 등원시키는 육아휴직 중인 아빠도 있다. 그렇지만 '파파충'은 없다. 남녀가 같이 낳고 같이 키워도, 아니면 엄마 혼자 '독박육아'에 외로이 시들어가도, 공동체를 오염시키는 존재로 낙인 찍히는 대상은 여성이다.

아이들도 안전하지 못하다. 특정 연령 이하 어린이의 출입을 금지하는 '노키즈존'이 생겼다. 아이 혼자 카드 들고 외식할 일은 없을 테니 이는 엄연히 맘충−엄마−여성에 대한 장소적 제약이고 혐오의 사회적 확장이다. 노키즈존이 조용히 식사할 권리, 시공간을 침해받지 않을 권리를 위해 생겼다는데 그것은 한 대상을 차등 대우할 공적 근거가 될 수 없다. 공공장소에서 타인의 시공간을 침해하는 존재가 아이뿐인가. 타인의 시공간을 침해하지도 않고 침해받지도 않고 살 재간이 있는 자는 누구인가.

　나는 여름내 더워서 창문을 열어놓았다가 트럭 방송 소리에 시달렸다. 해풍에 말린 법성포 굴비가……, 복숭아 복숭아 꿀복숭아……, 고장난 컴퓨터 냉장고 에어컨 삽니다……. 업종을 달리한 트럭 장수가 번갈아 찾아와 정신을 강탈해 읽고 쓰기 어려웠다. 카페에 가도 사람이 있다. 운수 나빠 친목모임 일행이나 과외하는 팀이 주변에 있으면 그날 작업은 공친다. 버스나 지하철, 기차에선 '쩍벌남'이라도 만나면 가는 내내 불쾌하고 불편하다.

　내가 진행하는 글쓰기 수업에서 학인들에게 노동 르포를 써오게 하는데 중·장년 남성이 단골로 등장한다. 주로 가해 캐릭터다. 편의점 아르바이트생에게 카드를 휙 던지고, '딸 같아서' 이름을 부르고 만지고, 비닐봉투값 20원을 왜 받느냐고 목청을 높인다. 은행이나 우체국 창구에서, 역 대합실에서 '이게 왜 안 돼' 억지를 부리고 음식점에서 술에 취해 난동 피우는 중·장년 남성들의 면면은 익숙하다. 저마다 누려야 할 고요와 기분을 방해하는 집단의 출입을 금지해야 한다면 노키즈존보다 '노아재존'이 시급하다. 그러나 생기지 않았고 생기지 않을 것이다. 가부장제 사회에서 아버지는 곧 법이고 돈이다. 생산력과 구매력을 가진 집단이기에 은행에서도 음식점에서도 그들을 함부로 금지하거나 차별하거나 배제하지 않는다. 역사상 흑인 전용 화장실은 있었지만 백인 전용 화장실은 없었던 이유와 같다.

우리는 왜 어떤 대상을 혐오하는가.《혐오와 수치심》을 쓴 마사 누스바움에 따르면, 대부분의 사회는 사람이나 대상을 서열화해 특정 대상을 저열하고 천한 것으로 간주하는데 그 밑바닥에는 자주 유대인이나 여성이 있었다. 특히 여성은 출산을 하기 때문에 동물적 삶의 연속성, 몸의 유한성과 밀접하게 연관돼 있고 이는 관조와 초연함을 이루려는 남성의 계획을 가로막는 주된 장애물로 작용한다. 그런 여성에게 남성은 혐오로 반응하면서 자신이 간직한 동물성에서 멀어지려 한다는 것이다.(210쪽)

이 대목은 노키즈존이 여성혐오의 부산물이라는 사실을 설명한다. 아무 데서나 똥 싸고 밥 먹고 울고 떼쓰는 아이와 한 몸인 여성, 그 불결하고 불완전한 대상으로부터 완벽한 차단과 분리라는 생의 기획을 아무나 도모하지 않는다. 노키즈존은 이른바 '꼰대'로 불리는 중·장년 남성이나 이기적인 젊은이들만 주장하는 게 아니다. 나이·성별과 무관한 학습된 혐오다. 자본주의보다 더 오래된 가부장제 역사에서 여성을 타자화하며 유지돼온 남성 중심 세계관을 내면화한 기성세대가 저지르는 사회적 경계 긋기의 폭력이다.

　　2017년 7월 왁싱숍 살인사건이 발생했다. 또 여자라서 살해당했다. 비슷한 시기에 또 다른 살인사건이 일어났다. 한 여성이 시끄럽게 울고 보챈다며 4개월 쌍둥이 아들을 코와 입을 막아 숨지게 했다. 그는 어린아이 셋을 홀로 키우면서 심한 우울증을 겪었고 "아이 셋이 너무 울어 이웃집에서 뭐라 그럴까 봐 걱정됐다. 순간 내 정신이 아니었다"며 뒤늦게 후회한다고 기사는 전한다. 이 사건 또한 여성혐오 사회의 비극이라고 본다. 노키즈존은 음식점의 경계를 넘어 이미 사회 구성원들 의식에 그어져 자체 검열 기제로 작동한다. 아이 울음소리에 달려올 이웃은 없고 아이 울음소리에 민폐를 우려하는 팍팍한 세상을 우리는 살고 있다. 양육에 대한 사회적 몰이해에서 오는 적대가, 아이 셋을 키우며 느꼈을 피로와 고립과 만나 끔찍한 폭력을 낳은 것이다.

　　마사 누스바움은 "공통의 인간성에 내재된 취약성을 인정하는 기반 위에 있는 사회"(43쪽)를 이상으로 꼽는다. 그의 말대로 세상은 통제할 수 없고 우리 모두는 한때 떠먹여주는 밥을 먹는 아이였다는 사실을 인지한다면 노키즈존이라는 혐오의 언어가 사라지고 약한 존재를 품는 인정人情의 언어가 고안될 수 있지 않을까.

마사 누스바움, 《혐오와 수치심》, 민음사, 2015

누군가와
항상 함께한다는 느낌

반올림(반도체 노동자의 건강과 인권지킴이) 엠티에 '시간이 되면' 같이 가자는 문자가 왔다. '콩(공유정옥 활동가)'이 보낸 것이었다. 삼성 직업병 문제 해결을 위한 1023일 농성을 마친 기념으로 농성장을 지켰던 이들이랑 강릉 바닷가에서 2박 3일 편안하게 쉬다 올 예정이란다. '시간이 되나' 머리를 굴려본다. 시간과 돈을 거래하는 시대. 시간이 화폐다. 이 자본주의 시스템에서 나도 예외는 아니라서 돈으로 보상되는 일 위주로 시간을 살뜰히 썼구나 싶다. 그건 잘살았다기보다 초조하게 살았다는 느낌에 가깝다. 이건 다르다. 사적 여행도 아니고 공적 활동도 아니다. 작가 초청 강연도 아니고 그냥 같이 놀자니까 좋아서 짐을 쌌다.

"아유, 바쁠 텐데 어떻게 시간이 됐어?" 삼성 직업병 피해자 한혜경 씨의 어머니 김시녀 씨가 활짝 웃으며 반긴다. 시간이 뭐길래. 왠지 부끄러웠다. 어머니는 몸이 불편한 딸 혜경 씨를 휠체어에 태우고 1000일이 넘도록 매주 시간을 내어 춘천에서 서울을 오가며 한뎃잠을 잤다. 고 황유미의 아버지 황상기 씨도 속초에서 강남역을 묵묵히 오갔다. 농성장 해단식 날 물었다. "3년을 하루같이 어떻게 다니셨어요? 오기 싫진 않았어요?" 그는 주저 없이 말했다. "힘든 적은 많았지만 가기 싫다고 생각한 적은 한 번도 없었어요."

위인전에 나오는 어떤 인물보다 커 보였다. 그분들 삶의 자리에 나를 놓고 생각해본다. 아무래도 그렇게 살 자신이 없다. 구체적으로 승산 없(어 보이)고 기약 없(어 보이)는 싸움에 매일매일 '시간을 낼' 배짱이 없다. 싸운다고 죽은 자식이 돌아오는 것도 아니고 병이 낫는 것도 아니라는 판단을 뒤로하고 삶을 통으로 내어 싸운다는 건 어떻게 가능한가.

언젠가 광화문 집회에서 혜경 씨가 무대에 올라가 발언을 했는데 그걸 지켜보는 이종란 노무사 눈에는 금세 눈물이 차올랐다. 십몇 년 수천 번은 들어서 다 아는 얘기일 텐데 진심으로 마음 아파했다. 엠티에서도 혼자 힘으로 화장실을 가거나 씻을 수 없는 혜경 씨를 활동가들이 너도나도 나서 휠체어를 밀었다.

드물고 귀한 관계. 같이 보내는 시간을 물 쓰듯이 써야만 가능한, 무심히 밥을 먹고 곁을 지킨 인연이 갖는 한가함과 안정감이 그들 사이에 있었다. "누군가와 항상 함께한다는 느낌이야말로 진정한 사랑이 주는 가장 값진 선물"(211쪽)이라고 했던가. 아마도 한 사람이 마냥 담대하고 무모해질 수 있다면 그건 사랑을 믿기 때문일 것이다.

엠티 첫날 밤, 흰 파도 까불고 별 총총 박힌 바닷가로 《민중가요 노래집》과 기타를 들고 우르르 나갔다. 어느 페이지를 펼쳐도 가사가 막힘없고 노래가 자동 재생되는 이종란과 콩과 나는 '올드 제너레이션 시스터즈'라는 놀림을 받았다. 30대 농성장 지킴이가 신기한 눈으로 물었다. "대학 때 노래만 했어요?" 콩은 공강 시간마다 과방에서 노래를 불렀다고 했다. 나는 노조 사무실에 한 시간 일찍 출근해 기타 코드 어설프게 잡아가며 시간을 보냈다. 자격증이 나오는 것도 아니고 누가 시키지도 않은 일에 왜 그토록 열심을 다했는지 설명할 순 없지만, 사랑과 신념이 가슴에 출렁대던 시절임은 분명하다.

에리히 프롬은 《사랑의 기술》에서 자본주의 사회를 지탱하는 근본 원칙과 사랑의 원칙은 결코 양립할 수 없다고 말했다. 자본주의의 급류에서 부서진 삶을 복구하는 사람들. 그러는 사이 그들은 사랑의 원리를 깨우쳤다. "삶은 상호의존적이라는 점은 무시되고, 개개인은 고립된 채 자기 이익을 챙기는 것에 최상의 가치를 두"(111쪽)도록 세상이 우리를 길들이고 있기에, 무가치하고 무의미해 보이는 일에 무모하게 시간을 보낸 것들만 곁에 남아 있다. 무던한 사람, 철 지난 노래, 변치 않는 신념, 짠 눈물 같은 것들.

벨 훅스, 《올 어바웃 러브》, 책읽는수요일, 2012

다가오는 말들

초판 1쇄 발행 2019년 3월 7일
초판 10쇄 발행 2023년 12월 8일

지은이 은유
발행인 김형보
편집 최윤경, 강태영, 임재희, 홍민기, 박찬재
마케팅 이연실, 이다영, 송신아 **디자인** 송은비 **경영지원** 최윤영

발행처 어크로스출판그룹(주)
출판신고 2018년 12월 20일 제 2018-000339호
주소 서울시 마포구 양화로10길 50 마이빌딩 3층
전화 070-8724-0876(편집) 070-8724-5877(영업) **팩스** 02-6085-7676
이메일 across@acrossbook.com **홈페이지** www.acrossbook.com

ⓒ 은유 2019

ISBN 979-11-965873-5-2 03810

만든 사람들
편집 이환희 **교정** 김정희 **디자인** 정은경디자인